KJB

Als *Liz Kessler* im Alter von neun Jahren ihr erstes Gedicht veröffentlichte, hatte sie sich nicht träumen lassen, dass sie einmal eine der erfolgreichsten Autorinnen der Welt werden würde. Ihre Kinderbücher über das Meermädchen ›Emily Windsnap‹ und die Feenfreundin ›Philippa‹ sind internationale Bestseller und haben sich weit über sechs Millionen Mal verkauft.

Alle Bände der Emily-Serie:
Emily Windsnap – Das Geheimnis (Band 1)
Emily Windsnap – Das Abenteuer (Band 2)
Emily Windsnap – Die Entdeckung (Band 3)
Emily Windsnap – Die Rückkehr (Band 4, ab Herbst 2018)
Emily Windsnap – Die Reise (Band 5, ab Herbst 2018)
Emily Windsnap – Die Bestimmung (Band 6)

Weitere Informationen zum Kinder- und Jugendbuchprogramm der S. Fischer Verlage finden sich auf *www.fischerverlage.de*

Liz Kessler

Emily Windsnap

Die Bestimmung

Aus dem Englischen
von Eva Riekert

KJB

Dieser Titel ist auch als Hörbuch
im Handel erhältlich.

MIX
Papier aus verantwortungsvollen Quellen
FSC® C083411
www.fsc.org

Erschienen bei FISCHER KJB

Die Originalausgabe erschien 2016 unter dem Titel
›Emily Windsnap and the Ship of Lost Souls‹
bei Orion Children's Books,
a division of the Orion Publishing Group Ltd., London

Umschlaggestaltung: Zero Werbeagentur, München
Lektorat: Carla Felgentreff
Satz: Pinkuin Satz und Datentechnik, Berlin
Druck und Bindung: CPI books GmbH, Leck
Printed in Germany
ISBN 978-3-7373-4069-4

Dieses Buch ist einer Freundin gewidmet,
die nicht nur eine wunderbare Künstlerin war,
sondern das Meer in höherem Maße respektierte
und liebte, als es die meisten tun.

»Jeder Moment ist einmalig, Farben
verändern sich stetig, aber die Beziehung zwischen
Meer und Festland ist ewig.«

Lucie Bray, 1974–2014

Seht es auf dem stillen Meer,
das Schiff, das geistergleich dort liegt!
Wie ein Traum, der wahr geworden,
als sei es aus der Luft gekommen.
Niemand weiß, woher es kam,
aus welchem Fluss, aus welcher Bucht,
ob tags, ob nachts es aufgetaucht.
Und wie ein Bild, das dann verblasst,
erlischt es in der weiten See.

Aus: Das Geisterschiff
von Robert Crawford (1868–1930)

1

Achte Klasse. Zweite Schulwoche. Erster Aufsatz. *Was ich in den Sommerferien erlebt habe.*
Ich kaute am Ende meines Stifts und überlegte, was ich schreiben könnte, damit Mr Rollins, mein neuer Klassenlehrer, meine Geschichte nicht für erfunden hielt.
Eigentlich hätte ich nämlich Folgendes schreiben müssen: *Ich habe eine Reise in ein Land voller Eis gemacht. Dort entdeckte ich die verlorenen Erinnerungen der Menschen in einem verwunschenen See und half dabei, den bösen Bruder von Neptun aufzutauen und in einen Berg zu verwandeln und so die Zukunft der Welt zu retten.* Aber dieser Aufsatz würde vermutlich mit MANGELHAFT! und mit dem roten Vermerk zurückkommen: *Du solltest von einer wahren Begebenheit berichten, nicht herumphantasieren.*
Daher beschloss ich, stattdessen lieber von meinem Geburtstag zu erzählen. Am vierten September bin ich dreizehn geworden, kurz vor Schulanfang. Ja, ich weiß, ich sehe viel jünger aus. Ich bin die Älteste in meiner Klasse und gleichzeitig die Kleinste. Was irgendwie seltsam ist. Aber nicht halb so seltsam wie alles andere an mir. Denn

im letzten Jahr war alles ein bisschen anders als sonst. Ich entdeckte, dass ich ein Meermädchen bin, befreite meinen Vater aus einem Gefängnis tief im Ozean, wurde fast von einem Seeungeheuer zerquetscht und erlebte eine Million Abenteuer im Meer. Und ich habe inzwischen einen Freund! Das alles bedeutete, dass ich *mehr* als bereit war zu feiern, als ich endlich Geburtstag hatte.

Ich machte mich an die Arbeit, schrieb von meiner Geburtstagsparty und überlegte gleichzeitig, was ich wohl tun würde, wenn ich jetzt in der Nixenschule in Schiffriff wäre und nicht an der Brightport High.

Als wir zurück nach Brightport kamen, haben meine Eltern und ich wochenlang darüber diskutiert, wo ich weiter zur Schule gehen sollte. Wenn man halb Mensch, halb Meermädchen ist, sind solche Entscheidungen verzwickter als für die meisten anderen Leute.

Schließlich beschlossen wir kurz vor Ferienende, dass ich von Montag bis Donnerstag auf die »normale« Schule gehen würde (Mums Worte, nicht meine. Mum ist der Vollzeit-Mensch der Familie). Und da »an der Schule am Freitag nicht mehr besonders viel Sinnvolles passiert« (Dads Worte, nicht meine. Er ist der Meermann, der gerne hätte, dass ich jeden Tag Sirenenlieder und Meeresrhythmen lerne), sollte ich freitags und samstags die Nixenschule besuchen. In Schiffriff findet am Samstagvormittag Unterricht statt, ich würde also immerhin zwei Tage pro Woche hingehen.

Es war keine perfekte Lösung, aber wir drei waren damit erst mal zufrieden. Na ja, Mum und Dad waren zufrieden. Bei mir war ich mir da nicht so sicher. Immer wenn ich in Brightport im Unterricht saß und zum Beispiel Aufsätze darüber schreiben musste, was ich in den Sommerferien gemacht hatte, wünschte ich, bei meiner besten Freundin zu sein, bei Shona. Als Meermädchen lernte sie in Schiffriff etwas über Sirenen und Schiffsuntergänge, wie man aus Angelleinen ein Trampolin macht, und hundert andere Dinge, von denen ich draußen im Meer schon gehört hatte.

Aber wenn ich dann in Schiffriff war, machte ich mir die halbe Zeit Gedanken, was ich möglicherweise in Brightport verpasste! Mandy Rushton – früher meine Erzfeindin, jetzt eine gute Freundin – berichtete mir immer alles, aber das war nicht das Gleiche. Dad hatte nämlich recht, freitags passierte tatsächlich nie viel an der Brightport High, aber dafür hatten die Schüler an diesem Tag am meisten Spaß.

Von welcher Seite ich es auch betrachtete, ich hatte immer das Gefühl, etwas zu verpassen. Der einzige Lichtblick war, dass Aaron, mein Freund – der wie ich halb und halb ist –, dieselbe Regelung hatte. Was bedeutete, dass er immer da war, wo ich war, egal an welchem Wochentag. Und ich muss zugeben, das machte alles viel besser.

»Okay, Leute, es klingelt gleich.« Mr Rollins schob

Papierstöße auf seinem Pult zusammen, während er darauf wartete, dass ihm alle zuhörten. »Beendet euren Satz und legt die Stifte weg.«

Eine Sekunde später klingelte es zur nächsten Stunde. Durch den Lärm von scharrenden Stühlen rief Mr Rollins: »Stühle hinter die Tische und vergesst eure Hausaufgaben nicht. Ach ja, und ihr bekommt einen Brief an die Eltern mit. Nehmt euch bitte jeder einen vom Pult, wenn ihr aus dem Klassenzimmer geht.«

»Um was geht's denn da wohl?«, murmelte Mandy, als wir unsere Briefe nahmen. Die Umschläge waren zugeklebt, wir konnten also nicht hineingucken. Auf der Vorderseite stand nur: *An die Eltern der Schüler von Klasse 8P.* Und auf der Rückseite: *Eine aufregende Einladung von der Fünfbuchteninsel!*

Beim Lesen der Worte hatte ich ein komisches Gefühl – ein bisschen, als würde in meinem Magen ein Fischschwanz zucken.

Inseln stand ich mit gemischten Gefühlen gegenüber. Einerseits sind Inseln von Wasser umgeben, was natürlich total super ist. Für meine Meermädchenseite bedeutet es, dass ich viel Gelegenheit bekomme, im Meer zu sein. Andererseits hatte ich auf einer Insel einige meiner schlimmsten Erfahrungen gemacht, unter anderem die gefährliche Begegnung mit dem Seeungeheuer – die kein Vergnügen gewesen war.

»Fünfbuchteninsel«, las Mandy laut vor. »Klingt cool.«

Und während ich meinen Umschlag einsteckte, musste ich ihr zustimmen. Alles in allem klang Fünfbuchteninsel *echt* cool.

Für den restlichen Schultag dachte ich nicht mehr an den Brief. Erst als ich nach Hause kam, fiel er mir wieder ein.

»Ach, Mum, Dad, das hier ist für euch«, sagte ich und reichte Mum den Umschlag.

Mum nahm ihn entgegen und suchte nach ihrer Brille, da streckte Dad den Kopf vom Unterdeck herauf.

Wir wohnen auf einem Schiff, das im Hafen von Brightport liegt. Es ist ein schönes altes Schiff, und es ist speziell dafür eingerichtet, dass sowohl Meerleute als auch Menschen darauf wohnen können.

»Hey, Kleines, wie war's in der Schule?«, fragte Dad, schüttelte sich die nassen Haare aus dem Gesicht und lächelte zu mir hoch. Ich zog Schuhe und Strümpfe aus, setzte mich auf den Rand der Luke im Boden und ließ die Füße ins Wasser baumeln. Aber nicht zu weit, damit sich meine Beine nicht in einen Fischschwanz verwandelten. Teil der neuen Abmachung war, dass ich erst meine Hausaufgaben machen musste, ehe ich ins Wasser durfte.

Ich zuckte die Schultern. »Ganz okay.« Ich trat an den

Tisch, wo Mum den Umschlag aufgerissen hatte und jetzt den Brief las. »Den haben wir heute bekommen.«

Dad sah hinüber. »Worum geht es?«

»Emilys Klasse soll Ende des Monats auf eine Geographie-Exkursion fahren und eine Insel besuchen«, erwiderte Mum.

Ich war inzwischen dabei, den ganzen Krempel, der sich den Tag über angesammelt hatte, aus meiner Schultasche zu leeren. Zusammen mit einem braun gewordenen Apfelbutzen plumpste mein Herz auf die Planken. Also nur eine Geographie-Exkursion. So was Langweiliges.

»Sie sollen seltene Vögel und exotische Pflanzen und ungewöhnliche geologische Gebilde beobachten«, fuhr Mum fort. Dann sah sie zu uns herüber und setzte hinzu: »Eine ganze Woche lang.«

Ich knallte mein Hausaufgabenheft auf den Tisch. Eine ganze Woche Vögel, Pflanzen und Steine beobachten? *Im Ernst?*

»Ach, und da gibt es auch Schiffswracks und Wissenswertes über das Leben im Meer«, fuhr Mum fort. »Sie organisieren Fahrten mit einem Glasbodenboot.«

Wracks und Meeresleben? Das klang schon viel besser! Aber die Fahrt mit dem Glasbodenboot konnten sie vergessen. Wenn Schiffswracks und Meeresleben auf dem Plan standen, wollte ich ins Wasser und das aus der Nähe sehen!

»Ich finde, sie sollte mit«, sagte Dad.

»Finde ich auch«, bestätigte Mum.
»Ja, und ich auch«, willigte ich ein. Wenn ich an meine Erfahrungen mit Inseln dachte – wer weiß? –, vielleicht wartete dort ja ein Abenteuer auf mich!

Am Abend wollten Aaron und ich zu den Regenbogenfelsen, um Shona und Seth zu treffen.
Seth ist Shonas Freund. Na ja, sie nennt ihn noch nicht offiziell ihren Freund – aber ich weiß, dass sie das gerne tun würde. Sie haben sich im Sommer kennengelernt, als Seth uns dabei half, Neptun vor seinem bösen Bruder zu retten. Als Dankeschön hat Neptun ihn zu einem seiner Berater gemacht. Seth ist erst vierzehn und damit der jüngste Meerjunge, der jemals eine so hohe Stellung hatte. Was jedoch bedeutet, dass er sich nicht oft mit uns treffen kann, weil er Neptun immer zur Verfügung stehen muss. Zum Glück hatte er an diesem Abend frei und konnte auch kommen.
Als ich mit Aaron zu unserem Treffen schwamm, hatte ich die Schule und die Geographie-Exkursion ganz vergessen. Im Wasser glitt alles andere von mir ab. Nichts, was an der Brightport High passierte, konnte jemals so ein Gefühl hervorrufen, wie durchs Wasser zu sausen, Schwärme winziger, leuchtend blauer Fische zu jagen,

zwischen den Korallenfelsen hin und her zu schwimmen oder auf einer warmen Strömung dahinzugleiten und dabei Aarons Hand zu halten.

Als wir bei den Regenbogenfelsen ankamen, winkte uns Shona zu sich und umarmte mich stürmisch. Seth und Aaron begrüßten sich eher jungsmäßig – also mit einem Grunzen und einem Nicken.

»Heute ist das *Beste* überhaupt passiert! Ich hab's kaum erwarten können, dir davon zu erzählen«, quiekte Shona.

»Du hast als Beste in einem Test für *Schönheit und Haltung* abgeschnitten?«, riet ich. *Schönheit und Haltung* ist Shonas Lieblingsfach. Da lernt man, angemessen auf Felsen zu sitzen, sich sanft die Haare zu kämmen und gleichzeitig in der perfekten Tonlage Sirenenlieder zu singen. Ich bin darin nicht sonderlich gut. Es ist ein bisschen wie bei dem Spiel, wo man sich den Bauch reiben und sich gleichzeitig auf den Kopf klopfen muss. Das kriege ich auch nie hin.

»Nein. Oder doch, ich bin tatsächlich Beste geworden«, sagte Shona und wurde ein bisschen rot. »Aber das meine ich nicht.«

»Mrs Sharktail hat ihren Rock versehentlich falsch rum angezogen?«, schlug Aaron vor. Mrs Sharktail ist die Direktorin der Schiffriff-Schule. Seit sie Aaron und mich vor der ganzen Schule als Halbwesen bloßgestellt hat, steht sie nicht mehr auf der Liste unserer Lieblingsleute.

Seth lachte. »Wäre das nicht komisch?«, sagte er.
Shona wurde ungeduldig. »Ich sag's euch. Es geht um einen Riffausflug in Geographie! In ein paar Wochen. Wir sollen Schiffswracks und das Meeresleben beobachten und –«
»Auf der Fünfbuchteninsel?«, fragte ich.
»Ja! Woher weißt du das? Ich hab gefragt, ob ihr auch mitkommen könnt, aber Mr Finsplash meint, das geht nicht, weil ihr dafür ja die ganze Zeit anwesend sein müsstet und –«
»Doch, ich fahr auch hin!«, kreischte ich.
»Wir beide«, sagte Aaron.
Shona starrte uns verblüfft an. »Ihr kommt mit? Aber wie kann das sein? Mr Finsplash hat doch gesagt –«
»Wir fahren mit der Brightport High. Ich schätze mal, in derselben Woche!« Ich grinste. »Anscheinend haben beide Schulen gleichzeitig die Einladung bekommen.«
Shona grinste erfreut. »Zischig!« Sie machte einen Salto, bei dem ihr Fischschwanz aus dem Wasser schnellte. »Mann, das wird super. Mr Finsplash sagt, dass die ganze Insel von einem flachen Riff umgeben ist. Es gibt *Unmengen* von sagenhaften Felsformationen und Schiffswracks und Hunderte Fischarten, die sonst nirgendwo vorkommen. Und ratet mal, woher die Insel ihren Namen hat?«
Aaron kratzte sich das Kinn und furchte die Stirn, als ob er scharf nachdenken würde. »Hm, ich lehn mich mal

aus der Schiffsluke und vermute, dass die Insel vielleicht fünf Buchten hat?«

»Genau!« Shona warf Aaron einen Blick zu und merkte, dass er lachte. »Blödmann«, sagte sie und spritze ihn an. »Na ja, okay, ich vermute, das ist offensichtlich.«

»Es klingt zischig«, sagte Seth mit einem schüchternen Lächeln. Eigentlich kam er mir nicht wie der Typ Junge vor, der Shonas Lieblingswort benutzte, um etwas zu beschreiben, das Spaß machte. Aber ich schätzte mal, es bedeutete, dass er jetzt *endgültig* mit ihr zusammen war. »Wenn ich nur auch mitkommen könnte.«

»Vielleicht kannst du Neptun fragen, ob du ein paar Tage frei kriegst?«, schlug Aaron vor.

»Das wäre superzischig!«, rief Shona und klatschte so begeistert in die Hände, dass sie mir Meerwasser ins Gesicht spritzte. Dann wurde sie rot wie ein Schnapperfisch und versuchte – etwas zu spät –, unbeteiligt zu wirken. »Also, nur, wenn du wirklich möchtest, meine ich«, setzte sie mit einem Schulterzucken hinzu.

Seth lächelte. »Wahnsinnig gerne«, sagte er. »Ich versuch es. Aber ihr kennt ja Neptun.«

Allerdings. *Ich* kannte Neptun. Wahrscheinlich besser als die anderen drei. Der König der Meere war niemand, dem man in die Quere kommen sollte oder der mit Gefälligkeiten um sich warf. Ich war ihm oft genug auf die Flossen getreten, um das zu wissen.

»Ich versuch es mal«, sagte Seth wieder. Dann nahm er

Shonas Hand. »Es wäre super, die ganze Woche mit euch zusammen zu sein.«

Shona strahlte wie die Regenbogenfelsen hinter ihr. »Kommt«, sagte sie und schwamm los – wahrscheinlich, weil Seth nicht sehen sollte, dass ihr Gesicht noch mehr errötete. »Lasst uns zum Spielplatz schwimmen. Da sind viele Netze angeschwemmt worden, und ich habe angefangen, ein Trampolin zu bauen.«

Wir folgten Shona durchs Wasser. Beim Schwimmen dachte ich an den bevorstehenden Ausflug. Ich freute mich auf eine unkomplizierte Woche mit meinen Freunden, ohne Aufregung. Keine eingefrorenen Leute. Keine Seeungeheuer. Kein Gefängnis, das von Hammerhaien bewacht wurde. Einfach eine nette, normale Woche – höchstens vielleicht mit einem winzigen Abenteuer zur Ablenkung.

Egal, was uns erwartete, ich war entschlossen, dass auf meinem Ausflug zur Fünfbuchteninsel *nichts* Unheimliches und Beängstigendes passieren sollte.

Obwohl ich darauf natürlich keinen Einfluss hatte.

2

Der September ging schnell vorbei, und es dauerte nicht lange, bis ich meine Tasche packte und mich bereitmachte, meine Mitschüler auf der Seepromenade zu treffen. Es war Samstagmorgen. Um zwölf sollten wir in den Bus steigen und uns auf die lange Reise machen. Eine fünfstündige Fahrt die Küste entlang und eine vierstündige Überfahrt zur Fünfbuchteninsel. Mit etwas Glück würden wir vor Einbruch der Dunkelheit ankommen.

Ich stopfte die letzten Sachen in meine Tasche und schloss den Reißverschluss.

»Hast du deine Geographiebücher und dein Fernglas für die Vögel eingepackt?«, fragte Mum.

»Ja, Mum.«

»Und die Tabellen, die ich dir gegeben habe, damit du alle Fische erkennen und eintragen kannst?«, setzte Dad hinzu.

»Jep.«

Mum streckte die Arme aus. »Du wirst mir fehlen, Zuckererbse«, sagte sie, als ich sie umarmte.

Dad stützte sich auf die Lukentür und streckte sich, um mich auf die Wange zu küssen. »Mir auch, Kleines.«

Ich mochte es gar nicht, dass sie mir noch so alberne Namen wie *Zuckererbse* und *Kleines* gaben, obwohl ich jetzt dreizehn war, aber da ich mich für eine Woche von ihnen verabschiedete und da mein Leben jedes Mal, wenn ich sie in letzter Zeit verlassen hatte, entweder von einem Kraken oder einem bösen vereisten Mann oder einem alten Fluch bedroht gewesen war, beschloss ich, es ihnen durchgehen zu lassen.

Ich ergriff meine Tasche, verließ unser Schiff und ging den Holzsteg entlang, der zum Pier führte.

»Hey, Emily!«, rief jemand weiter vorne.

Es war Mandy. Ich winkte ihr zu. »Warte auf mich!«

Wir gingen den Pier entlang auf unsere Mitschüler zu. Nur zwölf von uns nahmen teil, nicht alle hatten mitkommen wollen. Ungefähr die gleiche Anzahl würde aus Schiffriff kommen. Dazu jeweils ein Lehrer pro Gruppe.

Erwartungsvolle Aufregung durchzuckte mich. Wir hatten letzte Woche einen zweiten Brief bekommen, in dem das Programm beschrieben wurde, das uns erwartete. Er war von einer Person, die Lowenna Waters hieß. Was ich zuerst für einen Witz hielt. Also wirklich, sie ist verantwortlich für eine Insel und heißt Waters? Das ist doch so, als wenn eine Mathelehrerin Mrs Rechner heißen würde. Aber wie sich rausstellte, war das tatsächlich ihr Name.

In Lowennas Brief stand, dass sie und ihr Mann Lyle für die Insel verantwortlich seien. Bis auf die beiden ist die Insel unbewohnt – sie gehört zu den Orten, die möglichst nicht betreten werden sollen, damit die vielen Tiere und Vögel, die dort leben, geschützt werden. Das ist die Aufgabe der beiden, abgesehen davon, den gelegentlichen Besuchern alles über die Dinge beizubringen, die sie schützen.

Lowenna versprach, Spiele und Ausflüge zu organisieren und dass wir viel Spaß haben und mehr über Geographie lernen würden als jemals im Unterricht. Das Gleiche schrieb sie auch an die Schiffriff-Schule. Shona zeigte mir ihren Brief. Außerdem bekamen wir Informationen über Touren zu Schiffswracks und Ausflüge an Unterwasserorte, die kaum einer jemals gesehen hatte.

In beiden Briefen stand, wie stolz man sei, die erste gemeinsame Exkursion von einer Schule für Menschen und einer für Meerleute zu begrüßen.

Ich konnte es kaum erwarten, anzukommen.

»So, Klasse 8P, hört mir genau zu«, rief uns Miss Platt, unsere Geographielehrerin, durch den Lärm zu, als sich die Fähre der Fünfbuchteninsel näherte. Wir waren den ganzen Tag unterwegs gewesen und ziemlich müde, aber die Geräusche des gedrosselten Schiffsmotors und der Ankerkette, die sich an Metall rieb, reichten, um unsere Aufmerksamkeit anzukurbeln.

Vom Vorderdeck des Schiffes starrte ich ins Zwielicht des einsetzenden Abends, um einen ersten Blick auf die Insel zu erhaschen.
»Bei unserer Ankunft werden wir von Mr und Mrs Waters empfangen. Zeigt euch bitte von eurer besten Seite. Sie haben hart gearbeitet, um euch eine spannende Woche zu bieten, und uns einen wunderbaren Empfang versprochen, daher sollten wir uns bemühen, ihnen stets den gebotenen Respekt zu zollen.«
Pflichtschuldig sagten wir alle: »Ja, Miss Platt«, während wir uns um einen der vordersten Plätze am Bug des Bootes drängelten. Am liebsten wäre ich ins Wasser gesprungen und ans Ufer geschwommen – aber ich hatte das Gefühl, dass sich das nicht mit der versprochenen besten Seite vereinbaren ließ. Also blieb ich stehen und sah mit allen anderen zu.
Schließlich erstarben die Motoren der Fähre, der Landungssteg kam vor uns in Sicht, und wir wurden in den dämmrigen Hafen der Fünfbuchteninsel geschoben – wobei das ein etwas großspuriger Name für etwas war, das aus nichts anderem bestand als einem Anleger, der gerade lang genug für unsere Fähre war, einem etwas vernachlässigten Strand mit Steinen, altem Seetang und ein paar Ruderbooten, die an große runde Bojen gebunden waren. Sollte das eine der fünf wunderbaren Buchten sein?
»Hmm. Nun ja. Also gut«, murmelte Miss Platt, die einen

Aktenordner aus ihrer Tasche zog und darin zu blättern begann. »Mrs Waters sagte, sie würde bei unserer Ankunft hier sein.«

Wir spähten alle in die Düsternis. Es war niemand in Sicht, und es gab auch kein Anzeichen, dass in letzter Zeit jemand hier gewesen war. Nur wir, der Strand und die plätschernden Wellen, die sanft an die felsige Bucht schlugen. Ich ging hinunter ans Ufer. Die Kieselsteine rasselten mit jeder ankommenden Welle und zischten, wenn sich das Wasser wieder zurückzog.

Weiter oben in der Bucht ging Miss Platt ratlos umher und wedelte auf der Suche nach Empfang mit ihrem Handy.

»Was glaubst du, was hier los ist?« Aaron war zu mir getreten.

»Keine Ahnung. Vielleicht haben sie uns vergessen.« Wir standen kurz stumm da, wie hypnotisiert von Rhythmus und Singsang der Wellen.

Mandy kam zu uns. »Miss Platt hat jetzt jemanden erreicht. Ich glaube, sie sind unterwegs.«

Ein paar Minuten später sahen wir einen Schatten über den Strand laufen. Als er näher kam, konnte ich sehen, dass es ein großer Mann war. Sein gewelltes Haar flatterte ihm um den Kopf, als er auf uns zueilte. Sein Hemd hing ihm halb aus der Hose, und sein Gesicht war von dunklen Bartstoppeln bedeckt.

»Wie nett, dass er sich für uns herausgeputzt hat«, murmelte Mandy.

Der Mann ging auf Miss Platt zu. »Es tut mir so leid, Sie warten gelassen zu … Mrs … äh …«
»Miss Platt«, sagte Miss Platt und streckte den Arm aus, um ihm die Hand zu schütteln. »Kein Problem. Jetzt sind Sie ja da.«
»Ja, ja, natürlich«, sagte der Mann. Er machte kehrt, um den Strand wieder hinaufzulaufen, und bedeutete uns, ihm zu folgen. »Also, ich bin Lyle. Meine Frau ist, äh … Hören Sie, es tut uns leid, dass Sie warten mussten. Aber nun kommen Sie mit. Ich bringe Sie zu Ihrer Unterkunft.«
Um es höflich auszudrücken, der Mann schien keine Ahnung zu haben. Er erzählte nichts von der bevorstehenden Woche, und er fragte auch nicht, wie unsere Anreise verlaufen sei, oder sonst irgendwas. Er sagte überhaupt nichts. Er lief einfach voraus, und wir folgten, schlurften mit unseren Taschen durch den Sand und einen Hügel hinauf nach oben, von wo ein Weg durch einen kleinen Wald führte. Unter den Bäumen war es einige Minuten lang stockfinster.
»Vorsicht, hier drin ist es sehr dunkel«, rief Miss Platt nach hinten, obwohl das ja offensichtlich war. »Haltet den Blick auf die Person vor euch gerichtet und bleibt dicht beieinander.«
Aaron nahm meine Hand.
»Dir ist ja wohl jede Ausrede recht«, flüsterte ich. Nicht, dass es mich störte.

Der Weg führte auf einen Feldweg mit zwei Häusern. Eines auf der linken Seite des Weges, eines etwas weiter auf der rechten Seite. »Das ist die Hauptstraße der Insel«, sagte Lyle. »Und das ist eure Unterkunft«, setzte er hinzu und deutete auf das Haus zu unserer Linken. Als wir die Tür erreichten, stöberte er in einer Tasche nach dem Schlüssel und ließ uns hinein.

»Schon zu Abend gegessen?«, fragte er.

»Ja, danke«, erwiderte Miss Platt. »Auf der Fähre.«

»Gut.« Er tastete an der Wand umher, suchte nach einem Lichtschalter und deutete den Gang entlang. »Toiletten sind dort hinten. Die Küche ist ganz am Ende um die Ecke. Danach kommt der Aufenthaltsraum«, sagte er eilig. »Die Schlafräume sind alle oben. Jungen auf der linken Seite, Mädchen auf der rechten. Der für die Lehrerin am Ende des Ganges. Macht es euch gemütlich. Noch Fragen?«

Wir starrten ihn an. War das alles? Das war unser wunderbarer Empfang?

Miss Platt schüttelte sich. »Äh … Wann treffen wir uns morgen früh?«

»Treffen?«, gab Lyle zurück. Er war schon halb aus der Tür.

»Ja, für unser … warten Sie eine Sekunde …« Miss Platt kramte in ihrer Tasche und zog ein Stück Papier heraus. »Insel-Instruktion und offizielle Orientierung«, sagte sie und reichte Lyle das Stück Papier.

Einen Moment lang verschwamm sein Gesicht zu einem winzigen Lächeln. »Lowenna und ihre komischen Überschriften. Immer mit Alliterationen«, sagte er mehr zu sich selbst. Er reichte Miss Platt die Seite zurück.

»Hören Sie, es tut mir leid, dass Sie nicht ganz den Empfang bekommen, den Sie erwartet haben«, sagte er. »Hier geht es ein bisschen drunter … Nun gut, wir klären das morgen früh, ja? Ich komme um neun her, dann versammeln wir uns im Aufenthaltsraum und besprechen alles. Geht das in Ordnung?«

»Na gut«, erwiderte Miss Platt gepresst.

»Muss es ja wohl auch, oder nicht?«, flüsterte mir Mandy ins Ohr.

»In Ordnung dann. Gute Nacht«, sagte Lyle, und damit ließ er uns im Gang stehen und schloss die Tür hinter sich.

Miss Platt brauchte eine Sekunde, um sich zu fassen, dann fand sie zu ihrem üblichen Lehrerton zurück. »Na gut, Kinder, dann richten wir uns mal ein. Bringt eure Sachen hinauf in die Zimmer, und wir treffen uns in zehn Minuten auf eine heiße Schokolade im Aufenthaltsraum. Wie klingt das?«

Es *klang* gut. Dumm nur, dass es sich nicht als so gut herausstellte. Zunächst mal waren die Betten nicht gemacht, und wir brauchten eine Viertelstunde, um Decken und Bezüge für alle zusammenzusuchen.

Als wir die Betten bezogen hatten, waren wir mehr als

empfänglich für einen Becher Kakao mit warmer Milch. Aber es gab keinen Kakao. Und keine Milch.

Miss Platt seufzte und schob eine widerspenstige Haarsträhne in ihren Pferdeschwanz zurück. »Ich glaube, wir sollten zu Bett gehen«, sagte sie. »Morgen früh sieht die Welt schon ganz anders aus. Stellt eure Wecker, Kinder. Um halb neun will ich euch alle hier unten zum Frühstück sehen.«

Frühstück? Ohne Milch?

»Ich bin sicher, dass sie bis dahin etwas für uns organisiert haben«, setzte sie rasch hinzu.

Wir gingen auf unsere Zimmer und sagten uns gute Nacht.

»Träum schön«, flüsterte Aaron, als wir uns im Gang trennten. Ich hätte ihm gern einen Kuss gegeben, aber die anderen waren ja alle noch da und hätten uns aufgezogen, daher beließ ich es bei einem kurzen Lächeln und antwortete nur: »Nacht – und träum auch schön.«

Fünf Minuten später war ich im Bett und fest eingeschlafen.

Anscheinend hatte Lyle sich am nächsten Morgen wieder besser unter Kontrolle. Er kam um neun, wie er gesagt hatte. Und er hatte es sogar geschafft, etwas Milch und

Brot für uns aufzutreiben. Butter nicht, aber wir hatten Marmelade und andere Aufstriche, und es gab sogar einen halben Karton Frosties, den wir unter uns aufteilen konnten. Während wir frühstückten, redete er.

»Ich hoffe, ihr habt alle gut geschlafen«, fing er an. »Erst mal möchte ich mich für den verpatzten Empfang gestern entschuldigen. Normalerweise begrüßen wir unsere Gäste nicht auf diese Art. Die Sache ist nur die, ähm …«

Er brach ab und sah weg. Dann schüttelte er den Kopf. »Verstehen Sie, meine Frau organisiert sonst diese Ausflüge, und dummerweise musste, äh … musste sie weg.«

»Lowenna ist nicht hier?«, unterbrach ihn Miss Platt.

»Ähm, nein. Sie lässt ausrichten, dass es ihr leidtut und –«

»Aber sie hat doch die ganze Exkursion vorbereitet.«

Lyle runzelte die Stirn. »Ja, ich weiß.«

»Sie hat geschrieben, dass sie uns persönlich betreut, uns herumführt, Spiele für uns arrangiert und die beiden Klassen zusammenbringt.« Miss Platt fing wieder an, in ihrer Tasche zu kramen.

»Hören Sie, das ist nicht nötig.« Lyle schlug ihre Unterlagen fort wie ein lästiges Insekt. »Ich weiß, dass die Lage nicht ganz so ist, wie Sie erwartet haben, aber es geht gerade nicht anders. Tut mir leid. Es war … unvermeidbar.« Seine Augen blickten düster bei diesen Worten, und seine Stimme war einen Ton schärfer geworden. Was ging hier vor sich? Was war mit Lowenna geschehen?

Miss Platt steckte ihre Unterlagen wieder ein und richtete sich auf. »Na gut«, sagte sie fest. »Was machen meine Schüler also heute? Lowenna ließ uns wissen, dass es morgens eine Führung über die Insel geben soll und heute Nachmittag eine Schnitzeljagd oder Schatzsuche stattfindet.«

»Ja, das geht in Ordnung. Ich kümmere mich darum«, sagte Lyle.

»Mit Preisen«, setzte Miss Platt energisch hinzu.

»Keine Sorge. Ich tu auch ein paar Preise auf.«

Miss Platt zog ihren Pferdeschwanz etwas strammer. »Na gut«, räumte sie ein. »Das wäre schön.«

Ich schluckte einen Mund voll Toast hinunter und hob die Hand.

»Ja, Emily?«

»Wissen wir, wann die Schiffriff-Schüler ankommen?«, fragte ich. Mrs Sharktail war nicht bereit gewesen, den Samstagsunterricht ausfallen zu lassen, daher würden sie erst heute anreisen. Shona hatte gesagt, dass sie die größte Strecke per Seetransport kämen und das letzte Stück schwimmen würden. Ich wollte sie gerne abholen, wenn sie ankamen.

»Soviel ich weiß, treffen sie am späten Nachmittag oder frühen Abend ein«, erwiderte Lyle. »Nachdem ich gestern Abend hier fortging, habe ich zu Hause die Unterlagen über eure Woche hervorgekramt. Die weiteren Tage werden hoffentlich laufen wie ein blankgewaschener Kiesel.« Er versuchte es mit einem Lächeln. Seine Mundwinkel zogen sich ein winziges Stück nach oben. Er sah ganz nett aus, wenn er lächelte. Nett, aber nicht fröhlich. Das Lächeln erreichte jedenfalls nicht seine Augen.

»Sind Sie in der Lage, uns unsere Insel-Instruktion und die offizielle Orientierung zu bieten, wie versprochen?«, wollte Miss Platt von ihm wissen.

Lyle nickte. »Ja, natürlich.«

»Also gut. Kinder geht und macht euch fertig. Wir treffen uns in einer Viertelstunde wieder hier. Dann kann die Exkursion endlich anfangen.«

Während ich mir die Zähne putzte, die Haare kämmte, meine Schuhe und meine Jacke schnappte und nach unten rannte, konnte ich nicht anders, ich fragte mich, was uns wohl hier erwartete.

Wenn die übrige Insel so geheimnisvoll und seltsam war wie Lyle, dann war eines sicher: Auf *keinen Fall* würde dies so eine sterbenslangweilige Geographie-Exkursion wie befürchtet.

3

»So, Klasse 8P, kommt zu mir und seht bitte her.«
Wir scharten uns um Miss Platt, um ihr zuzuhören.
»Gut. Jetzt sucht sich jeder einen Partner oder eine Partnerin, und jedes Paar nimmt sich ein Klemmbrett und einen Stift. Ich verteile die Sachen. Lyle gibt Blätter aus. Auch immer eines pro Paar.«
Ich warf Mandy einen Blick zu.
»Schon gut. Geh du ruhig mit Aaron«, sagte sie. »Ich frage Julie.«
Aaron lächelte, holte sich ein Klemmbrett und kam zu mir.
Miss Platt sah in ihre Tasche. »Das hier habe ich auch mitgebracht«, sagte sie und zog ein paar leuchtend rote Hüllen heraus. »Wir sind ja nun auf einer Insel, und ich bin sicher, dass ihr irgendwann mal gerne ein bisschen ins Wasser wollt. Steckt eure Papiere und Wertsachen bitte vorher in diese Schutzhüllen, damit sie nicht nass werden.«
Ich holte mir eine Schutzhülle von Miss Platt und stopfte sie in meine Jackentasche.
»So, seht nach, ob ihr alles habt, was ihr braucht«, fuhr sie fort. »Dann gibt euch Lyle weitere Anweisungen.«

Miss Platt trat zurück, und Lyle räusperte sich. »Tja. Ähm. Okay. Nun, wie ich schon sagte, diese Dinge werden normalerweise von meiner Frau gemacht, seid also nachsichtig mit mir.« Er hielt eines der Blätter hoch. »Jedes Paar sollte so ein Blatt haben. Wie ihr seht, ist auf der Vorderseite eine Liste mit Fragen.«

Wir sahen uns unser Blatt an. Obendrüber stand: *Insel-Instruktion – Schatzsuche!* Unter der Überschrift waren nummerierte Fragen mit großen Lücken dazwischen, um die Antworten einzutragen.

»Wenn ihr die Zettel umdreht, seht ihr eine Karte der Insel.«

Ich drehte unser Blatt um und musterte die Karte. Dort war eine grobe Skizze der Insel mit gestrichelten Linien für die Wege, mit verschiedenen Gruppierungen von verschlungenen Linien für die Berge, mit Symbolen für Bäume und Gebäude, schließlich die Buchten, deren Namen in krakeliger Schrift angegeben waren.

»Die Karte zeigt die Insel im Überblick«, erläuterte Lyle. »In einer Ecke seht ihr einen Kompass. Der obere Teil der Insel ist Norden, der untere Süden. Die Linien sind die Hauptwege. Es ist sehr wichtig, dass ihr euch an sie haltet. Wenn ein Weg nicht auf der Karte ist oder nur gestrichelt eingezeichnet, ist er möglicherweise gefährlich oder unsicher, also vermeidet alle Wege, die nicht deutlich eingetragen sind. Alles andere erklärt sich von selbst.«

Ich sah mir die Karte etwas genauer an. Am Südende der

Insel befand sich die Bucht, in der wir gelandet waren. Sie war mit *Hafenbucht* bezeichnet. Von dem Strand dort führte eine Linie zwischen ein paar Bäumen hindurch zu einer dickeren Linie, an der die Häuser lagen. Das war der Weg, den wir gestern Abend genommen hatten. Andere Linien führten zur Sandbucht, zur Tiefblauen Bucht und zur Kieselbucht. Mehr Buchten waren nicht eingetragen.

Ich hob die Hand.

Miss Platt bemerkte es. »Ja, Emily?«

»Warum heißt die Insel Fünfbuchteninsel, wenn es nur vier Buchten gibt?«

Miss Platt drehte sich zu Lyle um. Lyle starrte sie an, ohne zu antworten. Wahrscheinlich kam er sich albern vor, weil seine Insel einen falschen Namen hatte. »Es *gibt* fünf Buchten«, sagte er jedoch schließlich. »Aber nur vier sind zugänglich. Der Zugang zur fünften Bucht ist hochgradig gefährlich und darf nicht benutzt werden. Noch mehr Fragen?«

Niemand meldete sich.

»Gut. Tja. Das ist ein schöner Einfall«, wandte sich Miss Platt an Lyle. »Eine gute Art, den Kindern etwas über die Insel beizubringen und sie zu Eigeninitiative aufzufordern. Dann kann es ja losgehen.«

Lyle hielt uns auf. »Ach, noch eine Sache. Denkt bitte daran, dass es hier einen starken Tidenhub gibt, also große Unterschiede zwischen Ebbe und Flut. In zwei Stunden ist Ebbe, dann sind die Strände am breitesten und alle Wege zugänglich. Später müsst ihr an der Küste vorsichtig sein, denn die Flut steigt sehr hoch an, und die meisten Buchten verschwinden mehr oder weniger – mit Ausnahme der Sandbucht. Dort bleibt immer ein schmaler Strandstreifen.«

Miss Platt sah Lyle an, um festzustellen, ob er fertig war. Er nickte ihr kurz zu. »Gut«, sagte sie mit einem Lächeln. Sie sah auf die Uhr. »Sollen wir sagen, wir treffen uns in zwei Stunden wieder hier?«

»Was bekommen die Sieger?«, fragte Adrian. »Sie haben gesagt, es gibt was zu gewinnen.«

Miss Platt wandte sich wieder Lyle zu.

»Ich … äh …«, stotterte er. »Das habe ich ganz vergessen. Es tut mir leid.«

Miss Platt murrte etwas und zog die Stirn in Falten. »Na gut, wie wär's damit? Die ersten beiden, die zurück sind – und alle Antworten richtig haben –, müssen erst mal nicht beim Abwasch helfen.«

»Wir müssen abwaschen?«, quengelte Adrian.

Miss Platt sah nach rechts und links und hinter sich. »Siehst du vielleicht irgendwelche Dienstboten?«, fragte sie mit der speziellen Art von Sarkasmus, den nur Lehrer draufhaben.

»Und, äh, kochen auch«, räumte Lyle ein.

»*Was?*«, maulte Adrian schon wieder. Wobei ihm die meisten wohl zustimmten.

Miss Platt tippte auf ihre Uhr. »Dann macht euch lie-

ber mal auf die Socken«, sagte sie. »Wenn ihr nicht abwaschen oder kochen wollt.«
Die Klasse machte sich eilends auf den Weg, die Blicke auf den Fragebogen gerichtet. Sie gingen in Richtung Wald – wo wir gestern Abend hergekommen waren.
Ich las die erste Frage vor, während wir hinterherliefen. »Geht zur Hafenbucht und seht nach, was da schwimmt. Gefragt ist nach der Farbe des Bootes.«
»Das kleine Ruderboot bei dem Bootsschuppen! Wir sind doch direkt daran vorbeigekommen, als wir ans Ufer gelaufen sind«, sagte Aaron. »Es war blau. Da bin ich mir sicher. Glaube ich wenigstens.«
Ich lachte. »Ich hätte das Gleiche gesagt. Ich bin fast ganz sicher, dass es blau ist.«
»Es war allerdings schon ziemlich dunkel«, fuhr Aaron fort. »Was meinst du? Sollen wir allen hinterher oder es drauf ankommen lassen und die Frage überspringen?«
Aaron liebte Wettkämpfe. Ich hatte es erlebt, wenn wir um die Wette schwammen oder Schach spielten. Und da wir jetzt gegen alle anderen kämpfen mussten, wollte ich genauso gerne gewinnen wie er. Die Vorstellung, dass wir das beste Team waren, gefiel mir. »Lass uns Blau eintragen und weitermachen«, stimmte ich ihm zu.
Während die übrige Klasse im Wäldchen verschwand, blickte mir Aaron über die Schulter und las Frage Nummer zwei vor: »Die Sandbucht ist weich und rein – wie viele Stufen mögen es sein?«

Ich sah auf die Karte. »Schau mal, das da ist die Sandbucht.« Ich deutete auf eine große Bucht im Osten der Insel. »Wir müssen den Weg hinter dem Wald nehmen, der scheint zu den Stufen zu führen.«
Aaron sah sich um. Er wollte sicher sein, dass wir die Einzigen waren, die gleich zur zweiten Frage übergingen. Dann nahm er meine Hand. »Komm«, sagte er, halb gehend, halb laufend. »Nichts wie hin.«

»Hunderteinundsechzig, hundertzweiundsechzig.« Ich blickte auf. Waren wir bald da? Aaron war weit vor mir und gerade unten angekommen.
»Zweihundertsieben!«, schrie er und kritzelte die Antwort auf das Blatt.
Ich blieb stehen. »Kann ich mir die letzten fünfzig Stufen also schenken?«, rief ich ihm zu.
Aaron winkte mich herunter. »Das würdest du bereuen. Die Bucht ist unglaublich!«
»Aber umso mehr Stufen muss ich wieder hinauf!«
»Glaub mir, das ist es wert. Komm schon.«
Mit wackeligen Knien kam ich unten an und sah mich um. So weit das Auge reichte, erstreckte sich hier ein breiter, blassgelber Strand. Vor uns markierte eine dünne weiße Linie den Spülsaum, wo das Wasser ans Ufer schwappte.

Aaron setzte sich in den Sand und legte das Klemmbrett beiseite. Ich nahm es und las die nächste Frage durch. *Wie tief ist unsere tiefste Bucht? Bitte Meter und Tageszeit eintragen.*

»Was machst du?«, fragte ich, denn Aaron zog seine Sandalen aus.

»Mal kurz schwimmen gehen. Komm mit!«

»Und was ist mit der Schatzsuche? Willst du nicht gewinnen?«

»Doch, schon«, sagte er. »Aber sieh dir das doch an.« Er nickte zum Meer hin. Durchsichtiges türkisfarbenes Wasser, übergossen von der Morgensonne, glitzerte und winkte uns mit tausendfachem Funkeln zu. Weiter draußen wurde das Türkis zu einem tieferen Blau. Ich konnte fast hören, wie die Wellen meinen Namen flüsterten.

»Von den anderen ist immer noch nichts zu sehen«, fuhr Aaron fort. »Lass uns einmal kurz reinspringen.«

Ich setzte mich neben ihn und zog ebenfalls meine Sandalen aus. »Okay, aber nur ganz kurz«, willigte ich ein. Wir rollten die Hosenbeine hoch und standen auf. Ich nahm das Blatt für die Schatzsuche vom Klemmbrett.

»Warum machst du das ab?«, fragte Aaron.

»Damit nichts passiert, solange wir weg sind.«

»Gute Idee. Wir wollen ja nicht, dass die anderen Paare es klauen und wir zurückfallen.«

Ich lachte. »Ich dachte eigentlich eher, dass irgendein

Tierchen ankommt und es annagt. Aber du hast recht, das ist auch ein Gesichtspunkt.«
Ich faltete das Blatt, steckte es zusammen mit dem Stift in die Schutzhülle, die wir bekommen hatten, und schob alles in meine Tasche.
»Fertig?«, sagte Aaron grinsend.
»Jep, auf geht's.«
Zusammen rannten wir zum Ufer. Der Sand war weich und warm. Als wir bis zu den Knöcheln im kühlen Wasser standen und Aaron mir zulächelte, war ich sicher, noch nie im Leben so glücklich gewesen zu sein.
Dann beugte er sich zu mir, um mich zu küssen, und das Gefühl vervielfachte sich. Ich legte die Arme um seine Taille und lehnte den Kopf an seine Schulter.
Eine ganze Woche voller solcher Momente lag vor uns. Ich war ziemlich sicher, das glücklichste Halb-Meermädchen der Welt zu sein.
Aaron blickte aufs Meer hinaus. »Em, sollen wir ...«
Ich wusste, was er fragen wollte. Aaron war genauso wie ich. Zwei Halbwesen, die bis zu den Knöcheln im Wasser stehen, sind wie zwei Schokoladesüchtige vor einem Laden voller Mars-Riegel.
Ich folgte seinem Blick. Das Meer funkelte, als sei es von Juwelen bedeckt. Es schien zu uns zu sprechen, uns herbeizuwinken. Ich konnte nicht länger widerstehen. Meine Füße fingen schon an zu kribbeln.
»Na, dann los«, sagte ich. »Es ist so ein schöner Mor-

gen. Wir können ein bisschen schwimmen und sind bestimmt wieder trocken, wenn wir zur nächsten Frage kommen.«

»Und wahrscheinlich immer noch die Ersten beim Spiel.« Aaron hatte meine Hand losgelassen und watete tiefer ins Wasser. Als er bis zu den Knien drin und seine Hose nass war, drehte er sich um und lächelte. »Also los!« Dann tauchte er ganz ein und verschwand.

Ich sah mich rasch noch mal um. Immer noch niemand in der Bucht. Nach ein paar Schritten tauchte ich ebenfalls unter.

Das Wasser war weich und seidig und verscheuchte all meine Gedanken, als es mich umhüllte. Mir wurde ganz warm. Einen Augenblick später spürte ich, wie sich mein Körper veränderte. Meine Beine kribbelten und spannten sich. Kurz darauf waren sie verschwunden.

Stattdessen hatte sich mein Fischschwanz gebildet. Dunkelrot und grün, funkelnd und leuchtend glitzerte er auf, als ich damit schlug und einen Schwall regenbogenfarbener Tröpfchen um mich versprühte.

Wir zischten nebeneinander durch das glasklare Wasser, in dem man alles sehen konnte. Goldener Sand bedeckte den Grund. Er stieg beim Darüberschwimmen in puderigen Blasen auf. Ab und zu schwammen wir über ein paar hervortretende Felsen, von denen dünne Stränge Seetang wie Blumensträuße nach oben wallten, oder ein einzelner Fisch sauste pfeilschnell an uns vorbei, als ob er eilig zu

einer Verabredung müsste. Ganze Schwärme glitten vorüber, in perfekten Formationen wie Synchronschwimmer. Hier hätte ich den ganzen Tag verbringen können.
Was aber leider nicht ging – wenn wir nicht Ärger mit Miss Platt bekommen wollten. Sie war zwar eine der nettesten Lehrerinnen an der Brightport High, immer freundlich und lächelnd, aber doch so streng, dass wir meistens taten, was sie sagte. Man wollte lieber, dass sie lächelte, als einen ihrer strafenden Blicke zu kassieren.
Was bedeutete, dass wir zur Schatzsuche zurückkehren mussten. Ich wollte keinen Ärger riskieren, weil wir zwei Stunden nach allen anderen eintrafen.
Ich tippte Aaron an. »Ich glaube, wir sollten umkehren.«
Er nickte und deutete nach oben. »Lass uns mal nachsehen, wo wir sind.«
Wir schwammen an die Oberfläche und sahen uns um. In der kurzen Zeit, die wir geschwommen waren, hatten wir ein ganz schönes Stück zurückgelegt. So ist das, wenn man im Wasser ist – man verliert das Gefühl für Zeit und Raum. Ein Fischschwanz ist viel schneller als Beine.
Ich konnte die Sandbucht zwar noch sehen, aber wir waren nicht nur aufs Meer hinaus-, sondern auch an der Küste entlanggeschwommen, und als ich zum Land zurückblickte, bemerkte ich, dass wir schon fast die nächste Bucht erreicht hatten. Beim Untertauchen konnte ich vor uns einen Felssturz sehen, wo der Meeresgrund stark abfiel und das Wasser noch blauer und klarer war.

Aaron deutete nach vorne. »Das muss die Tiefblaue Bucht sein! Sollte uns die nächste Frage nicht dorthin führen?«
»Wir sollen die Tiefe der tiefsten Bucht herausfinden«, erwiderte ich.
»Was meinst du? Die tiefste Bucht ist doch wahrscheinlich die Bucht, die ›tief‹ im Namen hat, glaubst du nicht auch?«
»Kann schon sein. Sollen wir mal hin?«
»Warum nicht? Vielleicht können wir noch eine Frage erledigen, bevor wir zurückschwimmen. Dann sind wir *meilenweit* vor den anderen!«
Zusammen schwammen wir in die Bucht. Als wir über das Felsenriff zwischen den Buchten kamen, wurde das Wasser plötzlich kälter. Ich fröstelte und sah hinunter. Der Grund war praktisch verschwunden. Ich tauchte immer tiefer, aber er schien überhaupt nicht näher zu kommen.
Aaron war neben mir. »Wow. Ein bisschen unheimlich, nicht?«
Ich nickte. »Aber auch schön. Schau mal.« Ich deutete auf eine Gruppe von Fischen, die vor uns auftauchte. Es waren rund zehn Stück, und sie waren dunkelblau mit einem blassen, dünnen gelben Streifen, der an ihren Seiten entlanglief. Bei jeder Bewegung glitzerten und leuchteten sie. Silbrige Kugeln, die wie puschelige Diamanten aussahen, in Wirklichkeit aber wohl Quallen waren, hüpften und tanzten um uns herum.
Wir schwammen noch weiter hinab. Endlich erreichten

wir den Grund. Riesige Felsen säumten ihn. Dazwischen schwammen Fische aller Formen und Größen träge umher, als sei hier unten keine Eile geboten. Ein Hummer streckte wie in einer sanften Yoga-Übung eine Schere aus und zog sie wieder ein. Pflanzen öffneten und schlossen sich langsam wie große Münder, die gähnten. Lange Fische schwammen im Zickzack zwischen den Steinen umher wie Skifahrer beim Slalom.

Die Oberfläche des Grundes konnten wir kaum erkennen.

»Wie sollen wir von hier aus die Tiefe herausfinden?«, fragte ich. »Vielleicht sollten wir lieber umkehren.«

»Stimmt.« Aaron begann, nach oben zu schwimmen, und ich folgte ihm.

Je höher wir kamen, desto klarer wurde das Wasser wieder. Ich merkte, dass wir uns auf die Insel zubewegten, nicht aufs Meer hinaus. Vor uns stieg eine felsige Klippe wie eine Wand fast senkrecht aus dem Wasser auf.

Ich drehte mich zu Aaron um. »Sollen wir?«

Er nickte, und wir schwammen näher heran.

»Hey!« Aaron deutete auf etwas aus Metall, das wir beim Höherkommen an der Wand entdeckten. »Eine Leiter!«

Wir schwammen an ihr entlang nach oben.

»Schau mal.« Ich deutete auf ein paar Markierungen neben der Leiter. Die erste, die ich sah, war *140 m*. Ich stieg höher und entdeckte eine mit *150 m*, dann *160 m*.

»Das sind Messpunkte!«, rief Aaron. »Schwimm zum nächsten hoch.«

Wir schwammen höher: *170 m.*

»Du hast recht«, sagte ich. »Das müssen die Höhenmarkierungen vom Grund der Bucht sein.«

»Dann müssen wir nur ablesen, was an der Oberfläche steht, und wir haben Frage Nummer drei beantwortet!«

Aaron grinste. »Wir sind immer noch vor dem Rudel!«

Wir schwammen zur Wasseroberfläche hinauf und suchten nach der Eintragung, die der Wasserlinie am nächsten war. Ein kleines Stück über der Oberfläche stand: *235 m.*

»Zweihundertfünfunddreißig Meter. Bingo!« Aaron strahlte mich an.

»Hm, die Einteilung ist aber ein paar Meter über dem Wasserspiegel«, sagte ich. »Sagen wir doch lieber zweihundertzweiunddreißig.«

»Perfekt.«

Wir sahen uns um. Die Leiter führte zu einem flachen Felsen, der nicht weit über die Wasseroberfläche hinausragte. Der untere Teil des Felsens war rötlich gelb. Etwas weiter oben befand sich eine Linie, wo das Orange in Grau überging. Das war wahrscheinlich der höchste Wasserstand.

»Sollen wir raus?«, schlug ich vor. »Dann können wir uns die nächste Frage ansehen und entscheiden, ob wir zur Sandbucht zurückschwimmen oder einfach von hier aus weitermachen.«

»Barfuß«, setzte Aaron hinzu.

»Ach so, ja. Daran hätten wir denken sollen!«

Wir zogen uns aus dem Wasser und setzten uns auf den flachen Felsen. Kaum saßen wir da, spürte ich, wie mein Fischschwanz zappelte und zuckte. Innerhalb von wenigen Augenblicken verwandelte er sich wieder in meine Beine. Meine Hose war klitschnass, mein Top auch.

Wir schüttelten uns wie nasse Hunde und wrangen die Ränder unserer Sachen aus. Wir hatten Glück, denn der Tag war warm, und sie würden schnell trocknen.

Ich zog die Hülle aus meiner Tasche und nahm mir den Stift und den Fragebogen. Dann schrieb ich unsere Antwort hin, zusammen mit der Zeit. »Willst du die nächste Frage hören?«, fragte ich.

Aaron rückte näher, um mit mir auf das Blatt zu gucken. »Bringt einen Stein von der Kieselbucht mit. Und wir merken es übrigens, wenn ihr schummelt«, las er laut vor.

»Mit den Steinen dort muss es etwas Besonderes auf sich haben«, überlegte ich. Ich drehte die Seite um und sah auf die Karte, um festzustellen, wo die Kieselbucht war. Am anderen Ende der Tiefblauen Bucht, gegenüber von dem Punkt, an dem wir aufgetaucht waren, zeigte die Karte einen langen, gewundenen Weg hinauf zum Hauptweg und von dort hinunter in die Kieselbucht. Ich vermutete, dass die anderen diesen Weg nehmen würden. Sonst war keiner auf der Karte eingezeichnet.

Das Problem war, dass zwischen dieser und der anderen Seite der Bucht ein steil abfallender Felsabhang lag. Uns blieb nichts anderes übrig, als durch die Bucht zu schwimmen. Dabei trockneten wir doch gerade. Ausnahmsweise hatte ich keine Lust, ins Wasser zurückzukehren. Und als ich die Karte genauer ansah, fiel mir noch etwas auf. Es war kein richtiger Weg, sondern eine dünne, gestrichelte Linie. Sie führte ein Stück über uns um die Küste herum und direkt hinüber zur Kieselbucht und war nur halb so lang wie der »richtige« Weg.

Die andere Möglichkeit war, um die Insel herum zu schwimmen, aber zwischen den beiden Buchten ragten die Felsen weit ins Meer hinaus. Die gestrichelte Linie sah eindeutig nach dem schnellsten Weg aus.

Während ich noch die Karte musterte, stand Aaron auf und betrachtete die Felsen hinter uns.

»Denkst du, was ich denke?«, fragte ich, stand auf und trat neben ihn.

»Das hoffe ich. Schau mal.« Er deutete nach rechts oben. »Siehst du die Lücke dort zwischen den Bäumen und Büschen?«

Ich verdrehte den Hals und folgte der Richtung, in die er zeigte. »Mhm.«

»Dahinter geht es anscheinend weiter. Vielleicht ist es ein nicht mehr genutzter Pfad. Ich schätze mal, das ist eine Abkürzung zur Kieselbucht! Sollen wir das ausprobieren?«

Ich schob das Blatt mit der Hülle schon wieder in meine Tasche und suchte nach einem sicheren Halt im Felsen. »Auf jeden Fall«, sagte ich grinsend. »Das machen wir.«

4

Wir kletterten die Felswand hinauf und halfen uns gegenseitig über die steilen, rutschigen Wände, ohne an die Schrammen und blauen Flecken zu denken, mit denen unsere Beine morgen bedeckt sein würden. Als wir den Pfad von weitem gesehen hatten, war uns nicht ganz klar gewesen, über wie viele Felsbrocken wir steigen mussten. Als ich über den neunten oder zehnten Felsen kletterte, fiel mir etwas ein, was wir ebenfalls nicht beachtet hatten.
»Aaron«, sagte ich. Er war ein Stück vor mir und streckte sich lang über einen zerklüfteten Felsen.
»Was?«, rief er zurück.
»Erinnerst du dich, was Lyle in Bezug auf die Wege gesagt hat?«
»Was denn?«
»Dass sie gefährlich sein können? Dass wir uns an die klar eingezeichneten Strecken halten sollen?«
Aaron blieb stehen und drehte sich um. »Ach so. Ja. Willst du zurück und lieber schwimmen?«
Ich sah hinunter auf die zurückgelegte Strecke. Das Meer schien meilenweit entfernt. Bis zum gestrichelten Weg waren es nur noch ein paar Felsen.

Ich schüttelte den Kopf. »Komm. Lass uns weitergehen. Jetzt sind wir schon so weit gekommen. Wie viel schwieriger kann es schon werden, wenn wir den Pfad erreichen?«
Was eine ziemlich gute Frage war.

Den Weg zu finden war nicht das Problem. Ihm zu folgen war auch nicht so schwierig. Na ja, er war teilweise etwas zugewachsen, und wir mussten hervorstehenden Zweigen ausweichen und uns vor Brennnesseln hüten, indem wir uns duckten oder auswichen oder manchmal vorsichtig mit einem Bein darüberstiegen. Ich fühlte mich bald wie ein Meisterdieb, der durch ein kompliziertes Netz von Infrarotstrahlen irrte. Ein Meisterdieb, der barfuß war, muss ich dazusagen. Meine Füße würden am Ende des Tages bestimmt ganz wund sein.
Aber all das war nicht der schwierige Teil.
Wirklich schwierig wurde es erst, als der Weg auf einmal so schmal wie mein Fuß wurde und an einer Seite steil nach unten abfiel.
Mein Herz klopfte wie wild – so wild, dass es sich anfühlte, als könnte es mich aus dem Gleichgewicht bringen. Ich blieb stehen und packte einen Ast, um die Balance zu halten.

»Alles okay?«, rief Aaron nach hinten.
Ich antwortete nicht. Sogar Worte fühlten sich an, als könnten sie mich umwerfen. Und das Atmen ebenfalls. Also hielt ich die Luft an, bedachte jeden Schritt genau und ging weiter.
»Em, ich hab gefragt, ob alles okay ist?« Aaron drehte sich um. Ich blickte auf und nickte. Dummerweise wählte ich einen schlechten Moment, um den Blick vom Pfad zu nehmen, denn beim nächsten Schritt trat ich auf etwas Scharfes und Stacheliges.
»Autsch!« Ich hüpfte auf den anderen Fuß und rutschte auf einem Blatt aus. Eine Sekunde später hatte ich den Halt völlig verloren. Mein Bein schabte an der Felswand entlang, als ich stürzte.
»Hilfe!«
Aaron versuchte meine Hand zu packen – aber er kam zu spät. »Emily!«, schrie er.
»Aaron!«, rief ich zurück, als ich sah, dass auch er das Gleichgewicht verlor.
»Neeeiiin!«
Wir kullerten und purzelten und rutschten und fielen immer weiter nach unten, durch Dornengestrüpp, über Felsen, durch Büsche. Meine Kleider rissen ein, meine Haut wurde aufgeschürft, mein Kopf füllte sich mit Fragen. Warum hatte ich nicht auf Lyle gehört? Warum hörte ich *niemals* zu? Warum konnte ich *niemals* ein Abenteuer auslassen?

Und wie standen unsere Chancen, den Sturz vom Gipfel einer steilen, zerklüfteten Klippe zu überleben?

»Emily?«
Ich hob den Kopf und sah Aaron ein Stück vor mir liegen. Er rappelte sich auf und kam auf mich zu.
Ich zog mir ein paar Zweige aus den Haaren und stand vorsichtig auf. »Aua!«
»Alles in Ordnung?« Aaron war neben mir. Seine eine Gesichtshälfte war dreckig und auf der anderen hatte er eine Schramme, die mit jeder Sekunde röter wurde.
Ich rieb mir das Bein. »Ich hab mir nur den Knöchel verrenkt, glaube ich«, sagte ich. »Das geht schon wieder. Und du?« Ich berührte seine Wange. »Das sieht aus, als ob es weh tut.«
»Halb so wild«, sagte Aaron. »Solange bei dir alles in Ordnung ist, geht es mir gut.«
Ich sah mich um. Wir waren in einer Art Graben, aber immer noch sehr weit weg vom Fuß der Klippe.
»Scheint so, als ob der Graben hier unseren Sturz aufgehalten hat«, sagte Aaron und sah in beide Richtungen der Senke. Auf der einen Seite lag ein großer Baum quer darüber.
Ich nickte mit dem Kopf in die andere Richtung. »Lass

uns da langgehen. Vielleicht führt das ja zu einem Weg«, schlug ich vor.

Eine Weile liefen wir stumm hintereinander her. Wahrscheinlich standen wir beide noch so unter Schock, dass wir nicht wussten, was wir sagen sollten. Wenn es jetzt keinen Weg gab, der weiterführte? Der Graben lag viel zu hoch und zu weit weg vom Ufer, um ins Meer zu springen. Was war, wenn es keinen Weg hier hinaus gab? Unsere Handys hatten wir alle daheim gelassen, da es auf der Insel praktisch kein Netz gab, wir konnten also auch niemanden anrufen, um durchzugeben, wo wir waren – was wir sowieso nicht gekonnt hätten, weil wir ja keine Ahnung hatten, wo wir waren.

Warum? Warum hatten wir uns nicht an die erlaubten Wege gehalten? Gerade, als alles so gut lief. Warum konnte ich nicht ein Mal –

»Emily!«, unterbrach Aaron meine Überlegungen. Wir hatten das Ende des Grabens erreicht. Zu unserer Linken erhob sich die steile Felswand. Rechts fiel sie fast genauso steil ab. Aber vor uns verschmälerte sich der Graben zu einem Durchgang, der zu etwas führte, das wie ein Weg aussah.

Aaron drängte sich hindurch und sprang auf den Weg hinunter.

Ich folgte ihm und sah mich um. Von hier aus konnte ich unter uns das Meer sehen. Dunkelblaues Wasser, das in schaumigen weißen Wirbeln an die Felsen schlug.

Wir folgten dem Weg und kamen um eine Biegung. Der Weg ging weiter, aber an der abschüssigen Seite, fast ganz versteckt unter Pflanzen, die kreuz und quer darüber wucherten war etwas, das wie eine Steinstufe aussah.
»Aaron, schau mal!«
Wir traten näher und zerrten die Pflanzen fort. Es war nicht nur eine Steinstufe. Es war eine ganze Treppe, die nach unten führte – doch wohin?
Aaron sah mich an. »Sollen wir?«
Vielleicht führte sie ja hinunter zum Meer. Wenn ja, vielleicht könnten wir dann schneller in die nächste Bucht schwimmen, als wir zu Fuß hinkommen würden. Die Treppe war auf jeden Fall einen Blick wert. Außerdem hatten die Stufen etwas an sich, das mich praktisch *auffordert*e, ihnen zu folgen. Sie waren wie eine Einladung. Eine versteckte Treppe auf der verbotenen Seite einer Insel. Wer könnte da schon widerstehen?
Ich nickte. »Lass uns wenigstens mal nachsehen«, sagte ich und ärgerte mich über mich selbst, kaum dass ich es gesagt hatte. Vor zwei Minuten hatte ich mich noch gefragt, warum ich jeder unbekannten und geheimnisvollen Sache auf den Grund gehen musste – und schon wieder suchte ich geradezu danach! Es war einfach so, dass ich nicht widerstehen *konnte* – und auch nicht wollte. Die Möglichkeit eines Abenteuers würde für mich immer anziehender sein als der Drang, mich in Sicherheit zu bringen. So war ich wohl einfach gemacht, nehme ich an.

»Okay. Wenn da unten nichts ist, können wir immer noch zurück und sehen, ob uns dieser Pfad zum Weg zurückführt«, sagte Aaron.
Ich grinste. »Auf diese Antwort habe ich gehofft.«
Er zog die Pflanzen auseinander und ging voraus.

Die Steinstufen waren immer wieder übersät mit Ästen, Büschen, Pflanzen und Zweigen.
Ein Teil von mir dachte, dass ein schrecklich steiler Aufstieg vor uns lag, falls die Treppe nicht irgendwohin führte. Der andere Teil wollte unbedingt wissen, wohin uns diese Stufen brachten und *wer* um Himmels willen sie gebaut hatte.
Wir hatten den Fuß des Felshangs fast erreicht. Eine Biegung nach links. Drei Stufen hinunter. Eine Biegung nach rechts. Fünf weitere Stufen. Wieder links. Dann …
»Wow!« Aaron blieb abrupt stehen, und ich hielt hinter ihm an.
»Wow«, sagte ich ebenfalls. »Was zum …«
Wir sahen uns an, dann wieder hinunter. Unter uns endeten die Stufen an einer niedrigen Mauer. Links daneben war ein sehr kurzer, sehr steiler Weg, der zu einer Art Sockel führte. Wie eine Steinbühne ragte er halbkreisförmig aus der Felswand und blickte direkt aufs Meer.

Unter dem Sockel fielen die Wände senkrecht ab bis zum Strand. Die fünfte Bucht! Die Bucht, die nicht auf der Karte eingezeichnet war!
Selbst vom Rand des Sockels war es noch zu weit, um ins Meer zu springen. Wenn Flut gewesen wäre, hätten wir es vielleicht geschafft, aber jetzt war es unmöglich, diesen Höhenunterschied lebend zu überwinden. Er war fast so hoch wie ein Haus, und wer wusste schon, was unter der Wasseroberfläche für Felsen lauerten?
Doch was mir den Atem nahm, war das, was auf der Steinbühne stand.
Ein Sitz. Ein großer, klobiger Sessel aus Holz, mit Blick übers Meer und auf den fernen Horizont.
Ich sah Aaron an. Er sah mich an. Dann eilten wir ohne ein weiteres Wort das letzte Stück des Weges hinunter, sprangen auf den Steinsockel und fingen an, den Sitz zu untersuchen.

Er war massiv und schwer und schien aus dem Stein herauszuwachsen – fast, als sei er ein Teil davon. Er war aus dickem, schwarzem Holz gemacht, feucht und am Fuß der vier Stuhlbeine etwas verrottet. Eine dünne Moosschicht überzog den hinteren Teil, und seine Latten waren fest miteinander vernagelt.

»Was ist das?«, fragte ich, als wir ihn umrundeten. »Also, ich weiß natürlich, was es ist. Ein Sitz oder Stuhl. Aber wofür?«
»Und für *wen*?«, überlegte Aaron. »Sieh dir das an.« Er deutete auf die Sitzfläche. »Sie ist abgenutzter als der übrige Teil.« Er hatte recht. Der Sitz war abgewetzt und heller als der Rest.
»Als ob jemand regelmäßig darauf sitzt!«
»Genau. Aber wer? Und es ist doch seltsam, dass jemand immer wieder herkommt, wo er doch so schwer zu erreichen ist.«
»Und angeblich im verbotenen Bereich«, setzte ich hinzu.
Aaron trat vor den Sitz und setzte sich darauf. »Aber schön, nicht? Ich komme mir vor wie ein König.« Er saß aufrecht und mit verschränkten Armen auf dem Sessel. »Wie Neptun oder König Knut der Große oder so.« Er klopfte auf die Sitzfläche neben sich und rutschte zur Seite. »Komm, setzt dich zu mir.«
Ich quetschte mich neben ihn. »König Aaron und Königin Emily«, murmelte ich. »Was meinst du? Glaubst du, wir würden es besser machen als Neptun, wenn wir über die Meere herrschen würden?«
Kaum hatte ich die Worte gesagt, wollte ich sie zurücknehmen. Das war ja mehr oder weniger, als ob ich ihn fragte, ob er mich heiraten wollte!
Aaron lachte. »Ich weiß nicht. Er macht's doch ziemlich

gut – wenn er nicht gerade so schlechter Laune ist, dass er Inseln zerstört oder draußen auf dem Meer schreckliche Stürme auslöst.«
Mit anderen Worten, nein danke zu diesem Vorschlag! Und für den Fall, dass die Botschaft noch nicht richtig bei mir angekommen sein sollte, drehte er sich zu mir und sah mich mit einem echt seltsamen Blick an.
»Was ist?«, fragte ich. Sollte ich zu erklären versuchen, dass das gerade *kein* Heiratsantrag gewesen war, oder würde das alles noch schlimmer machen?
Aaron schüttelte den Kopf. »Ach, nichts«, erwiderte er leichthin. Dann wandte er sich etwas von mir ab und starrte aufs Meer hinaus.
Okay, danke, Aaron. Die Antwort war deutlich genug.
Eine Minute lang saßen wir schweigend da und sahen aufs Wasser. Abgesehen von der Tatsache, dass ich mich gerade zum Narren gemacht hatte und mich am liebsten eine Weile unter einem Felsen verstecken wollte, hätte ich hier den ganzen Tag sitzen können, um mit Aaron den herrlichsten Blick auf die schöne, weite, blaue See zu teilen. Es war, als ob außer uns niemand auf der Welt wäre. Nichts bewegte sich.
Und dann …
»Aaron.« Ich stieß ihn an.
»Was?«
Ich wies in Richtung Horizont. Jetzt, bei Ebbe, hatte sich das Meer weit zurückgezogen, aber es war immer noch

genug davon zu sehen. Doch ich deutete nicht auf das Wasser. Sondern auf etwas *auf* dem Wasser. »Das da.«
Aaron folgte meinem Fingerzeig. »Ein Schiff!« Er sprang auf. Ich trat zu ihm an den Rand des Sockels, und wir starrten zu dem riesigen Schiff hinaus.
Es sah aus wie aus einem Film. Ein langes Schiff, das sich mal am Bug, mal am Heck hob. Es hatte drei Masten und weiße Segel, die sehr ramponiert wirkten und schlaff herunterhingen.
Ich blinzelte gegen die Sonne an, um es besser zu sehen. Es lag schräg auf den Wellen, halb in unsere Richtung gedreht, und glitt so sanft über das Wasser, dass es fast zu schweben schien.
»Es kommt auf die Insel zu, meinst du nicht auch?«
»Scheint so«, erwiderte Aaron. »Es muss aber mindestens noch zwei Meilen weit weg sein.«
»Vielleicht ist es etwas, das Lyle für uns vorbereitet hat!«
»Das wäre echt cool!« Aaron drehte sich zu mir um und grinste. »Aber was wir bisher von seinen organisatorischen Künsten gesehen haben, lässt eigentlich nicht darauf schließen.«
»Stimmt auch wieder.«
Wir sahen dem Schiff weiter zu. Es war faszinierend. Gerade noch sahen die Segel zerrissen und unnütz aus. Plötzlich füllten sie sich mit Wind und blähten sich auf wie ein stolzer Feldwebel, der die Brust herausstreckte, um Luft zu holen. Dabei rückte es jedes Mal ein Stück-

chen näher. Im nächsten Moment wurden die Segel wieder schlaff und fielen zu der leblosen, zerfledderten Form zusammen.

Und dann geschah etwas *wirklich* Seltsames. Hinter dem Schiff baute sich eine Nebelbank auf. Sie begann am Horizont und umhüllte das Schiff, als ob sich jemand von hinten anschlich und ein Laken darüberwarf, um es zu verstecken.

Der Nebel kroch näher und sank tiefer, bis er das gesamte Schiff einhüllte. Einen Augenblick später kam die Sonne hinter der Nebelbank hervor, die daraufhin allmählich verdunstete. Die Sonne strahlte so hell, dass ich die Augen schließen musste.

Als ich sie wieder öffnete, war das Meer glatt, die Luft war still, der Nebel war verschwunden.

Und das Schiff auch.

5

Aaron sah mich an. »Wo ist es abgeblieben?«
Ich starrte aufs Meer hinaus und erwartete, dass das Schiff wieder auftauchte. »Vielleicht ist es einfach hinter einer Welle verschwunden«, vermutete ich.
»Da sind doch gar keine Wellen. Das Meer ist flach wie 'ne Flunder«, sagte Aaron. »Keine Dünung, kein Wind …«
»Und kein Schiff«, setzte ich hinzu.
Aaron schüttelte den Kopf. »Vielleicht hat es abgedreht und ist hinter dem Horizont verschwunden, während es vom Nebel verhüllt war.«
»Wahrscheinlich. Es muss den Kurs gewechselt haben«, sagte ich, auch wenn ich das kaum glauben konnte. Der Nebel war nur ein paar Sekunden aufgewallt, höchstens eine halbe Minute. Aber anders konnte ich es mir nicht erklären. Es *musste* so gewesen sein.
Aaron warf einen Blick auf seine Uhr. »Ich wette, dass wir inzwischen die Letzten sind.«
Ich sah zu der steilen Treppe zurück. »Komm, gehen wir trotzdem zurück. Wer weiß, vielleicht haben wir so viel Zeit mit den ersten Fragen gewonnen, dass wir noch eine Chance haben.«

Ich zog das Blatt aus der Tasche und überflog die Karte. Nachdem wir jetzt die fünfte Bucht entdeckt hatten, konnte ich mir vorstellen, wo wir auf der Insel waren. Eine dünne, krumme Linie führte von hier zum Hauptweg zurück. Das war bestimmt der, den wir am Ende des Grabens gesehen hatten.

Ich tippte mit dem Finger auf die Karte, um Aaron zu zeigen, wo wir waren. »Wir müssen einfach die Treppe hochsteigen und den Pfad dort hinauf nehmen, dann sollten wir auf dem richtigen Weg sein.«

»Okay. Lass uns gehen. Wie war die nächste Frage noch mal?«

Ich drehte das Blatt um und las vor. »Bringt einen Stein von der Kieselbucht mit. Und wir merken es übrigens, wenn ihr schummelt.«

»Okay, die Kieselbucht also«, sagte Aaron und überquerte den Steinsockel. »Mal sehen, ob wir das Rennen noch machen.«

Unnötig zu erwähnen, dass wir die Schatzsuche nicht gewannen. Zum Glück hatten einige der anderen Schwierigkeiten gehabt, die Orte zu finden, deshalb waren wir immerhin nicht die Letzten. Wir waren irgendwo in der Mitte – gut genug, um keine Aufmerksamkeit zu erregen,

auch wenn wir bei der Ankunft aussahen wie Statisten aus einer Szene mit Schmuddelkindern aus *Oliver Twist*.
Am Zielpunkt im Wäldchen winkte Mandy mir zu. Sie und Julie saßen mit ein paar anderen etwas abseits am Fuß eines Baumes.
»Was ist denn mit euch passiert?«, fragte Mandy.
»Was meinst du?«
Sie deutete auf meinen linken Arm. »Du hast einen riesigen blauen Fleck.«
Ich verdrehte den Arm, um ihn anzusehen. Sie hatte recht. Er wurde schon richtig blaurot, und mittendurch lief eine Schramme.
»Und am anderen Arm blutest du«, fügte Mandy hinzu. »Außerdem sind deine Beine total mit Schlamm überzogen. Und du humpelst.«
»Wir haben uns ein bisschen verirrt«, sagte ich wegwerfend. Dann flüsterte ich ihr zu: »Ich erzähl es dir später.« Miss Platt tauchte hinter uns auf, und die musste nicht wissen, dass wir absichtlich den Weg genommen hatten, von dem wir uns hatten fernhalten sollen.
»Okay. Und übrigens … Du weißt doch sicher, dass du barfuß bist, oder?«, setzte Mandy leise hinzu.
Ich nickte. »Erklär ich dir auch später.«
»So, Kinder. Das habt ihr alle gut gemacht. Lasst uns jetzt zum Haus zurückgehen«, sagte Miss Platt und trieb uns zusammen. »Macht euch ein bisschen zurecht, wir treffen uns in zwanzig Minuten im Speisesaal. Nach dem

Mittagessen habt ihr etwas Zeit für euch, während Lyle und ich eure Bögen auswerten. Melden sich bitte ein paar Freiwillige, die beim Essenmachen helfen?«

Schnell schlurften wir über den Weg zum Haus, ehe uns Miss Platt als *Freiwillige* zum Küchendienst einteilen konnte.

»Hast du das wahnsinnige Schiff gesehen?«, fragte ich Mandy, als wir auf unser Zimmer gingen, das wir mit ein paar anderen Mädchen teilten.

»Was für ein Schiff?«, fragte Mandy.

»Ein großes Schiff am Horizont, mit riesigen Segeln. Es hat ausgesehen, als ob es auf die Insel zusteuert, aber dann hat es abgedreht.«

»Ähm, nö.« Mandy schüttelte den Kopf. »Sicher, dass du es dir nicht nur eingebildet hast?«, witzelte sie, was mich daran erinnerte, dass sie mich bis vor kurzem gemobbt und verspottet hatte. Aber das war doch inzwischen Geschichte, oder nicht?

Mandy musste bemerkt haben, wie ich zusammengezuckt war. »Hey, war nicht so gemeint«, sagte sie versöhnlich. »Ich war vielleicht gerade auf der anderen Seite der Insel, als ihr es gesehen habt.«

»Ja, wahrscheinlich«, stimmte ich ihr zu. Aber sicher war ich mir nicht – und ich beschloss, das Schiff nicht mehr zu erwähnen, weder ihr gegenüber noch irgendwem sonst. Irgendwas an dem Schiff machte mir zu schaffen. Was war es nur? Wie es sich bewegt hatte? Wie es aus

dem Nichts aufgetaucht und so plötzlich wieder verschwunden war? Die Segel, die zuerst ganz zerfleddert und zerrissen ausgesehen und sich dann mit Wind gefüllt hatten und das Schiff vorantrieben?
Oder alles zusammen?
Wie auch immer, ich machte mich über mein Käsebrot mit sauren Gurken und meine Chips her, verdrängte das Schiff und konzentrierte mich auf die Sachen, die wichtiger waren: Was ich mit meinen Freunden in unserer Freizeit anstellen könnte.

Die Entscheidung fiel mir nicht schwer. Die Sonne schien noch, und Mandy und Aaron waren einer Meinung mit mir: Unser Freizeitziel war die Sandbucht.
Als Erstes suchten wir nach unseren Sandalen, als wir dort ankamen. Das Wasser stand viel höher als vor ein paar Stunden, als ich mit Aaron dort gewesen war, hatte aber den oberen Strand noch lange nicht erreicht. Die Sandalen waren genau dort, wo wir sie zurückgelassen hatten.
Mandy zog Schuhe und Socken aus und stellte sie zu unseren. »Kommt, wir gehen zum Wasser und waten ein bisschen herum«, schlug sie vor. Dann brach sie ab und sah von Aaron zu mir. »Ich meine, wenn das … wenn ihr euch nicht … wenn ihr nichts dagegen habt.«

»Alles gut«, versicherte ich ihr. »Unsere Fischschwänze bilden sich erst, wenn wir halb im Wasser sind. Und selbst wenn, wäre das kein Problem.« Ich krempelte die Hosenbeine hoch und winkte den anderen beiden zu. »Los, wer zuerst am Wasser ist!«

Wir rannten durch den Sand. Einige aus unserer Klasse hatten die gleiche Idee gehabt und waren ebenfalls in die Sandbucht gekommen. Wir liefen zu ihnen, spritzten uns gegenseitig nass und rannten schreiend und quietschend am Ufer entlang.

Dann blieb Mandy plötzlich stehen und deutete aufs Meer. »Hey, seht mal!«, sagte sie.

Mein Puls wurde schneller. War da wieder das Schiff? Ich folgte ihrem Blick. Es war aber nicht das Schiff. Es war noch viel besser – ein Schwarm Delphine schwamm und tauchte und sauste durch die Wellen. Sie trugen Päckchen auf den Rücken. Und zwischen den Delphinen befanden sich Menschen.

Die Schiffriff-Schule war eingetroffen!

Ich sah Mandy an. Sie lächelte. »Alles gut. Schwimm ihnen entgegen. Es sind genug andere am Strand«, sagte sie und erriet damit meine Gedanken, wie sie es noch nie getan hatte und wie es nur bei wirklich guten Freundinnen passiert. Ich lächelte zurück und musste daran denken, welche Entwicklung wir beide seit den Tagen hinter uns hatten, als sie mich *Fischmädchen* genannt hatte.

Ohne groß nachzudenken, umarmte ich sie. »Danke, Mandy«, sagte ich.
Sie erwiderte die Umarmung etwas verlegen, dann rückte sie von mir ab. »Du machst mich ganz nass!«
Ich lachte. »Als ob du nicht schon klatschnass wärst!«
Sie zuckte die Schultern. »Stimmt auch wieder.« Dann nickte sie zu der Gruppe, die immer näher kam. »Los. Geh hin und begrüß sie auf der Insel.«
Ohne weiteres Zögern sprang ich ins Wasser und schwamm ihnen entgegen. Aaron hatte mit ein paar anderen Jungen am Strand Fußball gespielt, aber als er sah, wie ich ins Wasser tauchte, kam er auch angeschwommen.
Shona führte die Gruppe an. Wir stießen fast mit den Köpfen zusammen.
»Emily!« Sie strahlte und umarmte mich stürmisch.
»Ihr seid früh dran!«, sagte ich, während wir nebeneinanderher schwammen. »Ich dachte, dass ihr erst heute Abend kommen würdet.«
»Wir haben Neptuns tolle Delphinflotte zur Verfügung gestellt bekommen, deshalb haben wir nur halb so lange gebraucht.«
Aaron pfiff anerkennend. »Nett. Wie habt ihr das denn hingekriegt?«
Genau in dem Moment tauchte jemand neben Shona auf. »Es ist immer hilfreich, die richtigen Beziehungen zu haben«, sagte er grinsend.

»Seth!« Aaron schwamm zu ihm und schlug ihm auf den Rücken. »Wie kommt's, dass du auch hier bist?«
»Er hat einen genialen Plan vorgelegt«, sagte Shona.
Seth erklärte: »Ich habe Neptun davon überzeugt, dass so ein bedeutendes Ereignis wie der erste gemeinsame Ausflug von Meerleuten und Menschen unbedingt eine Aufsichtsperson braucht.«
Shona lächelte Seth zu. »Seth hat es so klingen lassen, als sei Neptun selbst auf diese Idee gekommen.«
»Und Neptun hat zugestimmt«, fuhr Seth mit einem Grinsen fort. »Also bin ich hier! Wahrscheinlich nur für zwei Tage, aber besser als gar nichts.«
»Zischig!«, sagte ich.
»Ja, nicht?«, setzte Shona verlegen hinzu.
»Und wo wohnt ihr?«, fragte ich Shona.
»Mr Finsplash sagt, in der Nähe einer der Buchten. Die Dunkelblaue Bucht, glaube ich.«
»Die Tiefblaue Bucht?«, meinte Aaron.
»Genau. Da gibt es ein paar Tunnel, die als Meer-Hotel eingerichtet sind.«
»Cool. Aaron und ich waren schon dort«, sagte ich. »Es ist gleich hier um die Ecke.«
Als wir die Felsvorsprünge am Ende der Tiefblauen Bucht umrundet hatten, tauchten wir auf und sahen uns um. Es sah anders aus als vorhin. Jetzt war der Wasserstand an den Klippen so hoch, dass man das gelbliche Rot der tieferen Felsen nicht mehr sehen konnte. Wir hatten schon

heute Morgen gefunden, dass das Wasser tief war, aber jetzt war es noch einmal um die Hälfte gestiegen. Es war auch bewegter. Ich wurde hochgehoben und heruntergezogen, während wir uns unterhielten.

»Es ist die tiefste Bucht der Insel«, sagte Aaron.

»Es gibt fünf Buchten, aber wir dürfen nur in vier davon«, fügte ich hinzu.

»Was wir natürlich nicht beachtet haben –«, hob Aaron an, doch er wurde von Mr Finsplash unterbrochen, der die Schiffriff-Schüler aufforderte, ihm zu folgen.

»Wir sehen euch dann später, ja?«, sagte Shona. »Sie haben gesagt, dass wir uns nachher alle hier am Ufer treffen.«

»Super, bis später also«, sagte ich, und Shona und Seth tauchten wieder unter.

Aaron und ich wollten das auch gerade tun und zur Sandbucht zurückschwimmen, als etwas auf den Klippen meine Aufmerksamkeit erregte. Oder besser gesagt, jemand.

»Aaron«, sagte ich. »Schau mal.« Zwei unserer Mitschüler waren auf den Felsen, ungefähr dort, wo wir heute Morgen gewesen waren. Sie hockten auf einem Felsvorsprung unterhalb des Weges, den wir entlanggegangen waren, und sahen aus, als säßen sie in der Klemme.

Aaron starrte zu den Felsen hinauf. »Das sind James und Annabel. Was machen sie da?«

Wir schwammen näher. Jetzt, wo die Flut fast am höchsten stand, waren wir nicht so weit von ihnen entfernt –

nah genug, um ihre Gesichter sehen zu können. Sie wirkten verängstigt. »Alles in Ordnung?«, rief ich hinauf. Annabel schüttelte nur den Kopf und sagte nichts. James rief etwas zu uns herunter.
»Wir stecken fest«, sagte er. »Wir sind vorhin oberhalb der Bucht herübergelaufen, aber jetzt können wir nicht zurück. Uns war nicht klar, dass das Wasser so schnell steigt.«
Ich sah mich um und verstand, was er meinte. Das Wasser stand inzwischen so hoch, dass die beiden Enden der Bucht voneinander abgeschnitten waren. Und es stieg noch weiter an. Wir wurden von den Wellen hochgeworfen und hinabgezogen. Gerade noch riefen wir ihnen von weit unten etwas zu, im nächsten Moment wurden wir fast an den Felsüberhang gedrückt.
»Warum springt ihr nicht ins Wasser?«, schlug ich vor. »Oder klettert die Leiter hinunter? Wir schwimmen mit euch durch die Bucht.«
Annabel schüttelte heftig den Kopf. »Auf keinen Fall«, rief sie, nachdem sie die Sprache wiedergefunden hatte. »Das ist viel zu tief. Wir haben die Seekarte gesehen. Ich spring da nicht rein.«
Einen Augenblick später bestätigte das Meer ihre Furcht. Ein gewaltiger Brecher stieg fast bis zu ihnen hinauf. Es sah aus, als würde er hinaufgreifen und sich alles holen, was er zu fassen bekam.
Annabel stieß einen Schrei aus und drückte sich eng

an die Felswand. Zwei weitere Wogen stiegen auf und klatschten an die Klippe – jede wirkte, als wolle sie alles, was locker saß, fortschwemmen. Die nächsten drei Wellen waren schwächer, aber immer noch ziemlich wild.

Ich erinnerte mich dunkel an Annabels Schwimmversuche im Schwimmbecken in Brightport. Sie war eine der schwächeren Schwimmerinnen. Es wunderte mich nicht, dass sie zögerte, es mit der größten, tiefsten Bucht aufzunehmen, vor allem bei diesem Seegang.

Ich musterte die Küste. Annabel und James waren nicht so weit von dem Punkt entfernt, an dem wir am Morgen aus dem Wasser gekommen waren. Es war auch für uns nicht ganz einfach, bei diesem Seegang die Leiter zu erklimmen, aber ich hoffte, dass wir ihnen auf den Weg zurück helfen könnten, wenn wir sie erreichten.

Aaron sah mich an. Ich merkte, dass er das Gleiche dachte. »Lass uns hochklettern«, sagte er.

Ich nickte. »Bleibt, wo ihr seid«, rief ich den beiden zu. »Wir kommen rauf.«

Aaron und ich warteten, bis uns eine der weniger wilden Wellen hochhob, dann packten wir die Sprossen der Leiter und zogen uns so schnell wie möglich aus dem Wasser, ehe uns die nächste Welle an die Felswand schmettern konnte. Wir hielten uns oben an der Leiter fest, bis unsere Fischschwänze wieder zu Beinen geworden waren. Dann kletterten wir zu Annabel und James hinüber.

»Vielen Dank!«, rief Annabel, als wir nach der Kletterpartie bei ihnen waren und wieder zu Atem kamen.

Ich sah mich um. »Okay, wir müssen nur über ein paar dieser Felsen klettern.«

»Ich dachte, der Weg sei da drüben«, sagte James und deutete auf die andere Seite der Bucht.

»Wir nehmen einen anderen Weg«, erklärte ihm Aaron. »Man sieht ihn erst, wenn man über diese Felsen geklettert ist. Kommt mit.«

Aaron und ich gingen voraus. Diesmal stiegen wir wie erfahrene Kletterer über die Felsen. Der letzte Fels war der schwierigste, und ich streckte Annabel die Hand hin, um ihr zu helfen. Nachdem wir es alle geschafft hatten, lag der Weg vor uns. Aaron ging voraus, und wir folgten ihm im Gänsemarsch.

»Der Weg wird gleich echt schmal«, sagte ich beim Gehen über die Schulter. »Bleibt ganz ruhig und setzt einen Fuß vor den anderen. Ihr schafft das schon.«

Wortlos wanderten wir weiter, bis wir zu der Stelle kamen, wo wir am Morgen abgerutscht waren.

»Jetzt aufpassen«, rief Aaron nach hinten.

Nach ein paar Minuten erreichten wir den Weg, der zu dem Steinsitz hinunterführte. Einerseits wäre ich gerne hinuntergestiegen, um ihn mir noch mal anzusehen. Andererseits wollte ich ihn aber auch geheim halten, nur für Aaron und mich. Ich konnte aber nicht widerstehen, einen Blick zu riskieren, als wir daran vorbeikamen.

Ich sah den steilen Abfall der Felswand und den Rand des Sockels. Der Sitz selbst war von hier nicht sichtbar.
»Okay, jetzt nehmen wir diesen Weg«, sagte Aaron und wartete auf die anderen. Nach dem Gang über die Klippe waren sie käseweiß. »Er führt nur noch über das Innere der Insel und ist bis zum Hauptweg viel sicherer.«
»Vielen Dank für eure Hilfe«, sagte Annabel und betrat den Weg. Ich wartete an der Abzweigung, bis sie an mir vorbei waren. »Ich weiß nicht, was wir gemacht hätten, wenn ihr nicht vorbeigekommen wärt.«
»Ich will lieber gar nicht dran denken«, fügte James hinzu.
Das wollte ich auch nicht. Mit dem Ansteigen der Flut und bei den so heftig an die Klippenwand schlagenden Wellen schätzte ich, dass die beiden nach ein paar weiteren Minuten auf dem Felsvorsprung echt in Schwierigkeiten geraten wären.
Ich wollte den anderen gerade auf den Weg folgen, als ich unter uns etwas hörte. Es klang wie ein Aufklatschen. Ich warf einen Blick in Richtung des Sockels, gerade rechtzeitig, um im Wasser Wellenkreise zu sehen, die sich nach außen verbreiterten. Wie wenn man einen Stein in einen See warf – nur viel größer.
Dann sah ich etwas noch Seltsameres: Unter der Wasseroberfläche bewegte sich ein dunkler Schatten von den Wellenkreisen fort. Was war das? Ein Hai? Ein großer Fisch? Und was hatte das Aufklatschen verursacht?

»Emily, kommst du?«, rief Aaron. Die drei waren stehen geblieben, um auf mich zu warten. Sollte ich ihnen erzählen, was ich gesehen hatte? Ich sah noch mal hinunter. Die Wellenkreise waren kaum noch zu sehen. Was gab es also zu sagen? Es war wohl nur ein Fisch gewesen. Und die Wellenkreise waren durch einen herabstürzenden Steinbrocken entstanden. Was konnte es sonst für eine Erklärung geben?

»Ich komme schon«, antwortete ich und betrat den Weg, um mich meinen Freunden anzuschließen. Dabei versuchte ich, meine Fragen zu diesem seltsamen Teil der Insel in den hintersten Winkel meines Kopfes zu schieben.

6

Am Ende des Pfades kamen wir auf den Hauptweg und fanden so zum Haus zurück.

»Da seid ihr ja«, begrüßte uns Miss Platt an der Tür. »Wir kommen in fünf Minuten hier draußen zusammen. Die Schiffriff-Schule ist eingetroffen, und wir gehen alle zur Tiefblauen Bucht, um die Pläne für die Woche zu besprechen. Beeilt euch. Lasst uns nicht warten.«

Ich rannte nach oben, zog mich schnell um und war ein paar Minuten später bei den anderen. Unterwegs erzählte ich Aaron, was ich vorhin gesehen hatte. »Ich bin sicher, es war ein großer Fisch oder ein Hai oder so was«, sagte ich. »Aber es hat ausgesehen … na ja, wie eine Person.«

»Es war wahrscheinlich einer der Meerschüler«, sagte Aaron.

Na klar! Warum war ich nicht selbst darauf gekommen?

»Aber wieso die Wellenkreise?«

Aaron zuckte die Schultern. »Wer es auch war, er oder sie hat vielleicht einen Salto im Wasser gemacht oder so was.« Er lachte.

»Was ist?«

»Typisch Emily. Du bist wild entschlossen, immer und

überall ein Geheimnis oder ein Abenteuer zu entdecken, stimmt's?«

Ich zuckte die Schultern und verschränkte die Arme. »Stimmt doch gar nicht«, sagte ich abwehrend.

Aaron lachte wieder und legte einen Arm um mich. »Jetzt sei nicht sauer«, sagte er. »Ich hab das als Kompliment gemeint. Es gehört zu den Dingen, die ich an dir –«

Er blieb stehen und hüstelte. »Äh, sorry, mir ist 'ne Fliege in den Hals gekommen«, sagte er und schlug sich ein paarmal auf die Brust.

»Die du an mir …«, ermunterte ich ihn, als sein Hustenanfall vorüber war.

»Na ja, du weißt schon, deshalb bin ich nicht ungern mit dir zusammen«, sagte er beiläufig. »Man hat immer was zu lachen mit dir.«

Immer was zu lachen? Mehr wollte er nicht von mir? Und ich hatte uns schon vor dem Traualtar gesehen! Das war ein ganz schöner Dämpfer!

»Komm, wir sind hintendran.« Und damit rannte er los und marschierte praktisch an die Spitze der Gruppe.

»Also, Kinder. Bitte denkt daran, dass diese Woche nicht nur ein historisches Ereignis ist; wir sind auch hier, um uns über unsere jeweiligen Welten auszutauschen«, fing

Miss Platt an. Wir saßen am Ende der Bucht und lehnten uns an die Felsen, die den Strand säumten. Es war das einzige Stückchen Land, auf dem wir noch sitzen konnten. Der Rest war jetzt von der Flut überspült. Die Klasse aus Schiffriff schwamm vor uns im Meer.

Mr Finsplash erhob sich etwas aus dem Wasser. »Gute Ansage, Miss Platt«, pflichtete er unserer Lehrerin bei.

»Nennen Sie mich doch bitte Andrea«, sagte Miss Platt und errötete leicht.

Mr Finsplash lächelte ihr zu. »Gern. In dem Fall müssen Sie mich aber Kal nennen.«

Miss Platt lächelte zurück. »Danke, Kal.«

Mandy stieß mich an. »Macht schon mal ein Zimmer bereit, Leute«, flüsterte sie. Ich lachte.

Miss Platt warf uns einen warnenden Blick zu, während Mr Finsplash fortfuhr. »Ich bin ganz einer Meinung mit Miss … mit Andrea. Wir sind hier, um mehr voneinander zu erfahren, miteinander zu teilen und zu genießen, was diese wunderbare Insel zu bieten hat.« Er sah sich um. »Tja, soviel ich weiß, soll eine gewisse Lowenna Waters berichten, was als Nächstes ansteht.«

Miss Platt trat vor. »Es ist leider so, dass Lowenna nicht hier ist. Sie ist … tja, genau genommen wissen wir nicht, was mit ihr los ist, aber sie scheint verhindert zu sein. Ihr Ehemann Lyle kümmert sich um uns.«

»Na gut. Dann soll Lyle weitermachen«, sagte Mr Finsplash und sah sich wieder um. Wahrscheinlich fragte er sich, wer von uns der Mann namens Lyle sein könnte, der mit Lowenna verheiratet und für die heutigen Aktivitäten zuständig war.

»Lyle ist nicht hier«, sagte Miss Platt gepresst. »Wir haben unterwegs nach ihm gesucht, aber er –«

»Miss Platt, sehen Sie!« Eines der Mädchen, Evie, deutete auf die andere Seite der Bucht. Lyle kam von dort auf uns zugeeilt.

»Tut mir leid, dass ich Sie und euch habe warten lassen«, sagte er atemlos, als er bei uns war. Er sah aus, als sei er gerade aus der Dusche gekommen. Hektisch strich er sich die nassen Haare glatt und versuchte, sein Hemd in die Hose zu stopfen, dann winkte er Mr Finsplash und den Schülern von Schiffriff verlegen zu. »Ich bin Lyle Waters«, sagte er. »Willkommen auf der Fünfbuchteninsel.«

Mr Finsplash zog missbilligend eine Augenbraue hoch. »Angenehm«, sagte er steif.

»Na gut. Jetzt sind wir alle hier«, sagte Miss Platt. »Sollen wir jetzt endlich besprechen, was geplant ist?«

»Geplant … ah, natürlich«, sagte Lyle.

»Sie *haben* doch etwas für uns geplant?«, fragte Miss Platt ungeduldig.

»Ähm. Tja, um genau zu sein, habe ich …«

Miss Platt warf Mr Finsplash ein Blick zu, der so viel sagen sollte wie: *Damit haben wir uns seit gestern rumschlagen müssen.*

Mr Finsplash beschloss wohl, einzuspringen und den Tag zu retten – wahrscheinlich, um seine neue Freundin *Andrea* zu beeindrucken.

»Ich habe eine Idee«, sagte er munter. »Zunächst sollten wir uns nach Jungen und Mädchen aufteilen.«

Brav stellten wir uns in zwei getrennten Gruppen auf.

»Jetzt bildet ihr Zweiergruppen.«

Wieder stellten wir uns um. Ich suchte nach Mandy, um zu sehen, ob sie sich mit mir zusammentun wollte.

»Ich war noch nicht fertig«, verkündete Mr Finsplash. Wir blieben stehen. »Jedes Paar soll aus einem Menschen und einem Meerwesen bestehen.«

Das war einfach. Ich machte Shona in der Gruppe im Wasser ausfindig. Sie nickte mir zu und streckte den Daumen hoch.

Miss Platt klatschte in die Hände, wie sie es immer tut, wenn einer von uns eine gute Antwort gibt. »Wunderbare Idee!«, trällerte sie. Sie übernahm von Mr Finsplash und fuhr fort: »Nun soll jeder dem jeweiligen Partner etwas von seiner Welt berichten.«

»Und über die Insel«, warf Lyle mit einem fragenden Blick zu beiden Lehrern ein, als wäre er ein übereifriger Schüler.

»Und über die Insel«, pflichtete ihm Miss Platt bei.

»Ihr müsst selbst entscheiden, wie ihr das macht«, setzte Mr Finsplash hinzu. »Mit den Einschränkungen, die das Erforschen der jeweils anderen Welt mit sich bringen,

müsst ihr euch auseinandersetzen und gemeinsam nach Möglichkeiten suchen, die Hindernisse zu bewältigen.«
Lyle sah auf seine Uhr. »In einer Stunde ist Höchststand der Flut. Wie wär's, wenn wir uns kurz danach in der Sandbucht treffen? Hier ist bei Hochwasser nicht genug Platz für die Schüler von Brightport.«
»Perfekt«, sagte Miss Platt.
»Jedes Paar soll uns dann erzählen, was ihr über die Welt der anderen erfahren habt und berichten, was ihr gemeinsam über die Insel herausgefunden habt«, schloss Mr Finsplash. »Noch Fragen?«
Tommy hob die Hand. »Ja. Miss Platt, Sie und Mr Finsplash – erzählen Sie sich auch etwas über Ihre zwei Welten?«
Wir fingen alle an zu lachen, bis uns ein Blick von Miss Platt verstummen ließ. Ihr Blick war streng, doch ihre rosigen Wangen verrieten sie.
»Ja, Junge«, mischte sich Mr Finsplash ein. »Das ist eine sehr gute Idee. Schön. Worauf wartet ihr noch? Tut euch zusammen und fangt an. In einer Stunde treffen wir uns in der Sandbucht.«
Jetzt drängten sich die Paare in beiden Gruppen zusammen und stellten sich gegenseitig vor. Shona und ich hatten Glück, denn unsere Lehrer waren zu sehr daran interessiert, sich ebenfalls kennenzulernen, um sich Gedanken darüber zu machen, ob wir schummelten, weil wir doch bereits beste Freundinnen waren.

Ich glitt ins Wasser, und Shona und ich schwammen los, um zu tratschen und zu schwatzen und uns auf den neuesten Stand zu bringen, während die anderen noch überlegten, wie sie vorgehen sollten.

Wir kamen gleich zu den entscheidenden Dingen.
»Also, seid ihr jetzt endlich offiziell zusammen, du und Seth?«, fragte ich Shona. Wir blieben an der Wasseroberfläche und ließen uns mit sanften Schlägen unserer Schwanzflossen aufs Meer hinaustreiben.
»Ich weiß nicht«, gab sie zu. »Er hat nichts in der Richtung gesagt und ich auch nicht. Vielleicht klärt es sich, solange wir hier sind. Du magst ihn doch, oder?«
»Hmmm. Ein gutaussehender Junge, der den Narwal vor dem sicheren Tod gerettet hat, einer von Neptuns engsten Beratern ist und dich eindeutig anbetet … lass mich mal überlegen!«, neckte ich sie.
»Du findest, dass er gut aussieht?«
»Aber hallo! Natürlich nicht so gut wie Aaron, aber du weißt schon, ganz okay.«
Shona lachte und spritzte mich an. »Komm, lass uns auf Erkundung gehen«, sagte sie und tauchte unter. Ich folgte ihr.
Wie immer staunte ich darüber, wie anders das Leben

unter Wasser war. Ich war erst seit einem Jahr ein Meermädchen. Oder besser, ich *wusste* erst so lange, dass ich eins war, daher war alles noch relativ neu für mich – die Stille der Unterwasserwelt, die leuchtenden Farben, das sanfte Wogen der Pflanzenwelt am Grund des Meeres.

Im Zickzack schwammen wir durch ein Miniwäldchen aus Seetang. Leuchtend grüne Röhren mit gelben Quasten an den Enden stießen aneinander und reckten sich empor wie eine Menschenmenge, die einen Blick in den Himmel werfen will.

Wir sausten neben zwei stromlinienförmigen schwarzen Fischen dahin. Sie sahen aus wie winzige dünne Haifische: Zielgerichtet und ernst schienen sie mit ihren langen Schwänzen und langen Nasen einer wichtigen Sache nachzugehen. Sie zuckten kaum mit den Schwanzflossen, während sie durchs Wasser schossen. Wir ließen sie an uns vorbeiziehen.

Dann schwammen wir an einem Schwarm kleiner schwarzer Fische vorbei, die sich zu einer kreisförmigen Spirale formierten, immer in Bewegung, ständig anwachsend wie ein Wollknäuel, das aufgewickelt wird, oder wie ein Schneeball, der einen Hang hinunterrollt und immer größer wird.

Der sandige Grund unter uns war durchzogen von Felsgruppen und Meerespflanzen. Dazwischen versteckten sich Krebse und Hummer. Sie hockten da wie alte Männer vor ihren Häusern, die die Welt an sich vorüberziehen lassen oder sich zu einer Runde Schach oder Domino treffen wollten.

»Hey, schau mal«, sagte ich und deutete nach vorne. Die Felsbrocken schienen etwas anderem Platz zu machen. Oder besser, sie schienen sich zu etwas anderem aufzubauen. Die vereinzelten Steinformationen wurden immer großflächiger, bis gar kein Sand mehr zu sehen war. Nur noch Felsgestein. Das Wasser wurde kälter, als wir über diese Formation schwammen.

»Schau mal da hinüber«, sagte Shona und deutete weiter nach vorne, wo die Felsen noch höher aufragten und dunkler wurden.

Vorsichtig schwammen wir darauf zu und schlängelten uns zwischen zerklüfteten Spitzen durch, die sich immer höher türmten. Einige reichten bis an die Wasseroberfläche.

»Das sieht fast wie ein Gebirge aus«, flüsterte ich.

»Unglaublich«, stimmte mir Shona zu.

Als wir über einen besonders hohen Gipfel schwammen, schürfte ich mir an einem Felsen fast den Fischschwanz auf. Gerade wollte ich vorschlagen, lieber umzukehren, da bemerkte ich etwas.

»Shona, das ist wie ein Geheimpfad!« Hinter dem Gipfel fiel die Felskette steil ab, und zwar nicht nur von diesem einen Felsen. Die ganze Felskette bildete ein steiles Kliff. Der Meeresgrund lag plötzlich sehr tief unter uns. Das Wasser war klar, blau und warm. Weit unten konnte ich die sandige Fläche sehen, eine schmale, gewundene Schlucht oder Rinne, die das Felsengebirge durchzog. Shona und ich starrten die Schlucht entlang, dann sahen wir uns perplex an.

»Zugegeben, so was habe ich noch nie gesehen«, räumte Shona ein.

»Hast du Lust, sie zu erkunden?«

Shona wand sich unbehaglich. Dabei schimmerte und funkelte ihr Fischschwanz in dem plötzlich so klaren Wasser. »Ich weiß nicht, ob wir das tun sollten«, fing sie an. »Schließlich sind wir schon eine ganze Weile fort. Vielleicht sollten wir jetzt lieber umkehren.«

Ich hatte Shona in der Vergangenheit schon in viele Abenteuer gelockt, und einige davon waren ziemlich lebensbedrohlich gewesen. Das wollte ich ihr nicht wieder zumuten, wenn sie nicht einverstanden war. Ich machte Anstalten, umzukehren. »Okay, du hast recht«, sagte ich. »Wir sollten wahrscheinlich lieber –«

»Nein.« Shona hielt mich auf. Ich weiß nicht, ob sie die Enttäuschung in meinem Blick gesehen hatte oder ob etwas an dieser versteckten Felsenrinne auch sie neugierig machte, aber sie zog mich zurück. »Komm. Vielleicht finden wir diese Schlucht nie wieder. Lass uns ganz kurz nachsehen. Bestimmt haben wir noch genug Zeit.«

Also schwammen wir weiter. Die Rinne wurde enger und wand sich kurvig dahin wie ein riesiger Aal, der über den Meeresboden glitt. Wir folgten jeder Kurve und Biegung, verblüfft über die senkrecht aufsteigenden Felswände zu beiden Seiten.

Wir kamen an Schwärmen winziger weißer und gelber Fische vorbei, die in gerader Linie dahinschwammen wie gehorsame Entenküken hinter ihrer Mutter; an Schwärmen von blaurot gestreiften Fischen, dick und rund, die perfekt wie eine Tanztruppe dahinglitten. Drei stromlinienförmige schwarze Fische schossen neben uns durch den Kanal, dann sausten sie davon wie Geschäftsleute auf dem Weg zu einer Sitzung. Ab und zu sahen wir Büschel von kleinen Seeanemonen, grüne Strähnen mit ihren gelben Quasten, die uns aus der Schlucht zuwinkten. Zwischen ihnen stiegen immer wieder kleine Sandwolken auf.

Und dann geschah etwas Seltsames …

Alles blieb stehen.

Die Fische verschwanden um die nächste Biegung. Kein einziges Sandwölkchen stieg mehr auf. Selbst die Felsen wirkten noch stiller. Das Meere war erstarrt.

Und dann …

Ich schluckte, als ich nach vorne blickte – zu erschrocken, um etwas zu sagen, zu gefesselt, um mich umzudrehen und Shona zu packen. Der riesige dunkle Rumpf eines Schiffes kam um eine Felsennase direkt auf uns zu.

Ich versuchte umzukehren und davonzuschwimmen, aber meine Schwanzflosse hatte vergessen, wie man schwamm. Ich konnte mich nicht rühren. Das Schiff war direkt vor mir. Ein riesiger tiefblauer Schiffsrumpf mit einer Art goldener Galionsfigur, die sich am Bug aus dem Wasser erhob. Das Schiff würde jede Minute mit mir zusammenstoßen. Was konnte ich tun? Es gab keine Fluchtmöglichkeit, keinen Platz, um ihm auszuweichen. Ich hätte auf den Grund tauchen können, aber um ehrlich zu sein, gefiel mir die Vorstellung gar nicht, dass ein riesiges Schiff direkt über mich hinwegglitt. Was nur eine Möglichkeit übrigließ: nach oben ausweichen.

Ohne noch länger zu zögern, wirbelte ich so stark wie möglich mit der Schwanzflosse. Wenn ich die Wasseroberfläche erreichen und mich auf einen der Felsgipfel retten konnte, wäre ich in Sicherheit – jeder weiß ja, dass Schiffe Felsen ausweichen!

Schwer atmend und keuchend kam ich an die Oberfläche und sah mich um. Das Meer war so ruhig und still wie der Kanal unten. Die Wasseroberfläche erstreckte sich wie ein bläulicher Spiegel: glänzend, flach, glasartig. Es war unheimlich. Aber das war nicht das Seltsamste.

Das Seltsamste war, was ich vor mir sah – das Schiff. Es war das Einzige weit und breit, das ein Anzeichen von Bewegung zeigte. Seine Segel bliesen sich auf und fielen wieder zusammen, als bettelten sie um Wind – auf der Suche nach der kleinsten Luftbewegung, um das Schiff

voranzubringen. Aber es war nichts da, kein Lüftchen, das ihm Schub gab.
Abgesehen von den flatternden Segeln war das Schiff still wie alles ringsum. Hier draußen, auf der weiten, offenen See, schien es im Meer festzusitzen, bewegungslos.
Ich schwamm an seinen Seiten entlang und sah es mir aus jedem Blickwinkel an. Der Schiffsrumpf war dunkelblau, und eine weiße Linie lief ganz herum. Die Seiten ragten schräg nach außen und hoch hinauf, und es hatte den längsten Bugspriet, den ich je gesehen hatte – so nennt man den langen hölzernen Pfahl, der vom Bug des Schiffes hochsteht. So einen hatte ich noch nie gesehen. Unterhalb des Pfahles bildete ein wirres Netz von Leinen eine geflochtene Hängematte. Drei riesige Masten erhoben sich vom Deck. Die Segel hingen nutzlos herab.
Diese Segel und dieses Schiff hatte ich schon mal gesehen, von dem Sitz am Rand der Felswand. Das konnte doch nicht wirklich …
Ich war nicht hundertprozentig sicher, aber es war ihm so ähnlich, und große Schiffe wie dieses sah man schließlich nicht so oft. Es *musste* dasselbe Schiff sein.
Aus der Nähe konnte ich die Galionsfigur erkennen, die unter dem Bugspriet angebracht war. Die obere Hälfte bestand aus dem Kopf und dem Oberkörper einer Frau mit langen Haaren, die sich um den ganzen Körper schmiegten. Die untere Hälfte war ein Fischschwanz. Ich hätte vermutet, dass die Figur ein Meermädchen war, nur, dass

sich die Schwanzspitze zu einem zerklüfteten Fächer mit wallenden Mustern und Flammen verbreiterte, die sich über den unteren Teil des Schiffsrumpfes schlängelten. Halb Meermädchen, halb Drache? Verrückt, was immer es sein mochte.

Vorsichtig schwamm ich längs am Rumpf entlang. Am Bug waren Buchstaben zu sehen. Im Vorüberschwimmen las ich: *Prosperus II*. Das war wohl der Name des Schiffes.

Ich schwamm weiter nach hinten aufs Heck zu und entfernte mich etwas vom Schiff, damit ich weiter nach oben sehen konnte. Das breite, flache Holzdeck war auf Hochglanz poliert. Vom Wasser aus konnte ich nur die Ränder erkennen, aber es sah brandneu aus.

Und dann, als ich den Blick über die Planken gleiten ließ, schienen sie lebendig zu werden! Entweder saß ich einer verrückten optischen Täuschung auf, denn das Sonnenlicht schien auf das Wasser und sandte funkelnde Strahlen über das Deck, oder da oben war so eine Art Disco im Gange!

Und dann gab es noch etwas – Menschen. Ein Mann saß auf einer Bank nahe am Heck. Eine Frau wirbelte um den Rand der Tanzfläche herum. Eine weitere Gruppe von Menschen stand an der Reling. Sie blickten durch Ferngläser und deuteten aufs Meer hinaus.

Wer *waren* diese Leute? Wo waren sie hergekommen? Und warum waren sie so still?

»Hey!«, schrie ich. Keiner reagierte. Niemand drehte sich um. Vielleicht waren sie zu sehr damit beschäftigt, sich zu amüsieren.

Ich sah mich um. Wo war Shona abgeblieben? Was zum Teufel ging hier vor sich?

Ein unangenehmes kaltes Gefühl durchrieselte meinen Körper vom Kopf bis zur Spitze meiner Schwanzflosse. Plötzlich kam ich mir angesichts dieser Erscheinung hier draußen zu einsam vor.

Ich tauchte wieder unter und schwamm in die Felsenrinne zurück.

»Shona!«, rief ich. Nichts. Wo war sie?

Der Rumpf des Schiffes war immer noch da, immer noch dunkel, immer noch riesig. Ich schwamm darauf zu. »Shona?«, rief ich wieder, etwas verunsichert.

Ich schwamm weiter, am Schiff entlang, zurück zum Bug und dahin, wo ich Shona zuletzt gesehen hatte. An der Schiffswand verlief eine Reihe großer Bullaugen. Im Vorüberschwimmen warf ich einen Blick hinein. Hinter jedem Bullauge war eine winzige Kabine. Sie waren alle leer.

Bis ich zu einem Bullauge kam, das etwa in der Mitte der runden Fenster lag.

Als ich hineinblickte, erwartete ich, dahinter die gleiche düstere Leere zu sehen. Was ich diesmal sah, ließ mich so heftig zurückfahren, dass ich mir den Kopf an einem Felsen anstieß.

Eine Frau. Als sie mich sah, kam sie ans Bullauge geschwommen und fing an, wild an die Glasscheibe zu klopfen. Sie hatte lange rote Haare, die strähnig und unordentlich waren. Ihre Augen waren grün und weit aufgerissen. Ihre Fäuste trommelten ans Fenster. Wer war sie? War sie echt? Ein Gespenst? Eine Nixe? *Was war sie?*
Die Frau schlug stärker an die Scheibe. Ihre Fäuste machten keinerlei Geräusch – doch die Dringlichkeit ihrer Bewegungen passte zum Ausdruck auf ihrem Gesicht. Sie brauchte Hilfe. Was konnte ich tun?
Ihre Lippen schienen verzweifelt etwas zu rufen, aber ich konnte die Worte nicht richtig ablesen. Es sah aus, als ob sie *Ich bin so clever* sagte. Was sollte das heißen?
Ich schüttelte den Kopf, während ich ihr zusah. »Ich verstehe nicht, was du sagst!«, rief ich ihr zu.
Sie rief etwas zurück, das wie *Hübsch hier! Hübsch hier!* aussah. Aber das konnte sie doch nicht wirklich sagen! Sie sah überhaupt nicht begeistert aus.
Immer wieder sagte sie die gleichen Worte – jedes Mal formte ihr Mund die Worte dringlicher. Und schließlich begriff ich, was sie da immer wieder rief. Es war nicht »Hübsch hier! Hübsch hier!«.
Es war: »Hilf mir! Hilf mir!«

Ich starrte die Frau an. Was sollte ich denn tun? Wer waren diese Leute? Wo waren sie hergekommen?
Fragen über Fragen. Ich starrte zu ihr hinein, und mein Gesicht erschien als Spiegelbild neben ihrem auf dem Bullauge. Ich sah fast so verzweifelt aus wie sie.
Während ich noch hineinsah, veränderte sich etwas. Das Wasser kam wieder in Bewegung. Etwas streifte mich. Faserige lange Haare bedeckten mein Gesicht und kamen mir in die Augen. Ich wischte sie fort, aber sie kamen immer wieder zurück. Dann umschlang etwas meinen Körper. Ein Arm packte mich um die Taille, zog mich hinunter, riss mich fort. Kalte Finger stießen mir in die Seite.
Nein! Bitte nicht!
Ich schloss die Augen und schrie.
Die Hände ließen mich nicht los. Packten meine Ellbogen, schüttelten mich.
»Emily!«
Ich drückte die Augen so fest zu wie möglich. Ich wollte nicht hinsehen. Ich wollte es nicht sehen. Ein Seeungeheuer, einer von Neptuns Helfern, der geschickt worden war, um mich zu entführen. Das hatte ich schon einmal erlebt. Ich konnte das nicht noch einmal ertragen.
»Emily!«
Halt mal. Die Stimme kannte ich doch. Ich schlug die Augen auf. Und sah drei Dinge. Nach und nach wurden sie deutlich, als mein Verstand sie endlich erfasste.

Nummer eins: Die Person, die meinen Namen gerufen hatte, war Shona.
Nummer zwei: Die Hände und Ungeheuer, die mich gepackt hatten, waren in Wirklichkeit lange Strähnen von Meeresalgen, in denen ich mich irgendwie verfangen hatte.
Nummer drei: Das riesige, geheimnisvolle, bewegungslose Schiff – das noch vor einem Moment praktisch die ganze Felsenschlucht gefüllt hatte – war verschwunden.

7

»Was … wo … wo ist es?«, stammelte ich.

»Wo ist was?«, erwiderte Shona. »Em, ist alles in Ordnung mit dir?«

Ich sah sie an. »Alles in Ordnung mit mir?«, wiederholte ich dumpf.

»Du zitterst.«

Ich streckte einen Arm aus. Shona hatte recht. Meine Hand wabbelte wie eine Qualle. »Ich … das Schiff«, sagte ich. »Wo ist es hin?«

Shona starrte mich an. »Was für ein Schiff?«

Ich lachte. Vor Panik vielleicht. »Das riesige, große, dicke Schiff, dass eben noch genau hier war!«

Shona schüttelte den Kopf. »Em, ich weiß ehrlich gesagt nicht, wovon du redest. Ich bin die ganze Zeit hier gewesen und habe weit und breit kein Schiff gesehen, das kann ich dir versichern.«

Ich schwieg eine Sekunde und versuchte mich zu beruhigen.

»Um genau zu sein, wollte ich schon fragen, was mit dir los ist«, fuhr Shona fort.

»Was meinst du?«

»Es ist nämlich – du hast dich ein bisschen komisch verhalten.«

»Komisch?«

Shona zuckte die Schultern. »Ja, als ob du hier wärst und gleichzeitig auch nicht. Du bist rumgeschwommen, als ob du dir etwas ansehen würdest«, sagte sie. »Du bist an die Wasseroberfläche hochgeflitzt, und ich bin dir gefolgt. Ich war hinter dir, aber du hast dich nicht umgedreht, sondern irgendwas angestarrt – oder irgendwohin. Ich hab deinen Namen gerufen, aber es war, als ob du mich gar nicht hörst.«

»Du bist mir nach oben gefolgt?«

»Ja, und ich –«

»Dann *musst* du das Schiff doch gesehen haben!«, beharrte ich. Ich deutete mit dem Finger auf den leeren Platz vor uns. »Es war genau *dort*! Das Einzige, was man im Umkreis von Meilen sehen konnte. Ein riesiges Ding mit drei Masten und zerlumpten Segeln und –«

Ich brach ab. Shona sah mich mit einem Ausdruck an, der so viel sagte wie: *Ich glaube tatsächlich, dass dieses Mädchen Hilfe braucht, allerdings weiß ich nicht, wie ich ihr helfen könnte.*

Es hatte keinen Sinn zu versuchen, es ihr zu erklären. Was brachte das schon? »Du hast das Schiff also nicht gesehen«, sagte ich ausdruckslos.

»Es war kein Schiff da«, beharrte Shona.

Ich nickte. Fand mich mit dem Unfassbaren ab. Also, das

hatte ja irgendwann kommen müssen, oder? Nach allem, was ich im letzten Jahr durchgemacht hatte, war es nur eine Frage der Zeit, ehe ich komplett durchdrehte.
Da sagte Shona etwas sanfter: »Zumindest habe *ich* kein Schiff gesehen. Aber es ist mir vielleicht entgangen. Ich schätze, ich habe einfach in die andere Richtung geschaut.«
Ich lachte. Das Schiff war nicht gerade etwas, das man übersehen konnte. »Hör mal«, sagte ich. »Sag mir nur eins: Du bist doch meine beste Freundin, richtig?«
»Aber sicher.«
»Und du vertraust mir?«
»Mit jeder Faser.«
»Also, okay, ich weiß, dass es nicht logisch klingt, aber glaub mir bitte. Da war ein Schiff. Genau hier. Ich hab es mit eigenen Augen gesehen. Ich *weiß*, dass es unsinnig klingt, und ich habe keine Ahnung, wie es kommt, dass du es nicht gesehen hast, aber ich *schwöre*, dass ich es gesehen habe.«
Shona sah mich einen Augenblick fest an. »Ich glaube dir«, sagte sie. »Du hast recht. Es klingt unsinnig, es ist nicht möglich. Aber ich weiß, dass du so etwas nicht erfinden würdest. Das hast du noch nie gemacht, und ich merke doch, dass du etwas Unheimliches gesehen hast, so wie du zitterst. Ich versichere dir, dass ich nichts gesehen habe, aber ich glaube wirklich, dass du was gesehen hast.«

Ich lächelte schief. »Danke«, sagte ich. Okay, vielleicht war ich dabei, total durchzudrehen, aber zumindest hatte ich Shona, die mich auffangen würde.

Und dann wurde mir bewusst, dass ich ja noch jemanden hatte: Aaron! Er hatte das Schiff auch gesehen. Zumindest … Er hatte es doch gesehen, oder? Er hatte nicht nur so getan, um mich glücklich zu machen? Ich musste es wissen.

Ich wandte mich um. »Lass uns zur Sandbucht schwimmen«, sagte ich. »Sonst sind wir noch die Letzten.«

Beim Schwimmen trieb mich ein Gedanke an: *Aaron ist der Einzige, der mir bestätigen kann, dass ich nicht komplett verrückt bin.*

»Sehr schön, Kinder. Ihr habt alle gut gearbeitet.« Miss Platt saß im Sand am Ufer und lächelte in die Runde. Ich fragte mich, ob ihr besonders freundliches Lächeln etwas mit ihrem speziellen Kennenlernen von Mr Finsplash zu tun hatte.

Die Brightport-Schüler saßen im Sand um sie herum. Die Meerschüler aus Schiffriff lagen größtenteils im seichten Wasser am Ufer. Sie stützten sich auf die Ellbogen und schlugen in den Wellen mit den Schwanzflossen.

Nachdem ich das Wasser verlassen hatte, war mein

Fischschwanz geschrumpft, und meine Beine waren zurückgekommen. Jetzt saß ich nervös im Sand und streckte die Zehen in die sanften Wellen, die mir über die Füße strichen.
»Wer möchte erzählen, was ihr bei dieser Aufgabe erfahren habt?«, fragte Miss Platt.
Eines der Meermädchen hob die Hand.
Mr Finsplash nickte ihr zu. »Danke, Izela. Wer war deine Partnerin?«
»Brooke«, erwiderte sie.
»Ausgezeichnet. Warum fangt ihr beiden nicht an?«, sagte Miss Platt mit einem Lächeln. »Erzählt uns, was ihr über eure beiden Welten und über die Fünfbuchteninsel erfahren habt.«
Ich hörte nur halb hin, während eine Gruppe nach der anderen berichtete, was sie gehört hatte. Und ich lächelte dankbar, als wir an der Reihe waren und Shona erzählte, dass wir viele Meeresalgen entdeckt hatten, die sie nicht kannte.
Aber ich war nur halb bei der Sache. Ich konnte nicht aufhören, an das Schiff zu denken. Aaron saß neben mir. Wie erwartet, waren Shona und ich als letztes Paar angekommen, daher hatte ich noch keine Gelegenheit gehabt, mit ihm zu reden. Mandy saß an meiner anderen Seite.
»Wir sind sehr zufrieden mit eurem ersten gemeinsamen Einsatz. Ich glaube, dass es eine ganz zischige Woche wird«, sagte Mr Finsplash, als alle Paare ihren Bericht

abgeliefert hatten. »Es wird allmählich spät, deshalb gehen wir gleich zum Abendessen. Aber davor erzählt euch Mr Waters noch ein bisschen, was wir morgen machen.«

Lyle räusperte sich. »Nennen Sie mich doch Lyle«, sagte er.

Mr Finsplash nickte ihm kurz zu. »Also gut, Lyle«, sagte er etwas unbehaglich. »Hört alle zu, Lyle wird uns erzählen, was als Nächstes auf uns zukommt.«

Lyle zog ein Blatt Papier aus der Tasche und faltete es auf. »Also, die Aufgabe für morgen ist, lasst mich mal sehen … Morgen ist Montag …«, murmelte er und sah auf sein Blatt.

»Na super«, murmelte Mandy. »Er hat es nicht mal für nötig gehalten, sich vorzubereiten.«

»Ah. Da haben wir es. Genau. Morgen ist …« Lyle unterbrach sich, räusperte sich wieder, sah uns alle an und sperrte den Mund auf wie ein Fisch, der nach Luft schnappt.

Sein Gesicht war fahl geworden. Er schluckte heftig, dann starrte er wieder auf sein Stück Papier.

»Was hat er für ein *Problem*?«, flüsterte Mandy in mein Ohr. Ich zuckte die Schultern. »Keine Ahnung. Vielleicht kann er nicht lesen?«, flüsterte ich zurück.

»Oder er braucht vielleicht eine Brille«, schlug Mandy vor.

Lyle fuhr fort. »Entschuldigung«, sagte er. »Wie ich schon sagte, ist das morgige Thema …« Wieder machte er eine

Pause. »Es ist … äh … Es heißt *Untiefen und Untergänge.*«
Mich überlief es kalt.
»Die, äh, die Insel ist, wie ihr wisst, von Riffen und Felsen umgeben, und sie ist einer der schönsten und artenreichsten Teile des Meeres«, fuhr Lyle fort. Seine Stimme klang mechanisch, ein bisschen wie von einem Sprachcomputer, nicht, als ob ein Mensch redete. Sie war flach, tonlos. »Das ist der Grund, warum wir hier ein so vielfältiges Meeresleben haben und warum die Insel ein so reichhaltiger Fundort für Wissen und Forschung ist.«
Wieder hielt Lyle inne. Er wischte sich die Stirn. Er schwitzte. Was war nur mit ihm los? Vielleicht war er ja krank.
»Aber das bringt auch etwas anderes mit sich«, fuhr er fort, »nämlich, dass die Insel in einem der *gefährlichsten* Teile des Meeres liegt. Nur die ganz Geschickten und Erfahrenen können diese Gewässer befahren.«
Lyle unterbrach sich – um eine dramatische Wirkung zu erzielen? Dann, mit leiserer Stimme, so leise, dass wir uns vorbeugen mussten, um ihn zu hören, setzte er hinzu: »Und das ist der Grund, warum es hier mehr Schiffswracks gibt als in fast allen anderen Gegenden des Meeres.«
Etwas schien sich zu verändern, als er das sagte. Bildete ich mir das nur ein, oder fühlte sich die Luft ein bisschen stiller an, ein bisschen dünner, so dass einem das Atmen schwer wurde?

Seine Worte tanzten mir im Kopf herum und reizten meine Gedanken. War es ein Wrack gewesen, was ich gesehen hatte? Ein gesunkenes Schiff?

Lyle redete immer noch. »Morgen werdet ihr einige dieser Wracks besichtigen. Die Schiffriff-Schüler bekommen eine Karte, die sie zu einer Reihe von Wracks führt. Die Brightport-Schüler kommen mit mir auf den Aussichtsturm. Dort findet eine Präsentation statt, und ihr könnt eine riesige Menge an Büchern, Karten und Fotos ansehen. Am Nachmittag kommen wir zusammen und vergleichen unsere Aufzeichnungen.« Lyle blickte auf. »Noch Fragen?«

Ich starrte ihn an. Durfte ich? *Sollte* ich? Konnte es bis morgen warten?

Ehe mein Kopf eine Antwort auf die Fragen beisammenhatte, die darin herumschwammen, entschied sich meine Hand einfach selbst und schoss hoch.

Miss Platt sah mich an. »Emily, du möchtest Lyle etwas fragen?«

Mein Mund öffnete und schloss sich, unsicher, wofür er sich entscheiden sollte – Verstand oder Hand. Ich entschied mich für Letzteres. »Sind einige der gesunkenen Schiffe noch, äh, intakt?«, fragte ich.

Lyle sah mich stirnrunzelnd an. »Ich verstehe nicht. Was meinst du?«

Ich schluckte. »Ich meine, sehen einige noch mehr wie Schiffe aus und nicht wie Wracks?«

Lyle nickte. »Ach so, ja. Es gibt alle möglichen Arten. Von einigen ist wenig mehr übrig als ein rostiger, algenverkrusteter Schiffsmotor. Andere sind praktisch noch ganz, so dass man sich fast vorstellen kann, dass sie jeden Moment Segel setzen und in ihre Heimat zurückkehren könnten, wenn sie nicht mit Wasser vollgelaufen wären.«

»Sind auch große Schiffe dabei?«, fragte ich mit einem Krächzen.

Lyle sah mich an. »Auch was?«, fragte er scharf.

»Große. Riesige. Vielleicht mit drei Masten – richtig große Holzschiffe mit schmutzigen, zerfetzten Segeln. Und langen, polierten Vorderdecks. Die vielleicht ein bisschen aus dem Wasser ragen. Äh. So was in der Art vielleicht …?«

Was machte ich? Was sagte ich da? Alle hatten sich umgedreht und starrten mich an. Sogar Aaron sah mich an, als wäre ich jetzt total ausgetickt.

In der angespannten Atmosphäre beobachtete mich Lyle eine Sekunde lang. Dann zog er scharf die Luft durch die Nase ein und stieß hervor: »Nein. Keine in der Art.«

Ehe ich darauf reagieren konnte, hatte er sich umgedreht und wandte sich wieder der gesamten Gruppe zu. »Gut. Genug der Fragen. Wir sehen uns dann morgen.« Und damit machte er kehrt und ging, und wir alle fragten uns, was zum Teufel da eigentlich gerade abgelaufen war.

Miss Platt war die Erste, die wieder zu sich kam. Sie klatschte in die Hände, um unsere Aufmerksamkeit zu bekommen. »Gut, Kinder, ihr habt gehört, was Lyle gesagt hat. Morgen früh treffen wir uns hier um Punkt neun zu *Untiefen und Untergänge*. So, Brightport-Schüler, kommt mit zurück zur Unterkunft. Wir wollen uns etwas zum Abendessen zurechtmachen.«

Ich stand auf und sah hinüber zur Schiffriff-Gruppe, die sich um Mr Finsplash versammelte. Shona winkte mir aus dem Wasser zu, ehe sie davonschwammen.

»Bis morgen früh«, sagte ich mit stummer Lippenbewegung, und sie lächelte, ehe sie mit den anderen Meerschülern in die Wellen tauchte.

Ich schloss mich meiner Gruppe an und versuchte, nicht zu sehr an all das Sonderbare zu denken, das in der letzten Stunde passiert war. Irgendwann würde es sich schon aufklären. Ganz bestimmt.

Ich lief zwischen Aaron und Mandy.

»Untiefen und Untergänge«, sagte Aaron. »Klingt nach Spaß.«

»Mhm«, sagte ich ohne große Begeisterung.

»Was ist los?«, fragte Mandy. »Findest du nicht, dass das gut klingt?«

»Doch, schon«, sagte ich.

»Aber?«, drängte mich Mandy.

Ich zuckte die Schultern. »Weiß nicht.«
Aaron stieß mich an. »Doch, weißt du wohl. Ich kenn dich doch. Komm schon, was ist los? Und was sollten deine ganzen seltsamen Fragen?«
»Ganz zu schweigen von Lyles noch seltsamerer Antwort«, setzte Mandy hinzu. »Habt ihr ihn gesehen? Er hat total dichtgemacht.«
Ich blieb stehen und die anderen beiden auch. »Hört mal, bleiben wir ein bisschen zurück, und ich sage es euch«, flüsterte ich.
Wir warteten, bis alle an uns vorbei waren, dann gingen wir langsam weiter.
»Kann ich euch vertrauen?«, fragte ich und sah von Aaron zu Mandy.
»Aber klar doch!«, stieß Aaron sofort hervor. »Wie kannst du mich so was überhaupt fragen, nach allem, was wir –«
»Sie meint nicht dich«, fiel ihm Mandy ins Wort. »Sie meint mich.«
Ich ging nicht darauf ein.
Mandy zog an meinem Arm. »Emily«, sagte sie, und wir wurden noch langsamer, um mehr Abstand zu den anderen zu gewinnen. »Sieh mich an.«
Ich sah sie an.
»Dass wir zwei zu Freundinnen geworden sind und dass ich deine neuen Freunde kennengelernt habe …«, sie nickte in Richtung Aaron, »war das Beste, was mir je passiert ist. Okay?«

Ich sah sie einen Moment fest an und fragte mich, ob da noch etwas nachkommen würde. Etwa so was wie: »Genau, es hat mich nämlich dran erinnert, was für ein Haufen Loser ihr seid!« Ich kam nicht dagegen an. Zu erwarten, dass Mandy etwas Gemeines sagen würde, war eine alte Gewohnheit aus den Tagen, als wir noch Erzfeindinnen waren.

»Es kommt nichts nach«, sagte Mandy, und ich erschrak darüber, wie genau sie meine Gedanken lesen konnte.

»Ich meine es ernst«, fuhr Mandy fort, während wir weitergingen. »Diese vergangenen paar Monate waren … Sie waren …« Sie lachte und schüttelte den Kopf. »Genau, okay, ich komme mir dämlich vor, das zu sagen, aber sie sind *zischig* gewesen!«

Ich musste auch lachen. Dieses Wort aus Mandys Mund zu hören war ein bisschen … tja, ein bisschen, als ob man ein gekochtes Ei mit Eiscreme serviert bekäme. Es passte irgendwie nicht. Aber es gefiel mir trotzdem.

»Ich glaube, sie will damit sagen, dass du ihr vertrauen kannst«, warf Aaron ein.

Mandy lachte wieder. »Ja. Das ist genau das, was ich zu sagen versuche. Und nun mach schon und erzähl uns, was du loswerden willst, weil wir nämlich bald bei der Unterkunft sind. Also los, raus damit!«

»Okay«, sagte ich. »Wenn ihr bereit seid, einen Haufen Ungereimtes zu hören, dann kann ich euch was erzählen.«

Aaron und Mandy hörten zu, während ich ihnen berichtete, was draußen auf dem Meer passiert war.
»Du sagst, dass du es für ein untergegangenes Schiff gehalten hast«, sagte Mandy, als ich fertig war. »Es klingt aber eher nach einem Geisterschiff – vor allem wegen dieser unheimlichen Frau. Das ist ja wirklich gruselig!«
»Ja, nicht? Ich weiß auch nicht, warum ich Lyle nach Wracks gefragt habe. Ich glaube, ich wollte einfach unbedingt herausfinden, ob es eine logische Erklärung dafür gibt – irgendetwas, damit ich mir *nicht* wie ein Freak vorkomme, der Gespenster sieht.«
»Du bist bestimmt kein Freak«, sagte Aaron. »Oder besser, wenn du einer bist, dann bin ich auch einer.«
Mandy kratzte sich den Kopf. »Was? Warum das?«
»Weil ich das Schiff auch gesehen habe.«
Mandy drehte sich nach mir um. »Ich dachte, du hättest gesagt, dass du mit Shona dort warst.«
»War ich auch.«
»Nicht heute Nachmittag«, erklärte Aaron. »Ich hab es gestern gesehen. Wir beide zusammen.«
»Du hast es also wirklich auch gesehen?«, versicherte ich mich. »Du hast nicht nur so getan, damit ich mir nicht so dämlich vorkomme?«

»Was? Warum sollte ich das denn machen? Natürlich habe ich es gesehen. Ein Riesenschiff, drei hohe Masten, zerfetzte Segel. Doch, Em, ich habe es auch gesehen.«
Ich stieß einen so tiefen Seufzer aus, als hätte ich die letzte Stunde lang die Luft angehalten.
»Und du meinst, es ist dasselbe Schiff?«, fragte Mandy.
Ich nickte. »Hat zumindest so ausgesehen, fand ich. Und es hat sich auch genauso in Luft aufgelöst. Ich habe es eine Weile beobachtet – vielleicht zehn Minuten, höchstens eine Viertelstunde –, und dann ist es innerhalb eines Wimpernschlags verschwunden.«
»Das *muss* ein Geisterschiff sein«, sagte Mandy. »Eine andere Erklärung gibt's nicht. Cool! Ich hoffe, dass es noch mal auftaucht!«
Ich biss mir auf die Lippe, als ich mir das durch den Kopf gehen ließ. »Ja, aber das ist es ja gerade. Selbst wenn es auftaucht, weiß ich nicht, ob ihr es sehen könnt.«
»Sicher, wir könnten gerade schlafen oder auf der anderen Seite der Insel sein«, stimmte sie mir zu.
»Nein, das meine ich nicht«, beharrte ich. »Ihr wisst ja, ich war mit Shona zusammen. Sie war *direkt* bei mir – und sie hat es nicht gesehen. Keiner sonst hat es gesehen.«
»Außer mir«, erinnerte mich Aaron.
»Genau. Nur wir zwei. Überlegt doch mal. Wenn es noch jemand entdeckt hätte, hätte er das doch gesagt, als ich es vorhin vor allen anderen erwähnt habe.«

Mandy stieß einen leisen Pfiff aus. »Dann meinst du, dass nur ihr beide das Ding sehen könnt?«
Ich hob die Schultern. »Ich weiß es nicht«, gab ich zu.
»Aber es hat auf jeden Fall den Anschein«, sagte Aaron abschließend.
Wortlos gingen wir weiter. Wir waren fast bei unserer Unterkunft, und alle anderen waren schon drin.
An der Tür blieb Mandy stehen. »Hört mal, wir sollten das lieber für uns behalten«, sagte sie. »Wir werden nur ausgelacht, wenn wir rumerzählen, dass wir ein Geisterschiff gesehen haben, das sich in Luft auflöst. Ihr wisst ja … wie … die Leute sein können.«
Ich wusste, was sie meinte. Nämlich, dass ich wusste, wie *sie* gewesen war, ehe wir wieder Freundinnen wurden. Und sie hatte recht. Ich hatte absolut keine Lust, jemals wieder für einen Freak gehalten zu werden.
»Finde ich auch. Nur wir und Shona«, sagte ich. »Sie steckt ja schon mit drin.«
»Und Seth«, setzte Aaron hinzu.
Ich sah ihn an. »Bist du sicher? Er arbeitet für Neptun.«
Aaron nickte. »Doch, ich bin sicher. Er erzählt Neptun nichts. Er ist hier, weil er unser Freund ist, und er ist so loyal und vertrauenswürdig, wie man nur sein kann.«
Ich musste zugeben, dass Aaron recht hatte. Seth war derjenige, der letztes Jahr dabei geholfen hatte, uns alle vor Neptuns bösem Zwillingsbruder zu retten. Vielleicht würde er mir auch helfen, die Frau auf dem Schiff zu retten.

»Und er ist so was wie mein bester Freund«, murmelte Aaron auf diese niedliche Art, die er an sich hat, wenn er verlegen ist. Ich hätte ihn am liebsten geküsst, aber natürlich würde ich das niemals vor Mandy tun!

»Okay, also wir, Shona und Seth, aber sonst erzählen wir keinem davon«, sagte ich.

»Abgemacht«, sagten Mandy und Aaron gleichzeitig.

»Und morgen, wenn wir uns auf dem Aussichtsturm über Schiffswracks informieren, dann studieren wir jedes Bild, jeden Artikel, jede Information über gestrandete und untergegangene Schiffe, die wir finden können«, setzte Aaron hinzu.

Mandy verzog das Gesicht. »Damit ich wie die Oberstreberin höchstpersönlich aussehe«, sagte sie und ließ einen Moment lang die alte Mandy durchscheinen.

»Hör mal, wenn du lieber nicht –«, fing ich an.

Sie unterbrach mich. »Nein! Das geht in Ordnung. Sollen die anderen doch denken, was sie wollen. Ich bin dabei.«

Während wir uns fürs Abendessen bereitmachten, versuchte ich, Trost aus ihren Worten zu ziehen.

Ich beschloss, mir von nichts Angst einjagen zu lassen, solange ich meine besten Freunde um mich hatte. Nicht mal von einem riesigen Geisterschiff mit zerrissenen Segeln und stumm schreienden Passagieren, das sich plötzlich in Luft auflöste.

Was sollte daran auch angsteinflößend sein?

8

»Tja, Kinder, hier ist nicht viel Platz, ihr müsst also geduldig sein.«

Es war Montagmorgen, und Miss Platt versuchte, alle in den Griff zu bekommen, während wir auf der Anhöhe standen und darauf warteten, nacheinander auf den Aussichtsturm zu steigen, um uns mit Untiefen und Untergängen zu beschäftigen.

»Ihr geht jeweils in Dreiergruppen. Im Erdgeschoss zeigt euch Lyle die Präsentation. Danach könnt ihr auf die Aussichtsplattform. Wer noch nicht dran ist, soll sich hier draußen um den Aussichtsturm herum umsehen. Es gibt viel zu entdecken. Passt aber immer gut auf und haltet euch von den Felsabhängen fern.«

Ich sah aufs Meer hinaus. Aaron kam zu mir herüber.

»Wenn wir doch nur an der Veranstaltung für die Schiffriff-Klasse hätten teilnehmen können«, sagte er. »Rauszuschwimmen und die Wracks in echt zu sehen wäre viel besser gewesen, als einfach nur etwas darüber zu lesen.«

»Ja«, stimmte ich ihm zu, auch wenn ich nach dem gestrigen Erlebnis ganz froh war, keine gesunkenen Schiffe aus der Nähe sehen zu müssen.

Aaron kam näher und senkte die Stimme. »Ach, wenn ich ehrlich bin, macht es mir nicht so viel aus.«

»Doch nicht? Wie kommt's?«

Er trat nach einem Stein. »Na ja, weißt du …«, fing er an.

Ich drehte mich zu ihm um. »Was?«

Aaron trat erneut nach dem Stein, der diesmal über den Abhang schoss. Dann sah er mich an. »Ich, äh …«

Genau in dem Moment rief Mandy vom Aussichtsturm her: »He, Leute! Wir sind dran.«

Aaron deutete auf Mandy und dann auf mich. »Das hier«, sagte er. »Ihr. Ich kann mit meinen Kumpels zusammen sein. Komm, wir gehen.«

Und damit drehte er sich um – und ich fragte mich mal wieder, ob er mir etwas zu sagen versuchte. Wenn er damit sagen wollte, dass er in mir einfach nur einen seiner Kumpel sah, dann wollte ich es lieber nicht so genau wissen.

An der Tür zum Aussichtsturm trafen wir auf Mandy.

»Denkt dran, wir müssen alles finden, was uns Auskunft über das Schiff geben könnte«, erinnerte uns Mandy beim Hineingehen.

»Ja, und vergesst nicht, wenn Lyle mit seinem Vortrag fertig ist, können wir auf die Aussichtsplattform und uns dort ebenfalls gründlich umsehen«, ergänzte Aaron.

»Hoffentlich finden wir etwas. Es ist womöglich die beste Gelegenheit, die wir kriegen«, sagte ich leise.

Zu unserer Rechten war eine Tür mit einem Schild. PRIVAT! KEIN ZUTRITT! stand darauf. Lyle saß gegenüber in einem Arbeitsraum.

»Kommt herein und macht es euch bequem«, sagte er, ohne aufzusehen, während er in einem Papierstapel auf seinem Schreibtisch blätterte. »Ich räume gerade nach dem letzten Vortrag auf. Lasst mir zwei Minuten Zeit, dann erzähle ich euch die Geschichte einiger Schiffe, die auf den Felsen um unsere schöne Insel gesunken sind.«

Wir drängten uns in sein Büro und standen unbehaglich vor seinem Schreibtisch, solange er seine Unterlagen zu Ende sortierte.

»Okay. Fertig. Tut mir leid, dass ihr warten musstet«, sagte er. Als er uns ansah, veränderte sich sein Ausdruck. Falsch. Als er *mich* ansah, veränderte sich sein Ausdruck. Was auch immer seinem Gesicht seine Form gab, schien zu erstarren, und seine Gesichtsfarbe wirkte wie mit grauem Wasser verdünnt.

»Oh«, sagte er. »Du bist das.« Rasch stand er auf und ging zur Tür. Er sah sich draußen um, dann schloss er sie leise wieder und kam zurück ins Zimmer.

Er bedeutete uns, in einer Ecke auf Hockern Platz zu nehmen, zog seinen Stuhl hinter dem Schreibtisch hervor und setzte sich zu uns. »Wir müssen schnell machen«, sagte er. »Die nächste Gruppe kommt sicher bald.« Lyle deutete auf mich. »Wie heißt du?«

»Ich?« Was hatte ich angestellt?

»Ja. Wie ist dein Name?«
»Emily«, sagte ich.
Lyle nickte knapp. »Also gut, Emily. Und das sind deine Freunde?«
»Ja.«
»Gut. Du vertraust ihnen?«
Ich sah Aaron und Mandy nacheinander an. »Ja, ich vertraue ihnen«, sagte ich. »Aber ich verstehe nicht. Warum stellen Sie solche Fragen? Sollten Sie uns nicht einen Vortrag halten?«
Lyle wischte meine Frage fort. »Den anderen Gruppen schon. Euch nicht. Ihr seid anders.«
Ich schluckte. »Hab ich was falsch gemacht?«, fragte ich. Hatte er herausgefunden, dass Aaron und ich auf eigene Faust losgezogen waren? Würde er es den Lehrern melden? War ich nicht mal eine Woche lang in der Lage, irgendwelchem Ärger aus dem Weg zu gehen?
»Nein! Nein, nein, keineswegs. Ganz im Gegenteil. Hört mal, wir haben nicht viel Zeit. Erzählt mir alles.«
Wir starrten ihn an. Wovon redete er?
»*Was* sollen wir Ihnen erzählen?«, fragte Aaron.
Lyle sah mich direkt an. »Das … das Schiff.« Seine Stimme brach, als er das Wort sagte.
»Das Schiff? Welches Schiff?«, fragte ich, um Zeit zu gewinnen. War das ein Trick? Was versuchte er? Wollte er mich dazu bringen, etwas Verrücktes zu sagen, um mir klarzumachen, wie verrückt das alles war?

Lyles Blick bohrte sich in meinen. »Das Schiff, das du gesehen hast. Das du vor allen anderen erwähnt hast. Beschreibe es. Ich möchte jede Einzelheit hören.«
Einen Moment lang stellte ich mir das Schiff vor, wie ich es umrundet hatte – dem Schiffsbauch, die Decks, die Segel. Die Frau.
»Ich …«, stotterte ich. Wo sollte ich anfangen? Und *sollte* ich überhaupt anfangen? Immerhin hatten wir doch gemeinsam beschlossen, keinem davon zu erzählen.
»Warum wollen Sie das wissen?«, mischte sich Aaron ein. Gut. Jemand musste hier mal das Kommando übernehmen. Aber keinesfalls ich.
Lyle warf ihm einen Blick zu. »Forschungszwecke«, erwiderte er knapp. »Wir müssen über alle Schiffe, die hier vorbeikommen, Buch führen.« Es lag etwas in der Art, wie er das sagte – er klang so hölzern wie Schiffsplanken.
Wir hatten keine Ahnung, *warum* wir das Schiff gesehen hatten, aber wenn Aaron und ich die Einzigen waren, die es sehen konnten, waren wir etwas Besonderes – und solange wir nicht mehr über Lyles Motive wussten, konnte wir nicht wissen, was er mit diesem Wissen anstellen würde. In der Vergangenheit hatte man mich ausspioniert, angelogen, und ich war sogar von Neptun entführt worden – nur wegen meiner Fähigkeiten als Halbwesen. Das wollte ich nicht wieder geschehen lassen. Dazu kam, dass wir das Schiff das erste Mal gesehen hatten, als wir auf der verbotenen Seite der Insel gewesen waren. Auf

keinen Fall wollte ich mich freiwillig in Schwierigkeiten bringen, indem ich das zugab!

»Sie hat gar nichts gesehen«, sagte Aaron bestimmt. Er beugte sich an mir vorbei und antwortete Lyle direkt. Dann sah er mich eindringlich an. »Das war doch nur Quatsch, nicht?«

Ehe ich antworten konnte, mischte sich auch Mandy ein. »Wir haben sie dazu angestiftet«, sagte sie. Dann stieß sie ein gekünsteltes Lachen aus, das ein bisschen so klang, als würde eine Hyäne einen Niesanfall bekommen. »Genau«, fuhr sie fort. »Emily steht nämlich auf, äh, Geschichten und so weiter. Und sie hat eine blühende Phantasie. Das halten ihr alle Lehrer immer vor.« Sie sah mich an. »Stimmt doch, Emily?«

Letzteres stimmte immerhin tatsächlich. »Hm, ja, so ist es«, gab ich zu.

»Deshalb haben wir gesagt, sie soll ein paar blödsinnige Fragen stellen«, ergänzte Aaron. »So als Spaß. Damit wir was zu lachen haben, verstehen Sie?«

Ich war nicht hundertprozentig sicher, was Aaron und Mandy bewirken wollten, aber ich wusste, dass sie mich in Schutz nahmen, und war überwältigt von Erleichterung und Dankbarkeit.

Bis ich Lyles Gesicht sah. Als ob sich vor seinen Augen eine Tür geschlossen hatte. »Spaß«, sagte er und nickte langsam. »Was zum Lachen. Ein kleiner Witz.« Seine Stimme klang rau.

Dann stand er auf und schlurfte zur Tür. Er öffnete sie.
»Ihr geht wohl besser«, sagte er.
Gehen? Wir waren doch eben erst gekommen!
Wir drei sahen uns an und wussten nicht, wie wir reagieren sollten – oder was hier eigentlich los war.
»Es tut mir leid«, sagte Lyle. »Ich fühle mich heute einfach nicht so richtig wohl. Ich dachte …« Seine Stimme brach. »Ich dachte …«, versuchte er es erneut. Dann schüttelte er den Kopf und räusperte sich. »Sagt Miss Platt bitte, dass ihr alle gerne auf die Aussichtsplattform gehen könnt, solange ihr wollt, aber ich kann heute keine Vorträge mehr halten.«
Etwas an seinem Ton machte deutlich, dass es hier nichts zu diskutieren gab. Verlegen standen wir von den Hockern auf und schlichen durch sein winziges Büro zur Tür. Dort stand Lyle, die Hand fest auf den Türknauf gelegt, das Gesicht gesenkt. Etwas an seiner Haltung veranlasste mich für den Bruchteil einer Sekunde fast dazu, alles zurückzunehmen und ihm die Wahrheit zu sagen.
Dann sah er auf und blickte mich an. »Geht einfach«, sagte er. »Bitte.«
Selbst wenn ich es ihm hätte sagen wollen, ich konnte nicht. Jetzt nicht mehr. Es bestand kein Zweifel, das Einzige, was er jetzt noch von uns wollte, war Abstand. Was mir recht war, um ehrlich zu sein. Die ganze Geschichte war für meinen Geschmack *viel* zu seltsam, und ich war

froh, hinauszukommen und ihn sich selbst zu überlassen.
Ich machte mich daran, den Raum zu verlassen.
Noch fünf Sekunden, und ich wäre draußen gewesen.
Ein Blick in die andere Richtung, und alles wäre gut gewesen.
Ein anderer Weg um seinen Schreibtisch herum, und ich hätte es nie gesehen.
Aber alles kam anders.
Stattdessen ging ich hinten um Lyles Schreibtisch herum, warf einen Blick auf ein gerahmtes Foto – und meine Welt kippte.
Das Foto war das einer Frau. Einer Frau, die ich gerade erst gesehen hatte. Einer Frau, deren Gesicht sich in meine Gedanken eingebrannt hatte.
Das war unsinnig. Es konnte einfach nicht wahr sein. Und doch war es so.
Die Frau mit den großen grünen Augen und den langen roten Haaren – die Frau, die ich in dem verschwundenen Geisterschiff draußen auf dem Meer hatte schreien sehen –, hier lächelte sie mich aus einem Bilderrahmen auf Lyles Schreibtisch an.

9

Ich taumelte aus dem Büro.
»Spinner«, zischte Mandy.
»Kommt, gehen wir hoch. Wahrscheinlich finden wir da oben sowieso nützlicheres Material«, erwiderte Aaron. »Ich sage Miss Platt nur schnell Bescheid, dass es keine Vorträge mehr gibt. Wir treffen uns oben.«
Wie in Trance folgte ich Mandy hinauf.
»Em, alles in Ordnung mit dir?«, fragte Aaron, als wir alle auf der Aussichtsplattform waren.
»Du bist ganz käsig«, setzte Mandy hinzu. »Bist du krank?«
War ich das? Möglich. Vielleicht war es auch eine Halluzination gewesen. Wie auch immer, ich wusste, dass ich es nicht für mich behalten konnte. Ich musste ihnen sagen, was ich gesehen hatte.
»Auf seinem Schreibtisch stand ein Foto«, sagte ich, und meine Stimme zitterte so, dass es klang, als würde ich singen.
Aaron sah mich an und forderte mich mit einem Nicken auf, fortzufahren. »Ich hab es nicht gesehen«, sage er. »Was war drauf? Etwas, das dich erschreckt hat?«

»Nein. Oder doch. Ich weiß nicht. Es … es war eine Frau.«
»Ach so, ja, ich hab es auf dem Weg hinein gesehen«, sagte Mandy. »Lange rote Haare, lächelnde Augen, ganz hübsch?«
»Mhm, genau die.«
Beide warteten darauf, dass ich weiterredete. »Ich, ähm, ich hab sie schon mal gesehen«, murmelte ich. »Auf dem Schiff. Da draußen. Auf dem Meer.«
Mandy fiel die Kinnlade herunter.
»Du machst Witze!«, flüsterte Aaron.
»Mach ich nicht. Ich meine, vielleicht irre ich mich ja …«
»Aber eigentlich nicht«, beendete Mandy meinen Satz.
Ich schüttelte den Kopf. »Genau. Ich bin überzeugt, dass sie es war.«
Aaron pfiff durch die Zähne. »Das ist jetzt echt irre«, murmelte er.
Seine Worte ärgerten mich. Nannte er mich irre?
»Nicht du«, sagte er schnell. »Sie. Er. Dieser Ort. Was ist hier eigentlich los?«
Ich zuckte die Schultern. Ich hatte keine Ahnung, was hier abging.
Mandy brach das Schweigen. Sie stand an der Tür, die ins Observatorium führte. »Hört mal, das hier ist der beste Ort, um es herauszufinden«, sagte sie. »Wenn es in der Nähe der Insel ein Geisterschiff gibt, dann sehen wir es

doch bestimmt von hier – vom Aussichtsturm mit Fenstern in alle Richtungen.«

»Und wenn es zu dem Schiff irgendwelche Infos gibt, dann nur hier«, fügte Aaron hinzu. »Lyle hat doch gesagt, dass es Bücher und Karten und alles Mögliche an Material gibt.«

»Okay, dann fangen wir am besten mal an zu suchen«, sagte ich.

»Und wir geben nicht auf, bis wir in jedem Winkel nachgesehen haben«, sagte Mandy abschließend.

Aaron ging voraus. »Einverstanden. Los geht's.«

Eine halbe Stunde später hatten wir jedes Teleskop und alle Ferngläser in dem Raum benutzt, um das Meer von den umliegenden Küsten bis hinaus zum Horizont abzusuchen. Nichts. Das Schiff war eindeutig nicht da draußen.

Die Ordner mit der Aufschrift *Flora und Fauna* beachteten wir nicht, ließen die über *Strandgut und Treibgut* links liegen und sahen uns auch nicht die Mappe namens *Schmetterlinge und Käfer* an. Ein kurzes Blättern im Ordner *Riffs und Risikobereiche* zeigte uns, dass auch er uns nicht weiterbrachte.

Schließlich fanden wir, wonach wir suchten – drei ganze

Regalbretter mit Ordnern, auf denen *Schiffe, Wracks und regionale Wahrzeichen* stand.

»Bingo!«, flüsterte Mandy.

Aaron zog die ersten drei Ordner heraus und legte sie auf den Tisch in der Mitte des Raumes. »Kommt«, sagte er, »machen wir uns an die Arbeit.«

Wir blätterten die Seiten durch und achteten nicht auf unsere Mitschüler, die um uns herum kamen und gingen. Meistens rannten sie gleich zu den Teleskopen, blickten eine Weile aufs Meer, dann hingen sie herum und nahmen Ferngläser und Walkie-Talkies auf, bis sie sich langweilten und uns wieder uns selbst überließen.

Mandy hatte einen neuen Ordner halb durchgeblättert, da stieß sie mich an. »Em«, sagte sie.

»Ja?« Ich riss mich von einer Seite los. *Einige Vergnügungsboote, die unsere Küsten in den vergangenen Jahren besucht haben*, stand da als Überschrift.

»Wie hat das Schiff ausgesehen?«, fragte Mandy.

»Groß«, sagte ich. »Echt riesig. Und lang. Mit einem dunkelblauen Rumpf, drei Masten und Segeln, die alle –«

»Ungefähr so?« Mandy hielt ihren Ordner hoch, um mir das Bild zu zeigen, das sie gefunden hatte.

Es sah *genau* so aus. Mir fehlten die Worte.

Aaron blickte von seinem Ordner auf. Er sah meinen Gesichtsausdruck und trat neben mich, um sich die Seite ebenfalls anzusehen. »Das ist es! Em, das ist es doch, oder?«

Ich streckte die Hand nach dem Ordner aus. »Lass mal sehen.«
Mandy reichte ihn mir. Auf der Seite befanden sich drei Bilder. Ich musterte sie nacheinander. Das erste zeigte das Schiff aus der Entfernung. Man konnte den stolz nach vorne gereckten Bugspriet erkennen, dahinter die drei Masten. Die Segel konnte ich nicht sehen, denn sie waren gerefft und aufgerollt. Aber alles andere sah genauso aus wie das Geisterschiff.
Auf dem zweiten Bild war eine nähere Seitenansicht – der lange, schlanke Rumpf, dunkelblau und ausladend. Auch hier waren die Segel gerefft. Allerdings sahen sie selbst im gerefften Zustand ordentlicher aus als die Stofffetzen, die ich gesehen hatte – doch das war der einzige Unterschied.
Gerade wollte ich sagen, dass es sich eindeutig um das Schiff handelte, doch als ich einen Blick auf das dritte Foto warf, war ich nicht mehr so sicher. Dieses Foto zeigte ein Detail vom Bug. Die netzartige Hängematte war gleich. Die Galionsfigur mit dem Meermädchen-Drachen war da und sah genauso unheimlich aus. Aber die Schrift am Bug – die war irgendwie anders. Auf diesem dritten Bild konnte ich den Namen des Schiffs deutlich erkennen: *Prosperus*. War das der Name gewesen? Er kam mir vertraut vor, aber nicht ganz richtig. Was war anders?
Unter den Fotos war der Ausschnitt eines Zeitungsartikels auf die Seite geklebt. Er hatte nur einen Absatz:

Die *Prosperus* wurde 1857 gebaut. Sie war eines der vielen Schiffe, die im *Goldenen Zeitalter der Segler* gebaut wurden und als leistungsfähige Handelsschiffe vorgesehen waren. Auf der *Prosperus* wurden fast vierzig Jahre lang Passagiere, Handelsgüter und Post transportiert, bis ihre unvergleichliche Karriere mit ihrem tragischen Untergang im Jahr 1893 abrupt endete.

Ich hörte auf zu lesen, und mein Blick wurde unscharf.
»Tragischer Untergang?«, murmelte Aaron.
»Dann war es also wirklich ein Geisterschiff!«, sagte Mandy. »Also, ich hab das ja als Witz gemeint, ich hab nicht im Ernst geglaubt –«
»Nein. Wartet«, unterbrach ich die beiden. »Seht euch das an.«
Unter dem Zeitungsausschnitt war noch ein Stück Papier. Es enthielt zwei Sätze:

Zur hundertjährigen Wiederkehr des Untergangs der *Prosperus* wurde 1993 ein Nachbau unternommen. Die *Prosperus II* dient in erster Linie als luxuriöses Passagierschiff, auch wenn sie bisweilen Spezialfracht aufnimmt.

Prosperus II – das war der Name des Schiffes, das ich gesehen hatte!
»Der Nachbau«, sagte ich und deutete auf die Worte auf der Seite, die allmählich vor meinem Blick verschwammen. »Den habe ich gesehen.«
»Bist du sicher?«, fragte Aaron.

Ich nickte. »Der Name stand auf dem Schiffsrumpf. Er war eindeutig *Prosperus II.* Und außerdem sah es ganz genau wie dieses Schiff aus.«

»Dann haben wir es also gefunden!«, sagte Mandy. »Wow!«

Aaron rieb sich das Kinn. »Aber das ist ... Also, okay, betrachten wir das mal logisch ...«

Ich lachte fast los. »Logisch?«, fragte ich. »Wie soll irgendwas von alldem logisch sein?«

»Dann lasst uns die Fakten ansehen. Wenn die *Prosperus II* das Schiff war, das du gesehen hast ...«

»Und da bin ich mir ganz sicher.«

»... dann ist sie nicht untergegangen.«

»Es sei denn, der Nachbau ist auch irgendwann untergegangen«, warf Mandy ein.

Aaron legte den Kopf zur Seite und runzelte die Stirn. »Ja, schon möglich.«

»Aber das ist höchst unwahrscheinlich«, räumte Mandy ein. Sie blätterte ein paar weitere Seiten durch. »Dann wäre das doch sicher auch erwähnt. Diese Ordner scheinen ziemlich umfassend zu sein.«

»Okay, nehmen wir also an, dass die *Prosperus II* nicht dasselbe Schicksal erlitten hat wie die *Prosperus*«, fuhr Aaron fort.

»Dann wissen wir, dass das Schiff, das ich gesehen habe, kein untergegangenes Schiff und auch kein Geisterschiff war«, sagte ich.

Aaron nickte. »Korrekt.«
»Was war es denn dann?«, fragte Mandy.
Ich sah sie an. »Genau das müssen wir herausfinden.«
Aaron sah sich um. »Wir brauchen einen Computer«, sagte er. »Wir müssen ›Prosperus II‹ googeln. Man muss doch etwas darüber finden können.«
»Du hast recht«, stimmte Mandy ihm zu. »Ich kann kaum glauben, dass es auf der gesamten Insel kein Internet gibt. Ich habe hundertmal versucht, mit meinem Handy Empfang zu bekommen.«
»Warte.« Mir fiel etwas ein. »Es gibt einen Computer. Nur einen. Vielleicht ist der mit dem Internet verbunden.«
»Wo steht er?«, fragte Aaron.
»In Lyles Büro.«
»Aber natürlich!« Mandys Augen strahlten. »Er *ist* verbunden. Ich erinnere mich, dass ein Draht an einem Modem hing und dass ich dachte, wie altmodisch, dass man das noch mit einer Leitung verbinden muss, um ins Internet zu kommen. Es ist wahrscheinlich der einzige Ort auf der ganzen Insel, wo wir online gehen können.«
»Genial!«, sagte Aaron. »Wir müssen nur irgendwie ins Büro kommen.«
»Hmm«, sagte ich. »Das wird nicht die leichteste Aufgabe der Welt sein, wenn man bedenkt, wie unser letzter Besuch darin endete.«
»Wie, du meinst die Tatsache, dass er uns aus seinem

Büro geworfen, sich darin eingeschlossen und gesagt hat, dass er den ganzen Tag nicht mehr zur Verfügung steht?«, fragte Aaron. »Du meinst, jetzt ist vielleicht nicht der beste Zeitpunkt, um zurückzugehen und ihn um einen Gefallen zu bitten?«

Ich stieß ihn scherzhaft in die Seite. »Genau. Vielleicht nicht. Wir müssen ihn irgendwie ablenken. Ihn aus dem Büro locken, damit wir uns reinschleichen und seinen Computer benutzen können.«

Mandy sah aus dem Fenster. »Wartet mal«, sagte sie. »Ich glaube, ich hab eine Idee.«

Aaron und ich warteten oben, bis wir sahen, wie Lyle den Aussichtsturm mit Mandy verließ. Es dauerte ziemlich lange. Wahrscheinlich war es nicht so leicht, ihn dazu zu bekommen, überhaupt mit Mandy zu reden, geschweige denn, sein Büro zu verlassen.

»Jep!«, rief Aaron plötzlich. »Sie hat's geschafft. Schau mal.«

Ich warf einen Blick aus dem Fenster und sah gerade noch, wie Mandy Lyle am Felsabhang entlang zu ein paar leuchtend gelben Blumen führte, die einige Minuten Fußweg entfernt standen. Die hatte Mandy vom Fenster aus gesehen. Der Plan war, dass sie Lyle mit allen Fragen bombardieren sollte, die ihr einfielen – über die Blumen und das Pflanzenleben der Insel insgesamt –, um ihn am Reden und fern vom Aussichtsturm zu halten. Währenddessen würden wir seinen Computer benutzen, um im Internet so viel wie möglich über die *Prosperus II* herauszufinden.

»Komm, schnell«, sagte ich. Wir rannten die Treppe hinunter ins Erdgeschoss, vorbei an der Tür mit PRIVAT! KEIN ZUTRITT! und zu seinem Büro. Zum Glück hatte Lyle es nicht abgeschlossen, und wir schlichen hinein.

Ich folgte Aaron zu Lyles Stuhl hinter seinem Schreibtisch. Wie magisch angezogen, starrte ich die Frau auf dem Foto an. Es war eindeutig die Frau, die ich durch das Bullauge gesehen hatte, da war ich mir sicher.

Wir setzten uns zusammen auf Lyles Stuhl, und Aaron tippte *Prosperus II* in die Suchzeile. Die erste Seite brachte Links zu zwei Kunstgalerien, einem ägyptischen Tempel, drei Banken und einem Bibelzitat.

»Warte mal.« Ich griff nach der Tastatur und tippte diesmal *Großes Schiff namens Prosperus II* ein.

»Schon besser«, sagte Aaron, als sich die Seite mit Links zu großen Schiffen füllte.

»Wow. Anscheinend ist Prosperus ein ziemlich beliebter Name für Schiffe«, murmelte ich, während wir die Links anklickten, um den Inhalt anzusehen. Es waren alle möglichen Arten von Schiffen – überwiegend moderne, aber

auch ein paar ältere. Keines sah dem ähnlich, das ich gesehen hatte.
»Versuch es mal nur mit Bildern«, schlug ich vor.
Aaron klickte auf *Bilder*, und endlich erreichten wir etwas. Die Seite füllte sich reihenweise mit Fotos von Schiffen – die meisten davon groß und viele, die wie das aussahen, dem ich begegnet war. Ich sah mir alle genau an und scrollte die Seite hinunter.
Schließlich, nach ungefähr zwanzig Reihen, sah ich es. Ich stieß den Finger auf den Bildschirm. »Das ist es!«
»Bist du sicher?«
»Absolut. Die Schrift auf dem Rumpf sieht genauso aus, und die Galionsfigur mit dem Meermädchen-Drachen ist unverwechselbar. Das ist das Schiff, hundertpro.«
Aaron klickte das Bild an und öffnete die Website von Prosper-Kreuzfahrten.
Während wir darauf warteten, dass die Seite geladen wurde, stand ich auf und sah aus dem Fenster. Lyle war immer noch da draußen mit Mandy. Sie deutete auf einen Baum, der weiter unten am Hang stand. Lyle hatte die Hände in den Taschen und wirkte, als säße er auf Kohlen.
Verwickle ihn weiter in ein Gespräch, Mandy. Nur noch ein paar Minuten …
»Es ist ein Passagierschiff«, sagte Aaron.
»Wie das Originalschiff?«
»So ungefähr. Das hat doch auch Fracht aufgenommen, oder?«

Ich versuchte, mich an den Text zu erinnern. »Ja, ich glaube schon. Handelswaren und Passagiere.« Ich trat wieder an den Computer und sah Aaron über die Schulter.

»Das Schiff hier wird von einem Reiseveranstalter geführt.« Aaron tippte eine andere Taste, und es wurde eine Liste mit Terminen und Preisen geladen. Er pfiff durch die Zähne, als er die Zahlen sah.

»Ein ganz schön exklusiver Reiseveranstalter, wie es aussieht«, sagte ich.

»Kann man wohl sagen.« Er tippte auf Oktober, und wir sahen uns die Termine an. »Es sticht alle vierzehn Tage in See. Und wenn diese Liste auf dem neuesten Stand ist, dann sieht es aus, als ob die jüngste Reise letzten Montag losgegangen ist, vor einer Woche also.«

»Steht da, wo sie gestartet sind?«, fragte ich.

»Dazu kann ich nichts finden.«

Wir sahen die Seite genauer an. »Schau mal – da in der oberen Ecke.« Ich deutete auf ein Quadrat mit einem kleinen Bild von einer Landkarte.

Aaron klickte das Bild an, um es zu vergrößern. Eine schnörkelige rote Linie auf der Karte zeigte vermutlich den Kurs des Schiffes. An verschiedenen Streckenabschnitten der Linie standen die Zahlen von eins bis vierzehn.

»Das müssen die Tagesstrecken sein«, überlegte ich.

»Möglich.«

»Also, der letzte Montag war Tag eins.« Ich folgte der

Linie und fuhr den Kurs der Reise nach. Während der ersten beiden Tage ging es an der Küste entlang. Die beiden nächsten Tage wurden auf offener See verbracht. Ich kam bis Tag fünf.

»Aaron«, sagte ich, und meine Stimme klang ganz krächzend. Ich brachte nicht mehr als ein Wort heraus. Stattdessen deutete ich auf die Zahl.

»Tag fünf«, sagte Aaron. »Was ist damit?«

Ich nahm die Maus und vergrößerte die Karte noch mehr. Die Gegend um den fünften Streckenabschnitt füllte den Bildschirm. Die rote Linie führte an einer Insel entlang – und es war klar, um welche Insel es sich handelte.

Aaron stieß einen langen Atemzug aus. »Es hätte hier anlegen müssen«, sagte er.

»Genau«, pflichtete ich ihm bei.

Aber nicht die Tatsache, dass das geheimnisvolle Schiff am letzten Freitag an der Fünfbuchteninsel hätte vorbeifahren sollen, war so seltsam. *Seltsam* war, dass es nur kurz hätte anhalten und noch am selben Tag weiterfahren sollen.

Warum also hatte es seine Reise nicht fortgesetzt? Warum war es inzwischen nicht dreihundert Meilen weit weg auf dem Meer? Und *warum* waren Aaron und ich die Einzigen, die es sehen konnten?

Diese Fragen beschäftigten mich und verbanden sich mit dem Bild von dem Gesicht der Frau und ihren Worten: *Hilf mir! Hilf mir!*

Ich hatte keine Ahnung, was das alles bedeutete, aber eines wusste ich: Irgendwie war das Schiff stecken geblieben – und bis wir herausbekommen hatten, wie wir es befreien konnten, würde mich nichts mehr beschäftigen als das.

10

»Em!« Aaron zupfte mich am Ärmel. Er war aufgestanden und sah aus dem Fenster. »Lyle kommt zurück. Schnell, lass uns abhauen.«

Hektisch schloss ich alle Seiten, die wir besucht hatten, und betete, dass sich Lyle nicht den Browser-Verlauf ansehen und merken würde, dass jemand seinen Computer benutzt hatte.

Aaron stand an der Tür und sah hinaus. »Fertig?«, flüsterte er. »Wir müssen nach oben, bis er wieder in seinem Büro ist. »Wenn wir jetzt rausgehen, sieht es verdächtig aus.«

Gerade noch rechtzeitig huschten wir aus dem Büro und die Wendeltreppe hinauf. Direkt danach kam Lyle auch schon in den Turm, ging in sein Büro und schloss die Tür hinter sich.

Als die Tür zu war, stieß ich einen erleichterten Seufzer aus, und meine Knie gaben unter mir nach.

»Alles in Ordnung mit dir?«, fragte Aaron.

Ich zuckte die Schultern. Ich hatte keine Ahnung, ob mit mir alles in Ordnung war. Ich hatte allerdings auch nicht viel Zeit, darüber nachzudenken; jemand kam die Treppe herauf.

»Hier seid ihr!«, sagte Mandy. »Habt ihr was gefunden?«
»Allerdings haben wir das!«, erwiderte Aaron.
Sie winkte uns nach unten. »Super. Erzählt mir auf dem Weg zum Mittagessen davon. Miss Platt sagt, wir treffen die Schiffriff-Klasse in der Sandbucht.«
Aaron und ich brachten sie auf dem Weg zu den anderen auf den neuesten Stand.
»Und wie gehen wir jetzt weiter vor?«, fragte Mandy und sprach damit die Frage aus, die auch mir im Kopf herumschlich.
»Keine Ahnung«, gab ich zu. Wir schlenderten zum Ufer, wo gerade die Meerschüler ankamen. »Vielleicht haben Shona und Seth ja eine Idee.«
Wir erreichten die seichten Wellen, die sanft auf den Sand schlugen. »Beim Essen erzählen wir ihnen alles«, sagte Aaron. »Wir fünf werden es doch wohl gemeinsam schaffen, uns *irgendeinen* Plan auszudenken.«

Während wir aßen und in den sanften Wellen planschten, hörten sich Shona und Seth die ganze Geschichte an. Shonas Augen waren ganz groß und wässrig geworden wie jedes Mal, wenn wir kurz vor einem Abenteuer standen. »Diese Woche wird ja so viel aufregender, als ich mir hätte vorstellen können«, flüsterte sie.

Aber mir lief ein Schauer über den Rücken. Sie hatte die Frau auf dem Schiff nicht gesehen – ihr Gesicht, so verzerrt und angespannt, und ihr Blick, angsterfüllt und verzweifelt.

Ich schüttelte das Bild ab und versuchte stattdessen an die lächelnde Version auf Lyles Schreibtisch zu denken. Aber das verwirrte mich nur noch mehr. Wer *war* diese Frau?

Als hätte ich die Frage laut ausgesprochen, entfuhr es Mandy plötzlich: »Glaubt ihr, dass sie vielleicht seine Frau ist?«

Wir sahen sie alle an.

»Lyles Frau«, fuhr sie fort. »Also, schließlich steht sie gerahmt auf seinem Schreibtisch. Findet ihr nicht, dass das sein könnte?«

Mandy hatte recht. Und das würde auch dazu passen, dass mich Lyle zu dem Schiff befragt hatte.

»Erst als ich sagte, ich hätte gar nichts gesehen, wurde er so seltsam und wollte nicht mehr mit uns reden«, überlegte ich.

Shonas Augen schillerten jetzt richtig. »Aber klar doch! Sie ist Lyles Frau! So muss es sein!«

»Selbst wenn das so ist, weißt du doch, dass es sich hier nicht um eine romantische Liebesgeschichte handelt!«, fuhr ich sie an.

Shona sah aus, als hätte ich ihr eine Ohrfeige gegeben.

»Es tut mir leid«, sagte ich schnell. »Entschuldige. Ich dachte nur –«

»Nein, *mir* tut es leid«, sagte Shona. »Du hast recht, ich habe mich hinreißen lassen, angestachelt von einem aufregenden Geheimnis, während du diese ganzen beunruhigenden Dinge gesehen hast. Ich bin eine Idiotin.«

»Du bist keine Idiotin«, sagte ich. »Aber danke.«

Seth runzelte die Stirn, als würde er scharf nachdenken. »Selbst wenn sie seine Frau ist, hilft uns das erst mal nicht weiter. Im Gegenteil, es wirft mehr Fragen auf.«

»Genau«, stimmte ich ihm zu. »Und ich würde gerne versuchen, ein paar Antworten darauf zu finden, ohne dass *weitere* Fragen entstehen.«

Seth sah erst Aaron an, dann mich. »Tja, ihr wisst ja wohl, was ihr zu tun habt, nicht?«

»Ich –«

Mandy unterbrach mich. »Sie muss mit Lyle reden.«

»Muss ich?«

Seth nickte. »Er ist der Einzige, der dir sagen kann, ob die Frau auf dem Foto Lowenna ist.«

»Und wenn sie es ist, dann ist er der Einzige, der wissen kann, wie sie auf das Schiff gekommen ist«, setzte Mandy hinzu.

Sie hatten recht.

Aaron nickte. »Ich komme mit«, sagte er. »Wir überlegen uns genau, was wir sagen. Wir müssen behutsam vorgehen und machen es gemeinsam.«

Ich sah ihn kurz an. Sein Ausdruck war entschlossen und ernst. »Okay«, willigte ich ein. »Danke.«

»Viel Glück«, sagte Seth. »Ich komme in ein paar Tagen zurück und erkundige mich, wie ihr vorankommt.«

»Was willst du damit sagen?«, fragte Aaron.

»Leider ruft mich die Pflicht.«

»Seth ist an seinen Arbeitsplatz zurückbeordert worden«, erklärte uns Shona. »Anscheinend dreht Neptun ohne ihn durch.«

»Ich starte am frühen Abend, wenn Flut ist, und ich hoffe, dass ich zurückkommen kann, ehe die Woche vorbei ist. Aber ihr kennt ja Neptun. Ich wette, dass es bis dahin hundert dringende Sachen zu erledigen gibt.«

»Du wirst uns fehlen«, sagte Aaron.

Ich war noch ganz in die Gedanken an Lyle und das Schiff versunken, daher bekam ich nur die Hälfte von dem mit, was Seth sagte. Aber etwas daran nagte an mir. »Wann ist Flut?«, fragte ich.

»So gegen sechs. Kurz davor. Warum?«

Es war Flut gewesen, als ich das Schiff gestern in der Schlucht am Meeresboden gesehen hatte, was ungefähr eine Stunde früher gewesen war, als der heutige Wasserhochstand. Wie war es beim ersten Mal gewesen? Um wie viel Uhr hatten wir das Schiff gesehen?

»Aaron, wann haben wir den Sitz gefunden?«, fragte ich.

Aaron drehte sich zu mir um. »Hä? Gestern!«

»Nein, ich meine, um wie viel Uhr?«

Er runzelte die Stirn. »Weiß nicht mehr. Am Morgen. Vielleicht um elf oder halb zwölf?«

Ich nickte.
»Warum?«, fragte Mandy.
»Ach nichts«, sagte ich. Aber war wirklich nichts? Wenn gestern um kurz nach fünf Flut gewesen war, dann war Ebbe etwa sechs Stunden davor – was wiederum mit der Zeit übereinstimmte, zu der Aaron und ich das Schiff gesehen hatten. War das von Bedeutung? Konnten die Gezeiten etwas damit zu tun haben, dass wir es sahen? Wenn ja, hieß das, dass wir es vielleicht heute Abend bei Flut wieder sehen konnten? *Wollte* ich es überhaupt noch mal sehen?
Aaron sah mich mit einem Gesichtsausdruck an, der sagte: *Bist du sicher, dass es dir gutgeht?*
»Woran denkst du?«, fragte Shona.
Ich zuckte die Schultern. »Es ist nur … das Schiff. Ich glaube, als ich es zum zweiten Mal gesehen habe, war gerade Flut.«
Shona machte einen Satz im Wasser und spritzte mich mit der Schwanzflosse ein wenig an. Ich wischte das Wasser weg. »Stimmt!«, sagte sie. »Falls du dich erinnerst, wir sollten uns kurz nach Wasserhochstand treffen und sind als die Letzten an den Strand gekommen. Daher vermute ich, dass gerade Flut war, als wir da draußen waren.«
»Und deshalb hast du auch gefragt, wann wir den Sitz gesehen haben«, überlegte Aaron.
»Aber wenn das am Vormittag war, kann ja nicht auch Flut gewesen sein«, sagte Mandy.

»Nein«, pflichtete ihr Seth bei. »Aber es war vielleicht gerade *Ebbe.*«
»Genau«, sagte ich. »Ich denke, dass ich es einmal bei Ebbe und einmal bei Flut gesehen habe. Was mir allerdings nicht dabei hilft, die Sache besser zu verstehen.«
»Vielleicht nicht«, räumte Aaron ein, »aber jeder Zusammenhang, den wir erkennen, ist besser als nichts.«
Ich nickte. »Ja, wir wollen es mal hoffen.«
»Ich hab 'ne Idee«, sagte Shona. »Wir können uns doch nachher treffen, wenn Seth aufbricht. Er verlässt uns bei Flut. Wenn wir also recht haben, dass das Schiff etwas mit den Gezeiten zu tun hat, dann seht ihr es vielleicht wieder.«
»Einen Versuch ist es wert«, sagte Aaron. »Vielleicht können wir Seth ein Stück begleiten? In die Richtung, wo du das Schiff gesehen hast?«
Ein Schauer rann mir über den Rücken, als würde mich eine kalte Strähne Seetang streifen. Wollte ich das Schiff überhaupt noch mal aus der Nähe sehen? Die Menschen? Die Frau?
Andererseits: Konnte ich diese ganzen Fragen einfach unbeantwortet lassen?
»Okay«, sagte ich schließlich. »Aber was ist mit dir, Mandy?«
»Ich decke euch in der Unterkunft. Wir haben da sowieso gerade Zeit für uns, aber falls ihr nicht zurück seid, wenn wir um sieben zu Abend essen, erfinde ich eine Ausrede.«

Ich sah Mandy an. »Danke«, sagte ich – und ich hoffte, ihr war klar, dass ich ihr für viel mehr dankte als einfach nur für die Ausrede, warum wir das Abendessen schwänzten.

Sie erwiderte meinen Blick kurz. »Klar doch, alles gut«, erwiderte sie.

»Zischig!«, sagte Shona. »Und nach dem Abendessen könnt ihr zwei dann zu Lyle gehen.«

»Was alles in allem bedeutet, dass wir später wenigstens ein paar Antworten auf diese geheimnisvollen Fragen bekommen – so oder so«, sagte Aaron.

»Weiter geht's, Kinder! Eure Mittagspause war lang genug.« Miss Platt stand auf und klopfte sich Sand vom Rock. »Für die Aufgaben heute Nachmittag bilden wir Gemeinschaftsgruppen der beiden Schulen. Zunächst möchten wir gerne hören, was ihr heute Vormittag herausgefunden habt.«

Ich lächelte den anderen zu. Das hatten wir doch schon hinter uns. Vielleicht bekamen wir den Nachmittag ja frei.

»Und wenn ihr damit fertig seid«, fuhr Miss Platt fort und begrub meine Hoffnungen auf einen freien Nachmittag mit meinen Freunden, »dann treffen wir uns am Kieselstrand, wo wir geologische Untersuchungen über die interessanten Gesteinsformationen der Insel machen.«

»Nicht im Ernst«, murmelte Mandy. »Hätten sie sich vielleicht etwas *noch Langweiligeres* ausdenken können?«

Als habe sie uns gehört, setzte Miss Platt hinzu: »Denkt daran, das ist eine Schulexkursion, keine Ferienreise. Ihr sollt hier zwar auch Spaß haben, aber hauptsächlich etwas lernen. Also, tut euch zu Gruppen zusammen, Leute – und diesmal mit Schülern, mit denen ihr noch nicht zusammengearbeitet habt. Abgesehen von allem anderen wollen wir uns diese Woche doch auch kennenlernen.« Sie zögerte und warf einen Blick in unsere Richtung, ehe sie fortfuhr: »Wenn ihr bei jeder Aufgabe mit denselben Freunden zusammen seid, dann könnt ihr wohl kaum unser Anliegen verfolgen, die beiden Welten miteinander bekannt zu machen.«

»Damit sind wir gemeint«, grummelte Mandy.

»Sieht ganz so aus«, stimmte ihr Shona zu. »Dann also bis später.«

»Um sechs in der Tiefblauen Bucht?«, schlug ich vor.

»Klingt nach einem Plan«, willigte Aaron ein. Dann trennten wir uns, um uns mit anderen Schülern zusammenzutun.

Während ich mich mit Gemma aus meiner Klasse und mit Meryn und Gabe aus Schiffriff zusammenfand, fragte ich mich unwillkürlich, ob ich mich darauf freute, die anderen später wiederzutreffen – oder ob ich Angst davor hatte.

Der Nachmittag verging überraschend schnell. Nicht, dass Untersuchungen der geologischen Beschaffenheiten einer Insel besonders interessant gewesen wären – aber mit anderen Leuten zusammen zu sein und meine Gedanken von den ganzen unheimlichen Geschehnissen abzulenken war ziemlich erfrischend.

Was bedeutete, dass es im Nu kurz vor sechs war und an der Zeit, sich erneut mit den ganzen Fragezeichen zu befassen.

Aaron und ich gingen den Plan auf dem Weg zur Tiefblauen Bucht ein letztes Mal mit Mandy durch.

»Also, merk dir, wenn du zu spät kommst, sagst du, dass du deine Schuhe in der Sandbucht vergessen hattest und noch mal zurückmusstest, um sie zu suchen«, sagte Mandy.

»Und ich bin mit ihr gegangen, damit ich ihr über die steinigen Stellen oberhalb des Strandes helfen könnte«, schlug Aaron vor.

Ich sah ihn mit einem Blick an, der so viel wie *Echt jetzt?* sagte.

»Was ist?« Aaron streckte hilflos die Arme aus und zuckte die Schultern. »Der Boden da ist doch steinig, und ohne Schuhe würdest du wirklich Hilfe brauchen.«

Ich lachte und beschloss, ihn nicht darauf hinzuweisen, dass ich doch schon fast die gesamte Insel ohne Schuhe überquert hatte.

»Und *irgendeine* Ausrede brauche ich doch, um dich zu

begleiten«, beharrte er. »Außerdem sind wir bis dahin sicher schon zurück.«
»Okay, wie auch immer. So machen wir es«, willigte ich ein.
Wir waren an der Tiefblauen Bucht angekommen. Mandy deutete aufs Meer hinaus.
»Schaut mal – da sind sie.«
Shona und Seth waren aus dem Wasser aufgetaucht und winkten uns aus der Bucht zu.
»Bis bald, Seth!«, rief Mandy hinüber und winkte zurück. »Viel Glück mit Neptun!«
Seth grüßte zurück, und Shona winkte uns zu sich. »In einer Viertelstunde ist der Höchststand der Flut«, rief sie herauf. »Wir sollten los.«
Ich drehte mich zu Mandy um. »Danke – für alles.«
Sie winkte ab. »Also gut, ich geh zur Unterkunft zurück. Bis später dann. Seht euch vor, okay?«
»Machen wir«, versprach ich.
Wir ließen unsere Schuhe hinter einem Felsen. Die Schwimmsachen hatten wir schon unter den Kleidern an.
»Bist du bereit?«, fragte Aaron, als wir auf das Ufer der Bucht zugingen, um einzutauchen.
Mein Magen schlug einen kleinen Purzelbaum. Ja, es war unheimlich. Ja, das Schiff war von mehr Fragezeichen umgeben als von Bullaugen. Und ja, die geheimnisvolle Frau hatte mich in Gedanken verfolgt, seit ich sie gesehen hatte.

Aber es war ein *Abenteuer.* Egal, was sonst noch passierte, ich war ziemlich sicher, dass es hundertmal aufregender würde als alles, was jemals auf einer Geographie-Exkursion der Brightport-Schule passiert war.
»Und ob!«, sagte ich lächelnd. »Nichts wie los.«

11

Wir waren ungefähr zehn Minuten geschwommen. Die Flut hatte fast ihren Höchststand erreicht, und wir waren in der Schlucht angekommen, wo ich das Schiff gestern gesehen hatte.

»Ist das auch wirklich die Stelle?«, fragte Aaron.

»Ja, ich denke schon, aber um ehrlich zu sein, mit den ganzen Biegungen und Kurven sieht diese Felsenrinne ja auf der ganzen Strecke ziemlich ähnlich aus.«

Shona deutete auf ein paar Felsen, die sich wie ein Unterwasser-Iglu auftürmten. »Das ist die Stelle«, sagte sie. »Daran erinnere ich mich.«

Einen Augenblick später wurde alles still – genau wie gestern. Fische hörten auf zu schwimmen, Algen wiegten sich nicht mehr.

»Mittelwasser«, sagte Seth leise.

»Mittelwasser? Was ist das?«, fragte ich.

»Die Zeit zwischen auflaufendem und ablaufendem Wasser. Tritt bei Flut ein.«

»Oder auch umgekehrt«, setzte Shona hinzu. »Bei Ebbe gibt es auch ein Mittelwasser. Das ist praktisch ein Innehalten vor dem Einsetzen der anderen Tide.«

»Allerdings habe ich es nie so stark gespürt wie hier«, fuhr Seth fort. »So *ruhig*. Es ist, als würde die ganze Welt anhalten, nicht nur die Gezeiten.«

Seth hatte recht. Genauso fühlte es sich an – und genauso hatte es sich auch gestern angefühlt.

Gerade wollte ich das sagen, als mich etwas davon abhielt. Zwei Dinge, um genau zu sein. Das erste war Aaron, der mich am Arm rüttelte und sagte: »Emily, schau mal.« Das zweite war das, worauf er deutete und das ich sah, als ich mich umdrehte. Das Schiff.

Direkt vor uns, genau wie gestern – nur, dass etwas anders aussah. Gestern hatte es so echt gewirkt – so konkret, dass ich nicht glauben konnte, dass Shona es nicht gesehen hatte. Jetzt war es kaum sichtbar – eine blasse, verwaschene Version des gleichen Schiffes. Fast hatte ich das Gefühl, hindurchschwimmen zu können.

Zusammen bewegten wir uns auf das Schiff zu. Oder wir versuchten es zumindest. Im einen Moment war es da, im nächsten war es so verblasst, dass es kaum noch ein Schatten war.

Ich streckte die Hand aus, als wir uns dem sich auflösenden Schiff näherten, und versuchte, es zu berühren. Ein kribbelndes, summendes Gefühl durchfuhr meine Fingerspitzen, als meine Hand die Schiffswand durchstieß. Erschrocken fuhr ich zurück und wirbelte so heftig mit der Schwanzflosse, um Abstand zu gewinnen, dass eine Wolke von Bläschen aufstieg.

»Was geht hier vor sich?«, flüsterte ich.
»War das gestern auch so?«, fragte Aaron.
»Nein. Das Schiff war total massiv. Es war echt – ein Schiff mit Segeln und Decks und Leuten – warte mal!« Ich zog Aaron an die Seite der Schiffswand, und wir drückten uns am Rand der Fahrrinne entlang. »Die Frau war an einem Bullauge ungefähr in der Mitte. Lass uns mal nachsehen, ob sie noch da ist.«
Wir schwammen an den Bullaugen vorbei. Gestern hatte ich hineinsehen können – in kleine Kajüten, alle mit einer Koje und einem Schrank. Heute war es hinter allen Bullaugen dunkel.
Wir kamen an die Stelle, wo ich die Frau gesehen hatte. »Hier war sie«, sagte ich und paddelte mit der Schwanzflosse, um stehen zu bleiben. Ich stieß Aaron an. »Du zuerst.«
Aaron schwamm an das Bullauge heran und sah hinein. »Dunkel, wie die anderen«, sagte er.
Ich schwamm neben ihn, und wir spähten zusammen durch die Scheibe. Aaron hatte recht. Nichts als Dunkelheit. Allerdings … während ich hineinstarrte, tauchten Formen auf.
»Aaron, schau mal dorthin!« Ich deutete mit dem Finger auf das Glas, berührte es jedoch lieber nicht.
»Was soll ich anschauen?« Aaron runzelte die Stirn und starrte in den Raum. »Es ist nur eine trübe Düsternis, wie bei den anderen.«

»Ganz im Hintergrund«, beharrte ich.

»In welchem Hintergrund denn? Ich kann nichts sehen. Ich kann ja kaum das Schiff erkennen.«

»Im Hintergrund des Raumes«, sagte ich weniger überzeugt. Warum konnte er es nicht sehen? Ja, es war düster, ja, es war trüb, und tatsächlich, alles verblasste, je mehr ich hinstarrte, aber ich konnte es immer noch deutlich genug erkennen. Bildete ich es mir nur ein? »Die Koje … die …«

Ich hatte den Drang, so weit wie möglich wegzuschwimmen – und doch war ich wie gebannt. »Die Frau«, flüsterte ich, ohne den Blick von ihr abzuwenden. »Da drüben, auf der Koje.«

In dem Moment hob die Frau den Kopf, als ob sie mich gehört hätte. Fast leblos, fast geisterhaft verließ sie die Koje und schien auf das Bullauge zuzugleiten.

»Ich kann nichts sehen«, beharrte Aaron, der allmählich aufgebracht klang. »Das ganze Schiff verblasst. Es ist fast verschwunden.«

Ich konnte das Schiff noch sehen. Es verblasste zwar schnell, aber es war noch da – schemenhaft. Und sie auch. Sie sah mich an und streckte die Hand nach mir aus. Ich legte die Hand an das Bullauge und hatte aus irgendeinem Grund auf einmal keine Angst mehr, es zu berühren. Meine Finger kribbelten so heftig wie von hundert Nadelstichen. Ich ignorierte das Gefühl und legte die Handfläche auf die Scheibe. Die Frau tat dasselbe.

Auf einmal spürte ich kein Glas mehr. Ich spürte eine Hand: Fleisch und Knochen, die sich warm an meiner Hand anfühlten. Ich starrte ihr in die Augen.
Und dann, Sekunden später, veränderte sich alles. Innerhalb eines Augenblicks, als seien sie nie da gewesen, waren die Frau und das Schiff verschwunden.

»Was ist geschehen?« Aaron schwamm im Kreis herum wie ein Schwarm jagender Fische und schlug wie wild mit der Schwanzflosse. »Wo ist es geblieben?«
Auch ich sah mich um. Wir waren immer noch in der Schlucht, aber sie war jetzt leer. Die Bewegungslosigkeit war einer leichten Strömung gewichen. Meeresalgen streiften meine Schwanzflosse. Fische schossen in kleinen Gruppen vorbei, als würden sie von ihrem Tagewerk nach Hause eilen.
»Es ist weg«, sagte ich. Das war nicht die klügste Antwort der Welt, aber was hätte ich sonst sagen sollen?
»Hier seid ihr!« Shona kam um einen Felsen auf uns zugeschwommen. »Alles in Ordnung?«
»Sind wir verschwunden?«, wollte Aaron von ihr wissen.
Shona machte ein finsteres Gesicht. »Nicht direkt.«
»Was meinst du damit?«, fragte ich.
Neben ihr tauchte Seth auf. »Also, ihr wart da, aber ir-

gendwie nicht *wirklich*«, sagte er zu uns. »Es ist nicht so leicht zu erklären. Es war, als wärt ihr in einer anderen Dimension gewesen oder so.«

»Es war unheimlich«, ergänzte Shona – als ob wir das nicht schon längst so empfunden hätten.

»Hört mal. Es tut mir echt leid, aber ich muss los«, sagte Seth. »Ich will nicht riskieren, dass Neptun ausrastet, wenn ich zu spät komme.«

Ich konnte ihn verstehen. Ich hatte Neptuns schlechte Launen oft genug erlebt und wusste, wie unangenehm das war.

»Mal sehen, ob ich irgendwas herausfinden kann, das uns weiterhilft. Wenn ja, dann schicke ich euch einen Boten mit einer Nachricht«, fuhr Seth fort. »Ich lasse euch nur ungern allein, aber –«

»Schon gut«, sagte Aaron. »Das verstehen wir doch.«

Wir verabschiedeten uns von Seth und versuchten, diskret wegzusehen und wegzuhören, als er sich von Shona verabschiedete – obwohl ich natürlich doch alles mitbekam.

»Ich hoffe, dass es bei Neptun gut läuft«, sagte Shona zu Seth. »Und dass er dir keinen Ärger macht, weil du zwei Tage fort warst.«

»Das tut er schon nicht«, versicherte ihr Seth. »Und wenn doch, dann mache ich ihm klar, dass ich ein Anrecht auf ein paar freie Tage habe … mit meiner Freundin.«

Danach zwang ich mich, nicht weiter zuzuhören. Es waren sowieso nur noch Kussgeräusche.

»Wir haben es wieder gesehen«, berichtete ich Shona, als Seth losgeschwommen war. Ich wollte ihr eigentlich den glücklichen Moment nicht verderben, in dem sie sich sonnte, nachdem Seth sie als *seine Freundin* bezeichnet hatte, aber zu diesem Zweck waren wir schließlich hergekommen – und ich konnte mich auf nichts anderes konzentrieren.

»Das Schiff?«, fragte Shona. Ich nickte. »Und die Frau? Habt ihr sie auch wieder gesehen?«

»Ja.«

»Nein«, sagte Aaron gleichzeitig. Er sah mich an. »Emily hat sie gesehen. Ich habe mit ihr reingeschaut, aber ich konnte die Frau nicht sehen. Emily hat das Schiff insgesamt auch länger sehen können als ich.«

»Wow, das ist ja …« Shona verstummte. Ich verstand sie. Was sollte sie denn auch sagen? Das ist doch total verrückt? Unmöglich? Das kann man doch in Millionen Jahren nicht erklären?

Es spielte keine Rolle, was sie dachte. Was da auch vor sich ging, eines wusste ich: Wir würden nicht dahinterkommen, indem wir hier in der verlassenen Schlucht mitten im Meer rumhingen.

»Kommt«, sagte ich und machte mich auf den Rückweg. »Wenn wir gleich losschwimmen, schaffen wir es wahrscheinlich noch rechtzeitig zum Abendessen.« Und weil Shona ja meine beste Freundin war und ich wollte, dass sie glücklich war, auch wenn mich lauter beunruhigende

Befürchtungen plagten, nahm ich sie in den Arm und sagte: »Und du kannst uns auf dem ganzen Rückweg von deinem Freund erzählen.«

Es gelang mir sogar, ihr mehr oder weniger zuzuhören, als sie selig von Seth schwärmte, während wir zur Insel zurückschwammen, zu den anderen und zu dem Abendessen. Aber um auch nur an Essen zu *denken*, war mein Magen viel zu nervös.

Aaron und ich verließen den Speisesaal zusammen mit allen anderen. Er hatte darauf bestanden, dass ich etwas aß, daher hatte ich mich gezwungen, ein paar Bissen zu nehmen und mein Bestes zu geben, mit den anderen über irgendwelchen Unsinn zu quatschen. Aber jetzt hatte ich genug davon.

»Nichts wie weg hier«, sagte ich und zog ihn nach draußen.

Wir traten auf den Weg und wandten uns in Richtung Wäldchen. Mir wäre es lieber gewesen, einfach unter den Bäumen zu sitzen und vor mich hin zu starren, ohne mit jemandem zu reden oder an irgendwas zu denken, aber ich wusste, dass das nicht möglich war. Und ich wusste auch, dass wir nicht vorhatten, in den Wald zu gehen. Wir gingen auf das zweite Haus zu: Lyles Haus.

Kurz vor seiner Tür blieben wir stehen. Ich sah Aaron an.
»Komm«, sagte ich, »lass es uns hinter uns bringen.«
Stumm gingen wir den Gartenweg entlang.
Aaron sah mich an. »Bist du bereit?«, fragte er.
Ich zuckte die Schultern. »So bereit, wie es eben geht«, erwiderte ich und klopfte an die Tür. Von innen hörten wir Schritte. Kurz darauf öffnete Lyle die Tür. Er sah schlimm aus – selbst für seine Verhältnisse. Seine Augen waren wie schwarze Höhlen, das Hemd hing ihm aus der Hose, seine Haare waren zerzaust und unordentlich.
»Was wollt ihr?«, fragte er.
»Äh, tja«, setzte ich an. »Wir wollen ja nicht stören –«
»Dann tut es auch nicht.« Lyle wandte sich ab, um wieder hineinzugehen.
»Aber wir müssen mit Ihnen reden«, setzte ich fest hinzu.
Lyle blieb kurz stehen, dann sah er mich direkt an und nickte. Als wisse er, worüber wir mit ihm reden wollten, als ob er es erwartet hatte, auch wenn er so tat, als sei es nicht so. Dann ging er weiter, ohne die Tür zu schließen, und rief über die Schulter: »Dann kommt mal lieber rein. Und macht die Tür hinter euch zu.«

»Setzt euch.« Lyle machte eine vage Geste durchs Wohnzimmer.

Ich versuchte, nicht zu direkt auf die schmutzigen Teller zu starren, die überall herumstanden, mit halb gegessenen Mahlzeiten, die schon anfingen zu schimmeln. Lyle musste meinen heimlichen Blick wohl gesehen haben, denn er eilte umher, sammelte das Geschirr ein und brachte es in die Küche.

»Ich habe keinen Besuch erwartet«, sagte er wie zur Erklärung.

»Schon in Ordnung«, sagte Aaron. »Wir haben es gar nicht bemerkt, nicht, Em?«

»Nein, überhaupt nicht«, log ich.

Aaron und ich fanden eine relativ freie Stelle auf dem Sofa und setzten uns. Mein Blick fiel auf eine Kommode – und alles andere war mir auf einmal egal. Ich stand auf, trat an die Kommode und ergriff ein gerahmtes Foto. In dem Moment kam Lyle ins Zimmer zurück.

Es war ein Hochzeitsfoto, ein lächelndes Paar. Links, in einem blendend weißen Anzug, stand Lyle. Er sah die Frau neben sich mit einem so strahlenden Lächeln an, dass er mit dem Mann vor uns praktisch nichts zu tun hatte. Die Frau, die ihn genauso anlächelte und deren lange rote Haare über die Schultern und das Oberteil ihres weißen Hochzeitskleids fielen, war die Frau, um deren Gesicht meine Gedanken seit zwei Tagen unaufhörlich kreisten.

Ich stellte das Foto hin und drehte mich zu Lyle um. »Ich habe sie gesehen«, sagte ich, ehe ich an mich halten konnte.

»Du hast was?«

»Ich … ich habe sie gesehen«, wiederholte ich und merkte etwas zu spät, dass ich es ihm vielleicht etwas vorsichtiger hätte beibringen sollen.

»Lowenna?« Seine Stimme brach, als er den Namen sagte, als würde ihm das Wort Schwierigkeiten machen. Er räusperte sich. »Du hast Lowenna gesehen?«, fragte er erneut mit krächzender Stimme.

Als er den Namen aussprach, sah ich sie vor mir, wie ich sie das erste Mal gesehen hatte und sie mit der Faust an das Bullauge gehämmert hatte. *Ich bin so clever* hatte ich geglaubt sie rufen zu hören. Jetzt wurde mir jedoch klar, dass sie das gar nicht gesagt hatte. Plötzlich war es total offensichtlich, was sie mir zu sagen versucht hatte: *Ich bin Lowenna*.

Ich nickte, unsicher, ob ich meiner Stimme trauen konnte. Lyle starrte mich an. Sein Gesicht war so weiß, dass ich befürchtete, ihm wäre schlecht. Seine Augen waren dunkel wie die tiefsten Meereshöhlen. Er starrte mich an … ich weiß nicht, wie lange. Es kam mir wie eine Ewigkeit vor. Das Zimmer schien sich um uns zu schließen, alles auszusperren und uns drei auf uns gestellt zu lassen in dieser neuen Welt, die so gar keinen Sinn ergab und von der keiner von uns wusste, wie er sich in ihr verhalten sollte.

Schließlich fand Lyle seine Sprache wieder. Mit einer Stimme wie ein Reibeisen sagte er langsam: »Dann erzählt ihr mir wohl besser alles.«

Und das taten wir dann gemeinsam. Wir erzählten ihm alles – selbst Dinge, die uns unangenehm waren und uns vielleicht in Schwierigkeiten brachten.
»Wir hatten nicht vor, verbotenes Gelände zu betreten«, betonte Aaron, als wir ihm berichteten, wie wir den Sitz gefunden hatten. »Wir sind gestürzt und hatten uns verirrt –«
»Das spielt keine Rolle.« Lyle winkte ab. »Fahrt fort.«
Dann erzählte ich ihm, wie ich Lowenna das erste Mal gesehen hatte.
»Wie sah sie aus? Wie kam sie dir vor?«, fragte er, und seine Stimme brach fast vor Dringlichkeit.
»Sie …« Ich zögerte. Sollte ich ihm die Wahrheit sagen? »Sie hat ganz okay ausgesehen«, murmelte ich schließlich.
Lyle stieß die Luft aus und entspannte sich etwas. »Dem Himmel sei Dank«, sagte er, und ich wusste, dass es ausnahmsweise mal richtig gewesen war, zu lügen.
Dann erzählten wir ihm, dass wir wieder dort gewesen waren; wir beschrieben das Schiff und dass es beinahe durchsichtig gewesen sei.
»Das Seltsame war, dass nur Emily Lowenna sehen konnte«, sagte Aaron. »Ich konnte sie nicht sehen.«
»Das Schiff kam mir heute viel weniger echt vor«, setzte ich hinzu.
Lyle nickte, als ob das für ihn irgendwie logisch klang. »Weiter.«

»Mehr gibt es eigentlich nicht«, sagte ich abschließend. »Wir haben Ihnen alles erzählt.«
Lyle reagierte nicht. Er saß einfach nur da, beugte sich vor, die Ellbogen auf die Knie gestützt, mit besorgtem Gesicht und flackerndem Blick, als würde er hektisch seine Gedanken sortieren.
Dann stand er abrupt auf und wandte sich von uns ab. War's das? Schickte er uns jetzt fort, nachdem wir ihm unsere Geschichte erzählt hatten?
»Wollen Sie uns rauswerfen?«, fragte Aaron.
Lyle fuhr wieder herum. Sein Blick war wie ein schwarzer Tunnel, der uns zu verschlingen drohte, wenn wir nicht aufpassten.
»Ganz im Gegenteil«, sagte er. »Ich hole nur ein paarmal tief Luft. Dann mache ich uns Kakao. Und dann komme ich zurück und setze mich, und wir reden weiter.«
»Ich … ich weiß nicht, was es sonst noch zu sagen gibt«, stieß ich hervor. »Wir haben Ihnen alles erzählt.«
Lyle nickte langsam. »Ja, das weiß ich. Und glaubt mir, ich werde euch für eure Tapferkeit und eure Aufrichtigkeit niemals genug danken können.«
»Und was sollen wir Ihnen dann noch erzählen?«, fragte Aaron.
Lyle schwieg einen Moment. Dann sagte er mit einer Stimme, die so unbewegt war wie der Horizont: »Ihr müsst mir nichts mehr erzählen. Jetzt bin ich an der Reihe. Ich erzähle euch *meine* Geschichte.«

12

Aaron und ich saßen auf dem Sofa und hörten, wie Lyle in der Küche herumhantierte – mit einem pfeifenden Kessel, mit Tassen und Löffeln, die schepperten.

Wir schwiegen. Mein Mund war zu trocken, um etwas zu sagen, selbst wenn ich eine Ahnung gehabt hätte, was ich hätte sagen können. Ich vermutete, dass es Aaron ähnlich ging.

Stattdessen saßen wir stumm da und hielten uns so fest bei den Händen, als ob sie Rettungsleinen wären. Waren sie vielleicht auch.

Endlich, nach einer Ewigkeit, wie es uns vorkam, in Wirklichkeit aber wahrscheinlich nach weniger als fünf Minuten, kam Lyle wieder ins Zimmer zurück. Er reichte uns unsere Becher, und ich umklammerte meinen mit beiden Händen. Vor Nervosität zitterte ich am ganzen Körper, und das heiße Getränk beruhigte mich ein wenig.

»Okay«, sagte Lyle. »Wenn ihr bereit seid, erzähle ich euch alles. Und wenn ich fertig bin, versuchen wir zusammen zu überlegen, wie unser nächster Schritt aussieht. Wie hört sich das an?«

»Perfekt«, sagte ich. Meine Nervosität verwandelte sich

in Aufregung, als Lyle anfing. Während wir unsere heiße Schokolade tranken, erzählte er uns seine Geschichte – seine und die von Lowenna.

»Erst mal ein paar grundlegende Fakten«, begann Lyle – was sich sehr gut anhörte. Grundlegende Fakten, das klang sicher, solide, vertraut. Bis er hinzusetzte: »Lasst uns mit Atlantis anfangen.«

Aaron fiel die Kinnlade herunter. Ich ließ fast meinen Becher fallen.

»Atlantis?«, fragte Aaron beinahe flüsternd.

»Atlantis existiert wirklich?«, fragte ich. »Also in echt, im wirklichen Leben?«

Lyle nickte. »Das ist absolut geheim«, sagte er. »Menschen wissen nichts darüber. Sie kennen es nur aus den Geschichten, die sie erfinden.«

»Und Meerleute?«, fragte ich.

»In der Welt der Meerleute kommen die Gerüchte über Atlantis der Wahrheit *etwas* näher – aber sogar Meerleute sind weit davon entfernt, die ganze Geschichte zu kennen. Neptun sorgt dafür, dass Atlantis das bestgehütete Geheimnis bleibt.«

»Neptun!«, platzte ich heraus. »Er ist Herr über Atlantis?«

Lyle runzelte die Stirn. »Natürlich«, sagte er. »Neptun ist Herr über *alles*, was mit dem Meer zu tun hat. Obwohl auch er aus sicherer Entfernung darüber herrscht.«

»Und woher wissen *Sie* darüber Bescheid?«, fragte ich.

Lyle richtete seinen düsteren Blick auf mich. »Weil«, sagte er, »Atlantis mein Arbeitgeber ist.«

»Sie arbeiten für Atlantis?«, staunte ich. »Ich dachte, Sie sind verantwortlich für diese Insel. Ist das nur zum Schein?« Ich merkte, wie sich meine Nackenhaare aufstellten. Sollte sich herausstellen, dass Lyle einer dieser Erwachsenen war, die vorgaben, jemand zu sein, damit sie vertuschen konnten, dass sie ein ganz anderer waren? Ich hatte mehr als genug von denen kennengelernt, das reichte mir bis ans Lebensende!

»Nein, das ist nicht zum Schein. Es ist Teil meiner Arbeit. Und zwar ein ganz wichtiger Teil. Nur nicht *ganz* so wichtig wie der andere Teil.«

»Weiter«, forderte ich ihn auf.

»Okay, die Hälfte meiner Arbeit besteht also darin, die tagtäglichen Aufgaben auf der Fünfbuchteninsel zu erledigen und mich um Besucher zu kümmern, wie ihr gesehen habt.«

Ich verkniff mir den Kommentar, dass wir eigentlich nicht *so* viel davon mitbekommen hatten, wie er sich um die Insel kümmerte – oder um die Besucher, sprich, um uns.

»Fairerweise muss ich sagen, dass die meiste Arbeit mit den Besuchern Lowenna übernimmt«, setzte Lyle schnell hinzu. »Meine Arbeit vollzieht sich eher im Hintergrund.«

»Ihre halbe Arbeit besteht also darin, sich um die Insel zu kümmern«, sagte Aaron. »Und die andere Hälfte? Die Atlantis-Hälfte?«

Lyles Stimme war fest. »Ich bin Archivar«, sagte er.

»Sie sind *was?*«, fragte ich.

»Archivar – für Atlantis. Wir machen Aufzeichnungen von ... Leuten. Und von Schiffen.«

»Von was für Leuten?«, fragte Aaron. »Von was für Schiffen?«

»Hört zu. Was ich euch erzähle, ist ein absolutes Geheimnis. Ich könnte in große Schwierigkeiten geraten, wenn ich es weitererzähle. Habt ihr verstanden?«

»Sicher«, sagten Aaron und ich gemeinsam.

»Okay. Also, ich weiß nicht, was für Geschichten ihr über Atlantis gehört haben mögt, aber Atlantis ist der Ort, an dem die Menschen und Schiffe landen, die auf See verschollen sind. Meine Arbeit ist es, sie dort einzuchecken.«

»Einzuchecken?«, fragte ich. »Wie merken Sie, ob sie dort ankommen?«

»Auf zweierlei Arten. Meinen Aussichtsposten kennt ihr ja schon. Als ich gestern hinkam, habe ich gemerkt, dass jemand dort gewesen war. Ich wusste nur nicht, dass ihr das wart.«

»Sie meinen den Aussichtsturm?«, fragte Aaron. »Das waren ja nicht nur wir. *Alle* waren dort –«

»Nicht den Aussichtsturm«, unterbrach ihn Lyle. »Den anderen Aussichtsposten.«

»Den Sitz«, sagte ich.

Lyle nickte. »Er ist ein Außenposten, ein … tja, so ungefähr wie eine Botschaft.«

»Für Atlantis?«, fragte Aaron.

»Ja.«

»Deshalb ist die Gegend Sperrgebiet«, überlegte ich.

»Und fast unmöglich zu erreichen, ohne sich dabei das Genick zu brechen«, fügte Aaron hinzu.

»Ich würde euch ja um Verzeihung bitten, aber genau genommen durftet ihr dort nicht hin.«

»Wir hatten das auch nicht vor«, murmelte ich.

Lyle hielt eine Hand hoch. »Ich weiß. Und ihr werdet auch nicht dafür bestraft. Ich bin dankbar. Wenn ihr nicht dort gewesen wärt, würden wir uns jetzt nicht unterhalten – ihr habt mir zum ersten Hoffnungsschimmer seit Tagen verholfen.«

»Okay, fahren Sie fort«, sagte Aaron.

»An dem Aussichtsposten – dem Ort, den ihr gefunden habt – verbringe ich den Großteil meiner Zeit«, fuhr Lyle fort. »Von dort sehe ich Schiffe – auch solche, die von den meisten Leuten nicht gesehen werden, nur von bestimmten Personen.«

»Bestimmten Personen?«, fragte ich.

Lyle zögerte. Dann sagte er: »Ich bin ein Halbwesen, wie ihr.«

Mir fiel wortwörtlich die Kinnlade herunter, und ich starrte ihn an. »Und Lowenna?«, fragte ich.

Er nickte. »Sie war auch ein Halbwesen.« Dann schüttelte er den Kopf. »IST. Lowenna *ist* ein Halbwesen. Ich weigere mich zu glauben, dass sie nicht mehr ist.«

»Weiter«, sagte ich sanft.

»Also, ich war gestern auf meinem Aussichtsposten, kurz bevor wir uns in der Tiefblauen Bucht trafen.«

»Aber natürlich! Das waren Sie!«, stieß ich hervor. »Ich habe Sie gesehen.« Ich drehte mich nach Aaron um. »Weißt du noch, als wir den anderen geholfen haben, die auf dem Felsvorsprung festsaßen? Ich habe etwas im Wasser gesehen. Du hast mich zu überzeugen versucht, dass es einer von den Meerschülern war. Aber es war Lyle!«

»Ich machte Überstunden«, gab Lyle zu. »Nur, dass ich zurzeit keinen *ein*checke, ich versuche zu lernen, wie ich ein Schiff *aus*checken kann.«

»Aus Atlantis?«, fragte ich. »Ist das möglich?«

»Selten«, erwiderte Lyle mit heiserem Flüstern.

»Wenn die Leute also in Atlantis landen, kommen sie nie zurück?«, fragte Aaron.

Lyle schüttelte den Kopf. »Nur die, die sich besonders mit Atlantis und den Gepflogenheiten dort auskennen, haben eine winzige Chance, das zu schaffen. Und wer das tut, landet im Allgemeinen nicht dort. Also nein, es kommt kaum jemand zurück. Außerdem wollen es die meisten auch gar nicht.«

»Warum nicht?«, fragte ich.
Lyle schüttelte den Kopf und lächelte ein wenig. »Es ist ein äußerst überwältigender Ort. Stadtmauern, die golden glänzen; Treppen, die einen in die Baumwipfel bringen, wo die Vögel die allerschönsten Weisen singen; Flüsse, in denen das süßeste Wasser fließt; Sonnenlicht, das einen bis ins Innerste erwärmt.«
»Klingt umwerfend«, sagte Aaron.
»Ja, genau«, erwiderte Lyle. »Aber nicht alles ist so, wie es scheint. Und die Begeisterung hält nicht an.«
»Sie wollen also jemanden herausholen?«, fragte Aaron.
Ich schluckte. »Lowenna«, warf ich ein.
Lyle sah mich an und nickte. »Lowenna und ich arbeiten von dieser Insel aus für Atlantis. Ich checke die Leute ein, aber sie hilft, sie davor zu bewahren, überhaupt dorthin zu kommen.« Lyle legte eine Pause ein. »Ihr versteht, was ich sage, oder?«
»Ich …« Ich zögerte.
»Atlantis ist der Ort, an den die Leute kommen, die auf See *vermisst* werden.« Er betonte das letzte Wort und wartete, dass wir begriffen, was er meinte.
»Vermisst?«, sagte ich schließlich. »Sozusagen …«
Lyle nickte bedächtig. »Verloren. Auf immer. Stellt es euch als einen Zwischenstopp vor – der letzte Halt zwischen Leben und Tod.«
Ich stieß die Luft aus.
Ehe einer von uns etwas sagen konnte, fuhr Lyle fort.

»Lowenna ist eine der bewandertsten Wasserführerinnen, die es gibt.«
»Wasserführerin? Lotsin?«, unterbrach ihn Aaron.
»Sie geleitet Schiffe durch schwierige Stellen, hilft ihnen, sicher durchzukommen. Ihr wisst ja bereits, dass diese Insel in einem der gefährlichsten Teile des Meeres liegt. Ohne dass die Schiffe und ihre Passagiere es bemerken, schwimmt Lowenna voraus und hilft ihnen durch Untiefen und Schluchten, deren Existenz sie nicht einmal ahnen. Atlantis hat eine Art magnetische Anziehungskraft. Die Wasserführer machen sie sich zunutze, um den Kurs eines Schiffes zu verändern, ohne dass es die Menschen auf dem Schiff bemerken. Das war Lowennas Aufgabe – *ist* ihre Aufgabe. Sie rettet vorüberfahrende Schiffe vor einer Reise, die nicht vorgesehen ist.«
»Vor einer Reise nach Atlantis«, beendete Aaron Lyles Bericht.
Mir wurden allmählich die Zusammenhänge klar. »Sie hat die *Prosperus II* gelotst«, murmelte ich. Das Schiff hatte letzten Freitag hier vorüberfahren sollen. »Das war ihre Aufgabe, nicht?«
Lyle versuchte zu antworten. Er öffnete den Mund, aber nichts kam heraus. Daher fuhr ich stattdessen fort: »Lowenna sollte die *Prosperus II* vorbeilotsen. Dabei helfen, das Schiff und seine Passagiere sicher durchzubringen. Habe ich recht?«
Ohne den Kopf zu heben, nickte Lyle. Einen Moment

lang sagte keiner etwas. Was hätten wir auch sagen können?

Schließlich fuhr Lyle mit leisem Krächzen fort. »Wir aßen zusammen zu Mittag. Das Schiff sollte am Nachmittag um vier vorbeifahren. Es ist schon viele Male vorbeigefahren. Nie hat es Komplikationen gegeben. Lowenna machte sich mit einem Lächeln zur Arbeit auf. Ich sehe sie noch vor mir – ihre Augen funkelten, ihr Haar …«

Ich legte ihm die Hand auf den Arm. Lyle ließ sie einen Moment liegen, dann bewegte er den Arm, um sich mit der Hand über die Augen zu wischen. »Es gab etwas, das sie mir mitteilen wollte – sie sagte, sie würde es mir nach der Arbeit erzählen. Sie wollte etwas Besonderes zum Abendessen kochen.« Er schwieg eine Ewigkeit, dann fügte er heiser hinzu: »Sie kam nicht zurück.«

»O nein, wie schrecklich«, sagte ich.

»Wissen Sie, was passiert ist?«, fragte Aaron.

»Ich beobachtete das Schiff vom Aussichtsbereich – lächelte vor mich hin, als ich sah, wie es sich durch die Rinnen schlängelte. Ich wusste, dass Lowenna es lotste. Und dann …« Er brach ab.

»Und dann?«, ermunterte ich ihn.

Lyle schüttelte den Kopf, als ob er versuchte, die Wahrheit seiner eigenen Worte zu leugnen. »Und dann war es weg«, sagte er schließlich. »Es verschwand. Ich konnte zusehen.«

»Es verschwand?«, fragte ich. »Wie verschwand es?«

»Es sank einfach. Als sei es hinuntergesaugt und vom Meer verschlungen worden. Alles, was übrig blieb, war eine Reihe riesiger Blasen auf der Meeresoberfläche.«
Erinnerungen an den Kraken tauchten vor mir auf – das riesige, grimmige Seeungeheuer, das Gold und Schätze von Schiffen raubte, die sich ins Bermuda-Dreieck verirrt hatten. Aber selbst der Krake konnte ein Schiff nicht mit einem Bissen verschlingen.
»Es war ein Erdbeben«, sagte Lyle tonlos. »Da draußen in der Felsenrinne. Direkt unter dem Schiff hatten sich wohl zwei tektonische Platten am Meeresgrund bewegt. Dazu kam noch die Flut und auch die magnetische Anziehungskraft von Atlantis, die sich Lowenna sonst zunutze machte, um das Schiff auf Kurs zu halten. Es war ein mächtiges Zusammentreffen von Kräften.«
»Was passierte?«, frage Aaron.
»Kurz gesagt, die Erde tat sich unter dem Schiff auf, ließ eine Fontäne von Blasen aufsteigen, traf auf Lowennas Magnetkraft und saugte das Schiff ganz aus dem Meer und in das Vakuum darunter. Erde, Luft, Wasser, Flut, alles zusammen, und das Schiff steckte mittendrin fest. Zehn Sekunden dauerte das Ganze – dann war es weg. Das Schiff. Die Menschen. Meine Frau.«
Auf einmal fügte sich alles zusammen. Das war alles am Freitag geschehen – am Tag vor unserer Ankunft. Kein Wunder, dass Lyle die ganze Zeit so durch den Wind war. Ein Haufen Ausflugskinder war für ihn wohl kaum obers-

te Priorität, nachdem seine Frau gerade verschwunden war.

»Warum haben Sie denn nichts gesagt?«, fragte ich. »Warum haben Sie unsere Exkursion nicht abgeblasen?«

Lyle lachte fast. »Wenn ich noch einen klaren Gedanken hätte fassen können, dann hätte ich das gemacht«, gab er zu. »Aber ich konnte nur an Lowenna und das Schiff denken. Ich hatte total vergessen, dass ihr überhaupt kommt, bis eure Lehrerin anrief und sagte, dass ihr da seid.«

»Das wundert mich nicht«, sagte Aaron. »Meine Güte. Da haben wir Ihnen gerade noch gefehlt!«

Lyle zögerte, ehe er erwiderte: »Schon möglich«, sagte er schließlich. »Vielleicht wart ihr aber auch genau das, was ich brauchte.«

»Wirklich?«, fragte ich. »Wie kommen Sie darauf?«

»Also. Ich weiß Folgendes: Das Schiff verschwand, und das Erdbeben hat Lowenna mit sich in die Tiefe gerissen.«

»Sind Sie da sicher?«, unterbrach ihn Aaron. »Oder besteht nicht die Chance, dass sie einfach in dem Gesteinsauswurf des Erdbebens stecken geblieben ist und sich noch da draußen befindet und schon bald wieder auftaucht?«

Ich beneidete Aaron um seine ahnungslose Hoffnung. Er hatte die Frau hinter dem Bullauge nicht gesehen. Die Panik in ihren Augen hatte sich nicht in sein Bewusstsein eingebrannt.

»Sie ist mit dem Schiff untergegangen«, sagte Lyle. »Das

weiß ich. Ich habe mir zuerst das Gegenteil einreden wollen, aber es ist jetzt drei Tage her, und sie ist nicht zurückgekommen. Sie ist weg. Selbst wenn ich hätte hoffen wollen, wenn ich mir hätte einreden wollen, dass das Schiff einfach den Kurs gewechselt hat und Lowenna aus irgendeinem Grund auf dem Meer draußen geblieben ist, ich schaffte das nicht. Versteht ihr, wenn ein Schiff und die Passagiere auf See vermisst werden, kann ich sie noch von einem anderen Ort aus sehen, auf meinem Radargerät im Aussichtsturm.«

»Wir haben dort gar keinen Radarschirm gesehen«, sagte Aaron.

Mir fiel die verschlossene Tür mit der Aufschrift PRIVAT! KEIN ZUTRITT! ein. Wahrscheinlich war das Radargerät dort.

»Es ist in dem Raum, der bei der Führung nicht gezeigt wird«, sagte Lyle.

Wir hatten ja keine nennenswerte Führung bekommen. Aber das wollte ich ihm jetzt nicht unter die Nase reiben.

»Ich drückte mich stundenlang davor, auf den Aussichtsturm zu gehen, sagte mir, das Schiff habe einfach den Kurs geändert und Lowenna würde schon bald auftauchen«, fuhr Lyle fort. »Aber als es Nacht wurde, wusste ich, dass ich der Wahrheit ins Auge blicken musste, und ich sah nach. Da konnte ich dann feststellen, dass das Schiff untergegangen war und Lowenna mit ihm, und ich musste es in Atlantis einchecken.«

»Und da haben Sie die Hoffnung aufgegeben?«, fragte ich.

»Tja, so ist es, aber nur vorübergehend. Denn am Samstag passierte etwas äußerst Ungewöhnliches. Etwas, das ich noch nie zuvor erlebt hatte – kein einziges Mal, nachdem ein Schiff bereits für die Ankunft in Atlantis registriert war.«

»Sie haben es gesehen«, vermutete Aaron.

»Genau. Zum ersten Mal sah ich es Samstag am Spätnachmittag, kurz bevor ihr ankamt. Ich war auf meinem Aussichtsposten. Vierundzwanzig Stunden waren vergangen, seit das Schiff verschwunden war, und ich saß da und hoffte auf … Ich weiß nicht, worauf ich hoffte. Ich wollte schon aufgeben, aber da sah ich es! Nur ein paar Minuten – aber es war da.«

»So wie wir es am nächsten Tag gesehen haben«, murmelte ich.

»Sonntag, ja. Ich musste viel Arbeit nachholen, um eure Woche zu organisieren, daher konnte ich erst später am Tag zurückkehren.«

»Und da habe ich Sie gesehen.«

Lyle nickte. »Ich schätzte, die einzige Chance, das Schiff ein zweites Mal zu sehen, wäre wieder bei Flut und vom selben Punkt aus – dem Aussichtsposten.«

»Deshalb haben Sie auch gesagt, wir sollten uns *nach* der Flut treffen«, schloss ich und erinnerte mich plötzlich, dass Lyle mit nassen Haaren aufgetaucht war. Er hatte

sich nicht für uns geduscht, er war im Meer gewesen!
»Damit Sie vorher zum Aussichtsposten zurückgehen und nach dem Schiff suchen konnten.«
»Genau.«
»Und haben Sie es wieder gesehen?«, fragte Aaron.
»Klar und deutlich.« Lyle lächelte ein wenig, als sähe er seine Frau vor sich und würde für sie lächeln. »Das Schiff war da draußen und kam auf die Insel zu. Eine Viertelstunde lang sah ich es, dann war es wieder weg.«
»Haben Sie es seither noch mal gesehen?«, fragte ich.
»Einen kurzen Augenblick heute Morgen. Aber nicht deutlich. Es verblasste. Sie hat mich verlassen.« Bei den letzten Worten brach seine Stimme.
»Können Sie ihr nicht folgen?«, fragte Aaron. »Sie arbeiten doch für Atlantis – können Sie nicht einfach hin und sie zurückholen?«
Lyle lachte fast. Er schüttelte den Kopf. »Glaubt mir, wenn ich könnte, würde ich das tun. Aber Atlantis ist kein Ort, den man einfach aufsuchen kann. Es ist ein Ort, an dem man plötzlich ist – wenn man großes Pech hat. Meine Arbeit findet auf *dieser* Seite statt. Es geht dabei um Zahlen. Ich bin mehr oder weniger ein Buchhalter, der über Gewinne und Verluste Buch führt.«
»Es kann also niemand hin«, sagte ich. »Aber wie kommt es, dass *wir* das Schiff sehen können? Und warum verblasst es immer so plötzlich?«
»Genau diese Fragen habe ich mir auch gestellt und die

Antworten gesucht, indem ich alles Wissen von Atlantis, das mir zur Verfügung steht, benutzt habe«, erwiderte Lyle. »Ich bin Tag und Nacht auf gewesen und habe über jedes Detail gerätselt. Soweit ich weiß, ist so etwas noch nie passiert. Versteht ihr? Niemals.«

»Ein Schiff zu sehen, nachdem es schon nach Atlantis gefahren ist, meinen Sie?«, fragte ich.

»Ja. Es ist gewissermaßen unerhört. Also, Gerüchte gibt es schon. Ich habe die Aufzeichnungen der früheren AA gelesen.«

Aaron runzelte die Stirn. »AA?«

»Atlantis-Archivare. Die den Posten vor mir hatten. Ich habe ihre Geschichte, ihre Erfahrungen studiert, um zu sehen, ob mir irgendetwas weiterhelfen könnte.«

»Was haben Sie entdeckt?«, fragte ich.

»Nicht viel. Manche berichten, dass sie gelegentlich Schiffe gesichtet hätten, die zurückkehrten. Andere sprechen von Portalen zwischen dieser Welt und Atlantis. Aber es ist alles Spekulation. Es gibt keine handfesten Beweise. Keiner von ihnen kann etwas nachweisen. Um ehrlich zu sein, gibt es nicht viel, was ich nicht schon mal gehört hätte. Und ich habe es nie geglaubt – bis zu diesem Mal.«

»Bis Sie das Schiff mit eigenen Augen gesehen haben«, sagte ich.

»Genau. Seither habe ich an nichts anderes denken können. Die Sichtungen haben mir ein Fünkchen Hoffnung beschert. Die Tatsache, dass ihr es auch gesehen habt, verstärkte diese Hoffnung. Machten sie aber auch zunichte.«

»Warum das?«, fragte ich.

»Die Sichtungen bedeuten, dass die Personen an Bord des Schiffes versuchen zurückzukommen – Atlantis zu verlassen.«

»Aber das ist doch was Gutes, oder nicht?«, war Aaron sich sicher.

»Das schon, stimmt, aber sie verblassen – was bedeutet, dass die Versuche fehlschlagen. Mit jedem Versuch, der fehlschlägt, wird die Chance einer erfolgreichen Wiederkehr geringer. Und jeder Tag, der vergeht, bringt sie weiter weg. Als Archivar weiß ich, dass ein Schiff sechs Tage auf meinem Radar erscheint, ehe es ganz verschwindet.«

Ich nahm einen Schluck Kakao. Er war jetzt fast kalt, aber die Schokolade schmeckte noch gut. »Wie meinen Sie das?«

Lyle seufzte. »Es ist kompliziert.«

»Versuchen Sie es!«, sagte Aaron.

»Nun gut. Die Zeit verläuft anders in Atlantis. Wenn ein Schiff ankommt, ist der erste Tag dort so lang wie ein Tag hier. Das ist Tag eins. Ab Tag zwei verläuft die Zeit anders.«

»Inwiefern?«, fragte ich.

»Es ist ein sehr seltsamer Zeitverlauf«, erwiderte Lyle. »Am zweiten Tag sind vierundzwanzig Stunden in dieser

Welt in Atlantis wie eine Woche. Tag drei ist ein Monat. Tag vier ein halbes Jahr. An Tag fünf kann alles Mögliche passieren. Die Zeit fängt an zu spinnen. Sie kann wie ein normaler Tag vergehen, aber auch wie ein Jahr – oder alles dazwischen. Nach Tag sechs gerät alles in Schieflage …« Seine Stimme erstarb, und er sah zu Boden.

»Was passiert denn an Tag sechs?«, fragte Aaron.

Lyle sprach zum Teppich hinunter. »Am Ende von Tag sechs ist es vorbei. Das Schiff ist für immer verloren. Noch nie hat man davon gehört, dass ein Schiff nach Tag sechs zurückkehrte. Nicht mal gerüchteweise.«

Ich zählte an den Fingern nach. Die *Prosperus II* war am Freitag verschwunden. Wenn das Tag eins gewesen war, dann hieß das, heute war Tag vier.

Lyle musste gesehen haben, wie ich zusammenzählte. »Ja«, sagte er. »Noch zwei Tage, dann muss ich die Hoffnung endgültig aufgeben.«

»Aber ich habe sie *gesehen*«, beharrte ich. »Ich habe das Schiff gesehen und Lowenna auch.«

»Verblassend«, war Lyle ein.

»Ja«, gab ich widerstrebend zu. »Aber noch zu sehen.«

»Wie kommt es, dass Emily Lowenna sehen konnte und ich nicht?«, fragte Aaron. »Und warum konnte sie das Schiff deutlicher erkennen?«

Lyle schüttelte den Kopf. »Ich weiß es nicht. Es gibt immer noch mehr Fragen als Antworten. Eines weiß ich jedoch.« Er sah mich fest an und ließ meinen Blick nicht los. »Ich konnte das Schiff heute vom Aussichtsposten aus kaum erkennen – und doch hast du es ganz deutlich gesehen. Du hast mir Hoffnung gemacht. Die hatte ich schon verloren.«

Ich wusste nicht, was ich dazu sagen sollte. Ich hätte sowieso nicht sprechen können, denn etwas am Blick in Lyles Augen schnürte mir die Kehle zu.

Einen Moment später stand er auf. »Hört mal, ihr geht jetzt besser. Eure Lehrerin fragt sich sicher schon, wo ihr seid, und dass ihr in Schwierigkeiten geratet, wollen wir nun wirklich nicht.«

Aaron und ich standen auf. Lyle begleitete uns zur Tür.

»Ich muss das durchdenken«, sagte er. »Ich werde die ganze Nacht daran arbeiten. Kommt ihr morgen früh wieder her?«

»Natürlich«, antwortete ich für uns beide.

»Gut. Kommt vor dem Frühstück«, sagte Lyle. »Wir fangen früh an. Ich gebe nicht auf. Erst, wenn es nicht mehr anders geht.«

Auf der Schwelle zögerten wir. »Wir geben auch nicht auf«, sagte ich. »Wie auch immer wir helfen können, wir tun es.«

Lyle nickte uns dankend zu. Dann schloss er die Tür leise hinter uns, und wir machten uns auf den Weg. Im Weggehen warf ich einen Blick über die Schulter. Lyle stand am Fenster. Er winkte uns kurz zu, und ich winkte zurück.

Aaron legte den Arm um mich, während wir zu unserer Unterkunft zurückgingen. Wir sprachen nicht. Seine Gedanken waren wahrscheinlich genauso düster und traurig wie meine. Und im Mittelpunkt eine einzige Frage … Bestand für uns wirklich eine Chance, das Schiff aus Atlantis zurückzuholen, ehe die Zeit abgelaufen war?

13

Montagnacht schlief ich kaum. Ich wurde von unruhigen Träumen verfolgt, in denen ich unter Wasser in der Dunkelheit oder in verlassenen Schiffen festsaß, umgeben von düsteren Augen, die mich ausdruckslos anstarrten.

Zum dritten Mal innerhalb einer Stunde wachte ich schwitzend und nach Atem ringend auf. Ich sah auf die Uhr. Viertel nach sechs. Ich drehte mich im Bett um. Wälzte mich erneut herum. Stieß die Decke weg, zog sie wieder über mich. Nichts half.

Schließlich gab ich es auf. Ich zog mich an und schlich nach unten. Alles war still. Logisch. Warum sollte auch jemand um halb sieben am Morgen freiwillig wach sein?

Halt – jemand war wach. Nicht im Haus, sondern draußen, gegenüber. Er saß auf einer Holzbank in seinem Vorgarten. Wahrscheinlich hatte er genauso viel Mühe mit dem Schlafen wie ich. Möglicherweise noch mehr.

Leise öffnete ich die Haustür und trat hinaus. »Lyle«, rief ich, überquerte den Weg und ging zu ihm.

Er blickte auf, und seine dunklen Augen sahen mich zunächst nicht oder schienen nichts zu erkennen. Diesen Blick hatte ich bisher nur an Lowenna gesehen.

Er schüttelte sich. »Emily«, sagte er. »Was machst du denn schon so früh hier?«

Ich zuckte die Schultern. »Ich konnte nicht schlafen.«

»Ich auch nicht.«

»Ist alles in Ordnung?«, fragte ich, dann hätte ich mich am liebsten getreten. Natürlich war nicht alles in Ordnung.

Lyle stand auf. »Um ehrlich zu sein, bin ich froh, dass du hier bist«, sagte er. »Ich bin die ganze Nacht auf gewesen und hab über die Geschichte nachgedacht, und ich glaube, ich bin endlich zu einem Ergebnis gekommen.« Er deutete auf die Bank. »Komm, setz dich. Ich hole nur Kaffee und meine Unterlagen, und dann können wir über alles reden – falls du noch mit von der Partie bist.«

»Aber sicher! Soll ich gehen und Aaron wecken?«

Lyle sah auf seine Uhr. »Lass ihn ruhig noch ein bisschen schlafen. Wir können ihn später auf den neuesten Stand bringen. Außerdem gibt es ein paar Punkte, auf die ich gekommen bin und die ich mit dir besprechen will, solange Aaron nicht dabei ist.«

Während er uns Kaffee holte, wurde ich unwillkürlich von einem Schauer ergriffen. Wahrscheinlich war mir einfach nur kalt. Die Sonne war noch nicht aufgegangen. Aber ich hatte das Gefühl, dass es nicht nur das war. Was hatte sich Lyle ausgedacht? Und was um Himmels willen wollte er mit mir bereden, das Aaron nicht hören sollte?

Ich schlürfte meinen Kaffee und verzog das Gesicht. Ich glaube sowieso nicht, dass es jemanden in meinem Alter gibt, dem Kaffee wirklich schmeckt, und dieser war so stark, dass der Löffel praktisch darin stehen konnte. Immerhin wärmte er mich.

Lyle bemerkte meine Grimasse. »Ich kann dir eine heiße Schokolade holen, wenn dir das lieber ist.«

»Nein. Alles gut.« Ich wollte nicht länger auf unsere Unterhaltung warten, auch wenn der Kaffee mein Herz rasen ließ.

Lyle zog einen Klappstuhl heran und setzte sich neben die Bank. »Okay, wie du ja weißt, haben wir das Schiff bei Flut gesehen.«

»Und bei Ebbe auch«, setzte ich hinzu.

»Ja, bei Mittelwasser. Weißt du, was das ist?«

»Wenn die Bewegung zwischen auflaufendem und ablaufendem Wasser anhält.«

»Richtig. Als Erstes habe ich mir überlegt, *warum* wir es zu diesen Zeiten gesehen haben. Zuerst dachte ich, weil das Schiff bei Flut untergegangen war, aber nachdem ich gestern mit euch geredet hatte, merkte ich, dass ich falschlag. Wir sehen es, weil es *Zwischenzeiten* sind.«

»Zwischenzeiten?«

»Das Schiff ist zwischen Erde, Meer und Luft hängen geblieben – aus diesem Grund ist es an Atlantis übergegangen. Wir sehen es zwischen der auflaufenden und der ablaufenden Tide.«

»Und der Grund dafür ist der, dass wir Zwischenwesen sind!«

Lyle deutete mit dem Finger auf mich. »Genau. Du begreifst schnell.«

»Das erklärt, warum nur Aaron und ich es sehen konnten, als wir mit den anderen zusammen waren. Aber aus welchem Grund verblasst das Schiff?«

»Okay, das ist der nächste Punkt.« Lyle nahm ein Notizbuch, das er mit herausgebracht hatte, und blätterte darin. »Ich bin auf Folgendes gekommen: Dass wir das Schiff sehen können, bedeutet, dass es versucht, zurückzukommen. Dass es verblasst, bedeutet, dass die Passagiere an Bord aufgegeben haben. Du erinnerst dich doch, dass ich euch vom Zeitschema in Atlantis erzählt habe, das anders funktioniert?«

»Mhm.«

»So, erinnere dich mal, der Tag, an dem es verschwand – Freitag –, war Tag eins. Das ist jetzt fünf Tage her. In Atlantis sind schon über sechs Monate vergangen. Nach Ablauf des heutigen Tages könnte es schon ein Jahr sein. Selbst unter normalen Umständen ist das für viele lang genug, um die Hoffnung zu verlieren.«

»Und normal ist Atlantis nicht.«

»Alles andere als normal. Atlantis hat Eigenschaften, die einen vergessen lassen, dass man jemals anderswo gelebt hat, und die bewirken, dass man immer dortbleiben will. Es ist wie eine Art Paradies, zieht einen magnetisch an, hält einen bei Laune und erleichtert die Überfahrt … bis die sechs Tage vorüber sind.«

»Wenn alles vorbei ist, kommt man nie mehr zurück.«

»Genau.«

Ich überlegte einen Moment. »Also ist morgen Abend alles aus – Ende der Fahnenstange?«

Lyle nickte. »So läuft das.«

»Was können wir also machen?«, fragte ich. »Geben wir auf?«

»Nein! Niemals. Nicht, solange es noch eine Chance gibt«, erwiderte er so heftig, dass er fast ärgerlich klang.

»Okay, fahren Sie fort«, sagte ich vorsichtig.

Lyle fuhr sich mit der Hand durchs Haar. »Ich habe euch doch gestern erzählt, dass einige an ein Portal zwischen den beiden Welten glauben?«

»Sie haben gesagt, dass wir das Schiff aus diesem Grund sehen können.«

»Ja – aber mit diesem Portal kann man das Schiff nicht nur *sehen.* Hier und da gibt es Gerüchte über die Möglichkeit, sich zwischen den beiden Welten zu *bewegen.* Keiner hat einen Beweis dafür, dass das geht, aber es gibt diese Geschichten.«

»Und was besagen sie?«

»Das Portal kann sich nur sehr selten öffnen – und die meisten halten es sowieso nur für einen Mythos«, fuhr Lyle fort. »Aber wenn es stimmt, dann glaube ich, dass wir eine Chance haben.«

»Das ist doch genial!«, sagte ich.

Er runzelte die Stirn. »Nun ja. Ich werde es versuchen – aber ich weiß nicht, ob es funktioniert.«

»Warum nicht?«

»Es geht um Zwischenstadien oder Zwischenräume. Das Schiff ist zwischen Erde und Meer hinabgezogen worden und steckt jetzt zwischen dieser und der nächsten Welt fest. Ist dir klar, wie bedeutsam das ist?«

»Hmm, ich denke schon.«

»Gut. In den Geschichten heißt es, wenn man die Anzahl dieser Zwischenstadien verdoppeln kann, taucht das Schiff wieder auf, selbst wenn es den Willen, zurückzukehren, bereits aufgegeben hat. Und dann kann man eine Lösung finden, um eine Brücke zwischen den beiden Welten zu schaffen.«

»Die Zwischenstadien verdoppeln? Sie meinen also, wir brauchen vier, dann können wir das Schiff erreichen?«

»Das wird in den Gerüchten behauptet. Aber selbst wenn sie stimmen, sind die Chancen, dass man das erreichen kann, sehr gering. Es ist also kein Wunder, dass die meisten glauben, die Geschichten kämen aus dem Bereich der Mythen und hätten keine Grundlage. Aber ich bin entschlossen, es zu versuchen. Ich gebe *nicht* auf.«

»Okay, wir brauchen vier dieser Zwischenstadien«, überlegte ich. »Also, erstens gibt es die Tatsache, dass wir Halbwesen sind.«

»Richtig. Das ist Nummer eins.«

»Und dann die Tatsache, dass wir das Schiff beim Umkippen der Tide sehen, wenn sich das Meer zwischen Flut und Ebbe befindet.«

»Das ist Nummer zwei. Die beiden reichen schon, damit wir es *sehen* können«, stimmte mir Lyle zu. »Wir brauchen zwei weitere, um es zu erreichen.«

Ich überlegte fieberhaft. Was gab es noch in dieser Hinsicht? Ich schüttelte den Kopf. »Mir fällt sonst nichts ein.«

Lyle blätterte in seinem Notizbuch und schlug eine Seite auf, die dicht mit Reihen von Zahlen gefüllt war.

Ich beugte mich vor, um mitzulesen. »Was ist das?«, fragte ich.

»Gezeitentabellen.« Lyle fuhr mit dem Finger die Seite hinunter. Am Datum von Sonntag hielt er inne. »Schau mal, das hier waren die Uhrzeiten, als Sonntag Flut und Ebbe war, und auch die von gestern. Da war das Schiff zu sehen.«

Ich sah mir die Zahlen an. Sie stimmten mit den Zeiten überein, zu denen ich das Schiff gesehen hatte. »Okay«, sagte ich. »Aber was –«

»Sieh dir das an.« Lyle deutete auf die Zeiten für heute. Der Wasserhochstand war ungefähr vor einer halben

Stunde gewesen. Der Niedrigstand heute würde um 12.18 Uhr sein, die nächste Flut um 18.20 Uhr.
»Da könnten wir es heute also sehen«, sagte ich.
»Genau, falls sie immer noch versuchen, zurückzukommen. Aber pass auf – das ist das Entscheidende.« Er deutete auf die nächste Zahlenreihe. »Sieh dir die Höchststände von morgen an«, sagte er.
Am Mittwoch war morgens um 6.41 Uhr Flut und dann wieder um 18.53 Uhr. Worauf wollte er hinaus?
»Ich kann nicht erkennen, was daran so von Bedeutung ist«, sagte ich.
Lyle blätterte um. Weitere Zahlen.
»Was sind das für Zahlen?«, fragte ich.
»Sonnenaufgang und Sonnenuntergang«, sagte er. »Es ist kurz nach der Herbst-Tagundnachtgleiche, was so viel heißt, dass Sonnenaufgang und Sonnenuntergang ungefähr zwölf Stunden auseinanderliegen.« Er fuhr mit dem Finger die Reihe entlang. »Siehst du das?«, fragte er. »Wann ist Sonnenaufgang?«
»Um 6.46 Uhr«, las ich vor.
»Richtig. Genau in der Mitte zwischen Flut und Ebbe! Und Sonnenuntergang ist um 18.59 Uhr, wieder genau zur Zeit des Mittelwassers!«
Meine grauen Zellen taten Schwerstarbeit. Schließlich begriff ich, was Lyle meinte. »Noch so ein Zwischenstadium! Sonnenaufgang und Sonnenuntergang liegen zwischen Tag und Nacht!«

Lyle lächelte. »Ja!«
»Und genau an Tag sechs. Der letzte Tag, an dem es vielleicht möglich ist, das Schiff zu erreichen«, überlegte ich.
»Wenn stimmt, was ich erfahren habe – wenn wir ein viertes Zwischenstadium finden können und wenn es dieses Portal wirklich gibt, dann öffnet es sich bei Sonnenuntergang so lange, wie das Mittelwasser dauert. Bei der nächsten Flut wiederholt sich diese Bewegung und es öffnet sich wieder, dann schließt es sich für immer.«
»Eine Menge ›Wenns‹«, murmelte ich.
»Ich weiß. Aber diese Möglichkeiten sind das Beste, was wir haben.«
»Und was ist der vierte Zwischenzustand?«, fragte ich.
Lyle schüttelte den Kopf. »Keine Ahnung.« Er kaute an einem Fingernagel, was ich bisher noch nicht an ihm beobachtet hatte.
»Was ist?«, fragte ich. »Sie verschweigen doch etwas.«
»Nein, tue ich nicht«, sagte er schnell. »Nein. Es geht nicht. Ich kann nicht.«
»Was? Was ist es?«, drängte ich ihn.
Lyle sah aus, als sei ihm zum Heulen. Seine Augen wurden zu schwarzen Höhlen. »Ich kann nicht«, sagte er wieder.
»Bitte«, bettelte ich. »Was ist es? Sagen Sie es.«
Er schwieg eine Ewigkeit. Dann sagte er mit ganz leiser Stimme: »Du bist es.«

»Was? Was bin ich?«
»Du kannst Dinge tun, die weder Aaron noch ich schaffen. Du hast das Schiff deutlicher gesehen als Aaron. Du hast Lowenna gesehen, Aaron jedoch nicht. Und was noch wichtiger ist: *Sie* hat *dich* gesehen. Wenn *ich* es doch nur wäre … Wir werden uns etwas überlegen, denn ich lasse nicht zu, dass du diese Fähigkeit benutzt. Aber der fehlende Zwischenzustand – er trifft auf dich zu, Emily.«
»Wirklich? Inwiefern?«
Lyle lächelte bekümmert. Er sah aus, als sei er in Gedanken weit weg. »Ich habe es gesehen, als ihr gestern Abend weggegangen seid.«
»Was? Was ist es?«
Lyle sah mich eindringlich an und sagte: »Du befindest dich zwischen Freundschaft und Liebe.«
Ich starrte ihn mit offenem Mund an. Ich weiß nicht, was für eine Erklärung ich erwartet hatte, aber das nun wirklich nicht. »Ich befinde mich *wo*?«
»Ich kann es doch sehen. Du schwankst zwischen diesen beiden Gefühlen hin und her. Wahrscheinlich nicht mehr sehr lange, aber zurzeit ist es noch so.«
»Aber … aber«, stotterte ich. »Ich meine … was ist mit Aaron? Trifft das nicht auch auf ihn zu?«
Lyle schwieg einen Moment, dann schüttelte er den Kopf. »Nein«, sagte er nur. »Auf Aaron nicht.«
Ich wollte mehr wissen. Zumindest ein Teil von mir wollte

das. Der andere wollte es lieber nicht wissen. Wenn man bedachte, wie Aaron auf einige Dinge reagiert hatte, die ich diese Woche gesagt hatte, war ja klar, was Lyle meinte. Aaron liebte mich nicht mal *annähernd*, und schon gar nicht halb und halb!

Wie aufs Stichwort hörte ich in dem Moment, dass uns jemand etwas zurief. Ich blickte auf. Aaron!

Er kam über den Weg. »Hier bist du«, sagte er, schloss das Gartentor hinter sich und kam in Lyles Vorgarten. »Ich vermute, du konntest auch nicht schlafen?«

»Mhm«, machte ich. Ich brachte kein Wort heraus. Ich konnte ihn kaum ansehen. Meine Wangen brannten, als würde ich direkt vor einem offenen Kamin sitzen. Ich befand mich zwischen Freundschaft und Liebe? Tat ich das? *Wirklich*? Konnte man denn in meinem Alter überhaupt schon jemanden lieben? Vor allem, wenn so offensichtlich war, dass der andere nicht so fühlte? Aber er mochte mich doch wohl wenigstens, oder? Da hatte ich mich doch nicht getäuscht?

»Wir haben gerade von dir geredet«, unterbrach Lyle meine Überlegungen.

»Echt? Nur Gutes, hoffe ich?«, sagte Aaron und setzte sich neben mich auf die Bank.

»Mhm«, machte ich wieder. *Im Ernst?* War das alles, was ich von nun an noch sagen konnte?

»Wir besprechen nur unsere mögliche Vorgehensweise«, sagte Lyle und rettete mich davor, irgendwas erklären zu müssen. Er fasste zusammen, was er mir von dem Stadium zwischen Flut und Ebbe erzählt hatte und warum das Schiff verblasste. Zum Glück ging er nicht ins Detail.

»Wir müssen also schnell handeln«, sagte Aaron.

»Jep«, stimmte ihm Lyle zu. »Und ich habe herausgefunden, was wir machen müssen. Ich glaube, dass sich morgen früh bei Flut ein Portal auftut. Das ist unsere einzige Chance, das Schiff zu erreichen und zurückzuholen.«

»Ich mache es!«, verkündete Aaron, ohne eine Sekunde zu zögern.

Lyle lachte leise. »Ich dachte mir schon, dass du das sagen würdest. Nein. Das geht nicht. Ich überlege mir, wie ich zu ihm durchkomme. Ich lasse nicht zu, dass einer von euch –«

»Ich mache es«, sagte ich bestimmt.

Beide sahen mich an.

»Ich gehe«, wiederholte ich. Während ich das sagte, verspürte ich ein Kribbeln und Surren im Bauch, als würde mich ein kleiner Oktopus mit seinen Tentakeln kitzeln. Ich weiß, dass ich eigentlich Angst hätte haben müssen, aber ich war nur aufgeregt. Ich würde ein sagenumwobenes Portal entdecken. Ich würde Lowenna zurückholen. Ich würde nach Atlantis gehen!

Aaron streckte die Hand nach mir aus, als wollte er mich daran hindern, auf der Stelle loszurennen und das Schiff zu suchen. »Nein! Emily, das ist viel zu gefährlich.« Er warf Lyle einen Blick zu. »Ich meine, das könnte es sein. *Ist* es gefährlich?«

»In der Tat«, bestätigte Lyle. »Es steckt voller verschiedener Gefahren. Die größte Gefahr ist das Risiko, auf das Schiff zu kommen, es aber nicht zurück zu schaffen.«

Ich schluckte. Die Tentakel in meinem Bauch rumorten heftiger. »Für immer vermisst in Atlantis?«

»Ja. Deshalb lasse ich euch nicht gehen. Mir fällt schon etwas ein. Wir müssen nur zusammen planen, wie –«

»Ich bleibe dabei«, sagte ich. »Ich mache es.«

»Emily, nein!«, sagte Aaron wieder. »Wenn jemand geht, dann bin ich es.«

Lyle unterbrach ihn. »Aaron, du bist nicht geeignet. Emily ist die Einzige, die den Versuch überhaupt wagen könnte.«

Aaron sah zwischen uns hin und her. »Warum?«, fragte er. »Woher wollt ihr das wissen?«

»Weil ich Lowenna gesehen habe«, stieß ich hervor, ehe Lyle etwas sagen konnte, was mich in Verlegenheit brachte. »Weil ich das Schiff deutlicher gesehen habe. Leute, ihr wisst doch, dass das stimmt. Ich habe die beste Chance, Lowenna zurückzuholen.« Ich sah von Aaron zu Lyle. »Ich bin die *einzige* Chance.«

Lyle ließ langsam den Kopf sinken. Er wusste, dass ich recht hatte.

Aaron stieß heftig die Luft aus. »Ich begleite dich bis zum Portal«, sagte er. »Ich bleibe bei dir, bis du durch bist. Ich tue alles, um Gefahren von dir fernzuhalten, okay? Das ist abgemacht.«

Ich merkte, wie ich dahinschmolz. Es war mir egal, ob er dieselben Gefühle für mich hatte wie ich für ihn. Immerhin wollte er mich beschützen. Er war ja *so* lieb. Er ließ mich – halt, stopp! Er verstärkte meine Gefühle für ihn. Das durfte jetzt nicht sein! Was würde passieren, wenn ich morgen nicht mehr im Zwischenstadium war? Was würde sein, wenn er mit seiner süßen Art die Waagschale von Freundschaft in Richtung Liebe senkte?

»Aaron, sei nicht so rührselig!«, fuhr ich ihn an, auch wenn meine Worte nicht meine Gefühle wiedergaben. »Das wird schon gutgehen.«

Lyle sah mich an. Er wusste, was ich da tat. »Emily, wenn du absolut entschlossen bist –«

»Bin ich.«

»Na gut, dann tun wir alles, um dich vor Gefahren zu schützen«, sagte er. »Aber überleg es dir gut. Ich kann es nicht von dir verlangen. Das mache ich nicht. Es ist nicht richtig –«

»Sie *verlangen* es doch gar nicht von mir«, fiel ich ihm ins Wort. »Ich sage doch, ich mache es. Ich will es machen. Ich *muss* es tun.« Ich wollte es Lyle nicht vorbuchstabieren, aber ich wollte es für mich mindestens genauso dringend tun wie für ihn. Nicht nur, weil ich mal wieder nicht in der Lage war, einem Abenteuer zu widerstehen; es war auch die einzige Art, wie ich die flehenden Blicke von Lowenna jemals wieder aus dem Kopf bekommen konnte.

Lyle schluckte heftig. Sein Adamsapfel hüpfte ein paarmal auf und ab, dann sagte er mit heiserer Stimme: »Danke.« Verlegen ergriff er meine Hand und drückte sie.

Ich wusste nicht, was ich sagen sollte. Ich war sowieso nicht sicher, ob ich etwas herausbringen würde, daher war es einerlei. Einen Augenblick später sah Lyle auf seine Uhr und stand auf. »Fast Zeit fürs Frühstück«, sagte er. »Ihr geht mal besser.«

»Treffen wir uns später?«, fragte Aaron.

»Ja.« Er zog ein Stück Papier aus der Hosentasche und faltete es auseinander. »Heute Morgen steht *Rennen und Regatten* mit Schiffriff auf dem Programm, und heute Nachmittag im Hafen *Knoten und Knüpfen*. Warum bleibt ihr danach nicht einfach in der Hafenbucht? Ich sage eurer Lehrerin, dass ich eine Sonderaufgabe für euch habe, die nur für Halbwesen geeignet ist.«

»Was der Wahrheit ja ziemlich nahe kommt«, bemerkte ich.

»Genau. Hör mal, bist du dir immer noch ganz sicher? Ich will nicht –«

»Bitte«, unterbrach ich ihn. »Sie könnten mich nicht davon abhalten, selbst wenn Sie es versuchen würden«, sagte ich. »Wir schaffen das schon. Wir alle. Ich hole Lowenna zurück.«

»Dann bis später«, sagte Aaron.

Wir standen auf und Lyle winkte uns zu. »Nochmals vielen Dank«, flüsterte er.
Ich lächelte. »Kein Problem.«
Und damit wandten wir uns ab und machten uns auf, um die anderen zum Frühstück zu treffen.
Aaron tastete mit seinen Fingern nach meinen, und ich hielt seine Hand fest umklammert.
»Wie fühlst du dich?«, fragte er.
»Gut. Ehrlich, alles super«, sagte ich.
Ich wollte es ihn ja nicht merken lassen, sonst versuchte er womöglich, mich davon abzuhalten, aber wenn ich mir vorstellte, was da auf mich zukam, wurde mir innerlich ganz flau. Also, einerseits konnte ich es kaum erwarten. Magische Abenteuer gehörten ja schließlich zu meinen Lieblingsbeschäftigungen. Aber wenn ich zu viel darüber nachdachte – was ich zu vermeiden versuchte –, dann war es unglaublich angsteinflößend und dazu noch gefährlich.
»Ich bin gespannt, was es heute zum Frühstück gibt«, sagte Aaron. »Mir knurrt der Magen.«
»Mir auch«, sagte ich. Und es stimmte in gewisser Weise. Mein Magen rumpelte und zog sich so zusammen, dass er mir wie ein verknotetes Fischernetz vorkam.
Aber das hatte nichts damit zu tun, dass ich hungrig war.

14

»Hey, was hältst du davon?« Mandy hob das Netz hoch, an dem sie gearbeitet hatte, und zog es sich über den Kopf. »Meine neue Duschhaube. Steht sie mir?«
Ich lachte. »Ich glaube kaum, dass du damit zum Trendsetter wirst.« Ich hielt meins vor mich. »Was ist mit dem hier? Ich könnte es vielleicht als Tasche benutzen.«
Mandy sah sich an, was ich da geknüpft hatte. »Äh, solange es dir egal ist, dass du alles verlierst, was du reintust«, sagte sie und steckte den Arm durch eines der Löcher.
»Na gut, wir sind wohl nicht die besten Netzknüpfer der Welt«, räumte ich ein.
Aaron und ich hatten Mandy und Shona vorhin alles erzählt, und es tat gut, jetzt ein bisschen zu lachen und etwas anderes zu tun. Mich eine Weile von den bevorstehenden Dingen abzulenken.
»So, Klasse 8P«, rief Miss Platt und betrachtete unsere jämmerlichen Versuche. »Ich denke, wir haben jetzt alle so viel über das Herstellen von Fischernetzen gelernt wie nur möglich.« Sie wandte sich an Lyle, der Tom und Maggie half, ihr Netz fertigzustellen. »Lyle, ich kann wohl mit

Fug und Recht sagen, dass wir der Netzmacher-Industrie vorerst keine Konkurrenz machen werden.«

Lyle stand auf, lächelte und blickte uns an. »Ihr habt das alle sehr gut gemacht«, sagte er.

»Nun, wie wär's mit ein paar Freiwilligen, die beim Aufräumen helfen?«, fragte Miss Platt.

Zwei Mädchen hoben die Hand. Miss Platt nickte ihnen zu. »Evie und Amanda, vielen Dank. Könntet ihr bitte die Kisten oben vom Strand holen und helfen, die Netze wieder einzupacken? Danach sucht ihr euch jemanden, der euch hilft, die Kisten zum Haus zurückzubringen.«

Lyle sah sich unter den Schülern um. »Ich könnte noch ein paar Freiwillige brauchen, die mir helfen, ein paar Leinen am Anleger festzumachen.« Er bedeutete mir mit einem Blick, dass ich mich melden solle. »Vielleicht zwei gute Schwimmer …«

»Mach ich!«, sagte ich schnell, ehe sich ein anderer melden konnte.

Aaron hob ebenfalls die Hand. »Ich helfe mit.«

»Sehr gut.« Lyle winkte uns zu sich. »Ich brauche euch nur für eine halbe Stunde oder so. Ihr anderen könnt euch schon mal mit Miss Platt aufmachen. Ich hoffe, der Nachmittag hat euch Spaß gemacht.«

»Es war ganz wunderbar«, erwiderte Miss Platt. »Was sagen wir, Kinder?«

Während sich die Klasse lauthals bei Lyle bedankte, machten Aaron und ich uns zum Ende des Anlegers auf.

Dort warteten wir, bis die anderen mit den Netzen und Kisten gegangen waren. Sobald sie fort waren, kam Lyle zu uns.
»Gut«, sagte er. »Wir haben eine halbe Stunde. Ich erkläre euch meinen Plan.«

Aaron und ich rückten eng zusammen, während Lyle loslegte. »Ich habe noch ein paar Nachforschungen angestellt«, sagte er. »Dabei bin ich auf drei Ursachen gestoßen, warum ein Schiff nicht in der Lage sein könnte, Atlantis wieder zu verlassen – selbst wenn sich ein Mannschaftsmitglied oder ein Passagier mit der Route auskennt, wie zum Beispiel Lowenna. Die Chancen, dass es überhaupt loskommt, sind so gering, dass sie an null grenzen. Aber die Tatsache, dass Lowenna eine erfahrene Lotsin ist und dass wir das Schiff gesehen haben, lässt mich auf die geringe Möglichkeit hoffen, dass sie immer noch versuchen, Atlantis zu verlassen.«
»Weiter«, sagte Aaron. »Was sind die drei Ursachen?«
»Eine ist, dass sie bereits tot sind und es zu spät ist.«
Mein Magen machte einen Salto, als hätte ich einen fliegenden Fisch verschluckt. Ehe ich etwas dazu sagen konnte, fuhr Lyle fort. »Aber der Grund kann es nicht sein, sonst hätten wir das Schiff gar nicht gesehen.«

»Okay, und die anderen Ursachen?«, fragte ich.
»Zweitens, sie leben noch, aber etwas stimmt mit dem Schiff nicht und hindert es an der Rückkehr.«
»Die zerrissenen Segel!«, sagte ich. »Könnte es das sein?«
Lyle schüttelte den Kopf. »Das reicht nicht ganz. Es spielt vielleicht eine Rolle, aber wahrscheinlich ist eher was an den Motoren oder der Technik kaputt – etwas, das es am Fahren hindert oder daran, durch die tückische Passage von Atlantis zu steuern. Wenn das der Fall ist, haben sie einen Tag, um den Schaden zu reparieren.«
»Und was ist Ursache drei?«, fragte Aaron.
»Dass jemand versucht, etwas aus Atlantis mitzubringen.«
»Was könnte das sein?«, fragte ich.
Lyle zuckte die Schultern. »Ich weiß nicht. Vielleicht ein Erinnerungsstück. Es könnte auch etwas sein, das jemand in Atlantis gefunden und rein zufällig mit aufs Schiff genommen hat. Erinnert euch, man ist dort von so viel Magie und Schönheit umgeben, dass man sich nicht vorstellen kann, an einem anderen Ort sein zu wollen. Es gibt viele Dinge, die man gerne behalten würde. Egal, was es ist, das Schiff kann nicht losfahren, solange etwas von Atlantis an Bord ist.«
»Okay, wir reden also höchstwahrscheinlich über die Möglichkeiten zwei oder drei«, sagte Aaron.
»Glaube ich auch. Das hoffe ich jedenfalls von ganzem Herzen.« Lyle sah mich an. »Aber selbst wenn es einer

dieser Gründe ist, wird deine Aufgabe äußerst schwierig. Wenn etwas mit dem Schiff nicht stimmt, ist es unwahrscheinlich, dass du helfen kannst – es sei denn, du hast uns verheimlicht, dass du dich mit Schiffstechnik auskennst.«

Ich lachte. »Nein. Aber ich könnte den Leuten zumindest mitteilen, dass ihnen die Zeit davonläuft und dass sie sich beeilen müssen. Und wenn es der dritte Grund ist, kann ich sie dazu bringen, das Schiff zu durchsuchen und alles zurückzubringen, was aus Atlantis stammt. Eines wissen wir in beiden Fällen mit Sicherheit, nämlich, dass ihre Chance, loszukommen, *mit* mir größer ist, als wenn ich es überhaupt nicht versuche.«

»Es ist ein schmaler Grat«, sagte Lyle. »Du hast nur wenig mehr als zwölf Stunden. Du solltest in der Lage sein, mit ihnen auf dem Schiff zurückzukehren. Das erscheint mir nicht als das Problem. Und wenn nicht, bleibt noch das Portal, das sich bei Sonnenuntergang nochmals auftut. Der Sonnenuntergang ist auch die einzige Chance des Schiffes, zu entkommen. Emily, bist du sicher, dass du –«

»Ich mache es«, sagte ich bestimmt. »Wann gehe ich los?«

Lyles Ausdruck war eine Mischung aus Dankbarkeit und Traurigkeit. »Wir treffen uns morgen ganz früh. Wenn wir um sechs Uhr in der Tiefblauen Bucht zusammenkommen, habe ich genug Zeit, um dir vor dem Umkippen der Tide letzte Anweisungen zu geben.«

»Klingt gut«, sagte ich und versuchte, meine Stimme ruhig zu halten, damit sie beide nicht hörten, dass meine Nerven klirrten wie Muschelschalen in einer anrollenden Welle.

»Über das Portal habe ich auch noch etwas herausgefunden«, fuhr Lyle fort. »Über seine Lage.«

»Erzählen Sie mal.«

»Es gibt unterschiedliche Meinungen, wie man es findet, aber anscheinend bestehen zwei Möglichkeiten. Die erste ist, dass es an dem Ort ist, wo das Schiff verschluckt wurde. Hoffen wir, dass sich diejenigen täuschen, die diese Theorie bevorzugen.«

»Warum?«

»Es ist fast unmöglich, diese Stelle zu finden. Das Portal öffnet sich nur für ein paar Minuten. Auf keinen Fall lang genug, um rechtzeitig den Punkt zu finden, der sich geöffnet und das Schiff verschluckt hat.«

»Und die andere Theorie?«, fragte Aaron.

»Das Schiff hat einen Schwachpunkt.«

»Einen Schwachpunkt?«, wiederholte ich. »Meinen Sie, in seiner Konstruktion oder so?«

Lyle schüttelte den Kopf. »Eine andere Art Schwachpunkt. Die Unterstützer dieser Theorie behaupten, dass das Schiff eine Stelle hat, an der die Verbindung zu ihm am stärksten ist. Die Stelle, wo du es am klarsten gesehen hast.«

Ich hatte keinen Zweifel, welche Stelle das war. Es war

die Stelle, die mir ständig vor Augen schwebte, seit ich dort gewesen war. Die Stelle, an der ich das Gefühl gehabt hatte, beinahe hineingreifen zu können und selbst in das Schiff zu schlüpfen: das Bullauge, durch das ich Lowenna gesehen hatte.

Lyle brauchte es nicht weiter zu erklären. »Diese Theorie stimmt«, sagte ich.

Er nickte. Er wusste, wovon ich redete – von welcher Stelle. »Ja«, sagte er. »Ich verstehe.«

»Wo?«, fragte Aaron.

»An dem Bullauge. Das Bullauge ist das Portal.«

»Aha.« Aaron runzelte die Stirn. »Das ist ja seltsam.«

»Ja.«

Ehe wir weiter darüber nachdenken konnten, sprach Lyle weiter. »Noch zwei Dinge.« Er kramte in seiner Tasche und zog ein paar gefaltete Seiten heraus. »Ich habe die Passagierliste gefunden«, sagte er, entfaltete die Seiten und strich sie auf dem Knie glatt.

»Wow, wie haben Sie das denn geschafft?«, fragte Aaron.

»In meinem Arbeitsfeld hat man alle möglichen Kontakte«, erwiderte Lyle beiläufig. Dann reichte er mir die Seiten. Fotos und Text standen wirr durcheinander. »Es gab sechs Besatzungsmitglieder und zwölf Passagiere«, fuhr er fort. »Ich habe von allen Fotos für dich. Versuche, sie dir alle einzuprägen, ehe du gehst. Dann kannst du sie schneller finden, wenn du dort bist.«

Wenn ich hinkomme.

»Aber da sind ja noch viel mehr Fotos«, sagte Aaron.
»Ich weiß. Die anderen sind von Familienmitgliedern.«
»Wozu brauche ich denn Fotos von den Familienmitgliedern?«, fragte ich.
»Du brauchst sie nicht. Aber die Passagiere brauchen sie. Die Fotos helfen ihnen, sich zu erinnern.«
»An ihre Familien?«, fragte Aaron. »Die haben sie doch sicher nicht in fünf Tagen vergessen?«
»Für sie sind es ja nicht fünf Tage. Es sind jetzt schon sechs Monate«, erinnerte ihn Lyle. »Und bis Emily bei ihnen ist, sogar noch mehr als das. Und es geht auch nicht nur um die Zeitspanne. Es geht um den magischen Bann, den Atlantis ausübt. Er lässt einen vergessen. Er verdrängt Erinnerungen an das alte Leben. Man glaubt, dass Atlantis alles ist, was man sich ersehnt, alles, was man je gekannt hat.«
»Die Fotos sollen sie also an ihr altes Leben erinnern«, sagte ich.
»An ihr *wahres* Leben«, stellt Lyle richtig. »Du kannst ihnen erzählen, soviel du willst, aber sie glauben dir nicht, bis sie es selbst spüren. Es muss etwas sein, das sie anfassen oder sehen können. Die Fotos sind *unverzichtbar.*«
Wieder griff er in die Tasche. Diesmal zog er eine kleine Schneekugel heraus.
Die Schneeflocken stoben durcheinander, als er sie mir hinstreckte. Langsam ließen sie sich nieder, und nun konnte ich sehen, warum er mir die Kugel gegeben hatte.

In ihr war ein Foto. Dasselbe wie das in Lyles Haus. Er und Lowenna, an ihrer Hochzeit, mit strahlenden Gesichtern.
Ich nahm die Schneekugel entgegen. Er musste mir nicht erklären, wofür sie war.
»Lowenna erinnert sich bestimmt an Sie«, sagte Aaron.
Mir fielen ihre Augen ein, ihre Verzweiflung. »Sie erinnert sich auf jeden Fall an Sie«, bekräftigte ich.
Ehe Lyle antworten konnte, hörten wir Rufe hinter uns und drehten uns um. Einige der Schüler von Brightport kamen wieder zum Hafen herunter. »Wir gehen lieber zurück«, sagte Aaron.
Lyle hielt uns auf. »Emily, noch eine letzte Sache. Du musst daran denken, dass auch du nicht immun bist gegen die Kräfte und den Zauber von Atlantis. Obwohl du nur zwölf Stunden dort sein wirst, reicht das aus, um dich vergessen zu lassen, warum du dort bist, oder sogar, wo du herkommst. Fast unmittelbar nach deinem Eintreffen dort beginnst du zu vergessen. Du musst dich dagegen wehren.«
Bei diesen Worten schob Aaron seinen Ärmel zurück und fummelte an einem Armband. Ich kannte es. Er hatte erzählt, sein Vater habe es ihm gegeben, ehe er starb. Aaron nahm es ab.
»Gib mir deinen Arm«, sagte er zu mir, legte mir das Armband um und ließ den Verschluss fest einrasten. »Das soll dich an mich und an daheim erinnern«, sagte er. Dann küsste er mein Handgelenk.

Hör auf, so nett zu sein. Lass das. Du erreichst sonst noch –
»Okay. Ihr geht jetzt besser«, unterbrach Lyle meine Gedanken. »Geht zu den anderen. Es sieht aus, als ob ihr freie Zeit zur Verfügung habt.«
Ich blickte mich um und sah, wie die anderen aus meiner Klasse in Shorts und T-Shirts zum Strand rannten. Einen Moment lang beneidete ich sie um ihre Unschuld und ihr Unwissen.
»Was sollen wir Miss Platt morgen sagen?«, fragte Aaron.
»Sagen Sie doch einfach, dass ich den Tag bei der Schiffriff-Klasse verbringe«, schlug ich Lyle vor.
»Ich will eure Lehrer nicht anlügen«, wandte er ein.
»Dann lassen Sie es sein«, meinte Aaron. »Ich mache das. Mandy und ich erfinden irgendwas.«
Lyle hob einwilligend die Hände. »Okay. Dann überlasse ich euch den Teil der Sache. Nur –«
»Das geht schon klar«, sagte ich fest, ehe er wieder versuchte, mir die Sache auszureden. Wir machten uns auf und gingen über den Strand zurück. »Bis morgen dann«, sagte ich zu Lyle, als wir uns oben trennten.
»Ich kann euch nicht genug danken«, erwiderte Lyle. Und damit drehte er sich um. Einen Moment später war er fort.
Wir sahen ihm nach. »Komm«, sagte Aaron, »wir gehen zu den anderen und denken eine Weile nicht an die Geschichte. Was hältst du davon?«
Ich drehte mich um und sah, dass Mandy auch herunter-

gekommen war. Sie winkte uns zu. Vielleicht konnten wir Shona noch dazuholen. Wir vier könnten uns ein bisschen im Wasser tummeln, ehe die Sonne unterging. Ein Abend voller Fröhlichkeit mit unseren Freunden. Ohne an Schiffe und verlorene Seelen und Atlantis zu denken.
»Ich finde, das klingt gut«, sagte ich, zog die Schuhe aus und lief los. »Wer zuerst im Wasser ist!«

Es ist erstaunlich, wie schnell es sechs Uhr morgens werden kann, wenn man sich ablenkt und Spaß hat. Auch wenn ich nicht sicher war, ob *Spaß* das richtige Wort war, um meine Gefühle zu beschreiben. Nachdem wir ihnen alles erzählt hatten, verbrachten Aaron, Mandy, Shona und ich den ganzen Abend damit, im Wasser zu spielen, uns zu jagen, Wettschwimmen zu machen und zusammen zu tauchen und zu lachen. Zumindest die anderen lachten viel. Ich auch, aber innerlich fragte ich mich, ob es der letzte Abend sein würde, den ich so verbringen würde. Nicht nur mit ihnen – überhaupt. Ich dachte an Mum und Dad. Soweit sie wussten, befand ich mich auf einer netten kleinen Geographie-Exkursion. Wenn ich nun nie wieder zurückkam? Wenn ich sie nie mehr wiedersah? Wenn ich –
Nein! So durfte ich nicht denken. Sonst würde ich wo-

möglich nie aufbrechen. Ich schuldete es allen Menschen, die auf der *Prosperus II* in Atlantis festsaßen. Den Rest der Nacht hatte ich damit zugebracht, über sie zu lesen und zu versuchen, mir ihre Gesichter zu merken. Und jetzt, nach ein paar unruhigen Stunden Schlaf, war es Mittwochmorgen und wir machten uns im Halbdunkel zum Meer auf.

»Hey. Hör auf damit«, ermahnte mich Aaron.

»Womit?«

»Mit dem Grübeln. Ich kann dich nämlich hören, weißt du.«

»Du kannst …«

Aaron legte einen Arm um meine Schulter. »Bleib locker, ich mein das nicht wörtlich. Ich meine einfach, ich kann mir *vorstellen*, was du denkst. Du schaffst das auf jeden Fall. Alles wird gut.«

»He, Leute!« Mandy kam uns nachgelaufen. Ich löste mich von Aaron.

»Was machst du denn hier? Es ist noch echt früh!«, sagte ich, als Mandy uns einholte.

»Ich bin gekommen, um euch Glück zu wünschen.« Sie trat von einem Fuß auf den anderen. »Passt bloß auf euch auf«, sagte sie. »Wenn ihr nicht zurückkommt, kriegt ihr es mit mir zu tun!«

Ich umarmte sie. »Danke, Mandy. Hey, ich bin zurück, ehe du dich's versiehst.«

Sie drückte mich auch kurz, dann ließ sie mich los. »Das

hoffe ich, Fischmädchen. Die restliche Woche wäre Mist, wenn meine beste Freundin nicht dabei wäre.« Sie schwieg. »Ich meine, ich wollte nicht …«, stotterte sie. »Ich weiß ja, dass du andere beste Freunde hast. Ich wollte nur sagen –«

»Ich weiß«, unterbrach ich sie. »Du bist auch eine meiner besten Freundinnen.«

Mandy machte eine komische Grimasse, die wohl ein Grinsen vertuschen sollte. »Genau«, sagte sie und schob die Hände in die Taschen. »Cool. Okay. Ich lass dich gehen. Bis heute Abend dann, was?«

»Auf jeden Fall«, stimmte ich zu.

Schweigend gingen Aaron und ich zur Tiefblauen Bucht. Es gab nicht viel zu sagen, was das große, unbekannte Fragezeichen hätte füllen können, auf das wir zugingen.

Lyle war schon dort. Shona ebenfalls. Ihr Fischschwanz zuckte so aufgeregt hin und her, dass sie fast an der Wasseroberfläche zu tanzen schien.

»Ich wollte euch nicht gehen und etwas so Gefährliches machen lassen, ohne mich von euch zu verabschieden«, sagte sie.

Wir glitten zu ihr ins Wasser. Während meine Beine kribbelten und surrten und sich mein Fischschwanz herausbildete, sah ich Lyle an. Bei ihm war dasselbe geschehen. Es war seltsam, ihn auf einmal als Meermann zu sehen. Es machte mir klar, wie wenig wir über ihn, über diesen Ort, über die ganze Sache hier wussten. Angst durchfuhr meinen Körper wie ein Pfeil. *Auf was ließ ich mich da ein?*

»Letzte Möglichkeit, deine Meinung zu ändern«, sagte Lyle, als hätte ich laut gedacht.

Ich sah Lowenna vor mir. Sah das Schiff. Und ich merkte, dass ich mich auf das Abenteuer freute, auch wenn ich mich gleichzeitig ein bisschen dafür schämte. Ja, ich hatte auch schreckliche Angst davor, ganz klar. Aber ich konnte nicht anders, ein Teil von mir brodelte vor Adrenalin beim Gedanken daran, einen so magischen und geheimnisvollen Ort wie Atlantis aufzusuchen.

»Ich ändere meine Meinung nicht«, sagte ich fest.

Lyle nickte. »Du hast alles dabei?«

Ich klopfte auf meine Jackentasche mit den Unterlagen und der Schneekugel von Lyle in einer von Miss Platts wasserdichten Hüllen darin.

»Und du hast mein Kettchen?«, wollte Aaron wissen.

Ich hielt meine Hand hoch, um es ihm ebenfalls zu zeigen.

»Okay, gehen wir«, sage Lyle. »Ich schwimme bis zum Rand der Bucht mit.«

Zusammen entfernten wir uns von der Insel. Hinaus aus der Bucht, auf die Felsenrinne, das Mittelwasser, den Sonnenaufgang und das Schiff zu.

Richtung Atlantis.

15

Wir befanden uns in der Unterwasserschlucht, an dem Ort, wo ich das Schiff schon mal gesehen hatte. Ich sah auf meine Uhr: 6.35 Uhr. Noch fünf Minuten bis zum Höchststand der Flut.

»Viel Glück, Emily«, sagte Lyle. »Ich kann dir *niemals* genug dafür danken, dass du dieses Wagnis auf dich nimmst.«

Ich nickte ihm zu und versuchte gar nicht erst, etwas zu sagen.

Dann umarmte mich Shona. »Bitte, bitte, sei vorsichtig«, sagte sie.

»Aber klar doch«, beruhigte ich sie.

»Wenn es jemand schafft, dann bist du es. Bring es einfach hinter dich und komm zurück – gesund und munter.«

»Bestimmt, versprochen«, sagte ich. Ich wünschte nur, ich würde selbst so fest an meine Worte glauben, wie ich sie aussprach.

Als Shona mich losließ, fummelte sie an einer Seesternbrosche herum, die an ihrem Oberteil steckte. »Hier, nimm sie«, sagte sie, löste die Brosche und reichte sie mir.

»Wofür ist die denn?«, fragte ich und nahm sie.

»Nur zur Sicherheit, falls was mit Aarons Armband passiert«, sagte sie. »Steck sie dir irgendwo an, wo du sie leicht sehen kannst.«

Ich steckte mir den Seestern an mein Top, direkt unter der Schulter. »Danke«, sagte ich und drückte sie ein letztes Mal.

»Ich danke *dir*«, sagte sie, »dass du so zischig bist und mich stolz machst, deine beste Freundin zu sein.«

Shona ließ mich los und schwamm rüber zu Lyle, während Aaron auf mich zukam. Er sagte nichts, sondern hielt nur die Arme auf. Ich schwamm in seine Umarmung, und er hielt mich fest – so fest, dass ich nicht mehr wegwollte und die ganze Sache am liebsten doch noch aufgeben wollte.

Aaron löste sich von mir und nahm meine Hände. »Viel Glück«, sagte er. »Ich denke jede Sekunde an dich.«

»Ich auch an dich«, sagte ich.

»Nein! Nicht an mich denken. Denk an das, was du tun musst. Und pass auf dich auf. Wenn dir was zustößt –«

»Mir wird nichts zustoßen«, sagte ich. »Alles wird gut.«

Aaron hob meine Hand, die mit seinem Armband, und küsste wieder mein Handgelenk.

Aufhören! Aufhören! Du bist zu lieb!

Ich entzog mich ihm so heftig, dass er zurückfuhr. »Was ist?«, fragte er.

»Ich denke nur …« Ich warf wieder einen Blick auf meine Uhr. 6.39 Uhr. Es war fast so weit. »Ich muss los. In zwei Minuten soll das Schiff auftauchen.«

Und damit – ehe jemand noch etwas sagen oder noch mehr *Gefühle* loswerden konnte – schlug ich mit der Schwanzflosse, wirbelte herum und schwamm genau auf den Punkt zu, an dem ich gewesen war, als ich das Schiff mit Shona gesehen hatte.

6.41 Uhr. Die Bewegung des Meeres erstarb. Fische hörten auf zu schwimmen. Die Felsenrinne schien dunkler zu werden, und alles stand still.

Aber kein Schiff.

6.42 Uhr.

»Kannst du was sehen?«, fragte Shona.

»Noch nicht.« Ich sah mich nach Aaron um. »Aaron? Kannst du es sehen?«

Er schüttelte den Kopf. »Nichts.«

6.43 Uhr. Noch drei Minuten bis zum Sonnenaufgang, bei dem sich das Portal öffnen sollte. Aber wenn kein Schiff da war, würde es auch kein Portal geben.

Waren wir zu spät gekommen? War das Schiff für immer verschwunden?

»Wartet!« Schemenhaft konnte ich etwas erkennen. Einen schwachen Schatten. Einen Umriss. Das Schiff – es war da!

»Kannst du es jetzt sehen?«, rief ich.

»Nein!«, erwiderte Aaron. Natürlich nicht. Lyle hatte gesagt, wenn die Passagiere sich nicht mehr bemühten,

zurückzukehren, dann wäre das Schiff jetzt nur noch für den sichtbar, der vier Zwischenstadien hatte – was bedeutete, dass ich die Einzige war, die es sehen konnte.
»Kannst *du* es denn sehen?«, fragte Aaron.
Das Schiff sah immer noch eher wie ein Hologramm aus, nicht greifbar, aber es war da und wurde mit jeder Sekunde deutlicher. »Mehr oder weniger«, sagte ich.
6.44 Uhr. Noch zwei Minuten. Hundert schreckhafte Gedanken kamen mir in den Sinn. Was, wenn ich das Portal nicht finden konnte? Wenn ich beim Durchschwimmen stecken blieb? Wenn ich nicht zurückkonnte? Was, wenn ich Aaron nie mehr wiedersah?
Dieser letzte Gedanke versetzte meinem Gehirn eine Art Elektroschock und rief mir ins Gedächtnis, was ich zu tun hatte. Was ich mir jetzt überhaupt nicht erlauben konnte, waren solche Gedanken. Das war gefährlich; ich könnte Gefühle entwickeln, die ich nicht fühlen durfte. Noch nicht. Ich musste im Zwischenbereich bleiben. Ich musste mich konzentrieren.
»Ich schwimme zu Lowennas Fenster«, sagte ich. »Ich muss bereit sein, wenn sich das Portal öffnet.«
»Ich komme mit«, sagte Aaron.
»Ich drücke dir ganz fest die Daumen«, setzte Lyle hinzu.
»Emily.« Shonas Stimme klang gedämpft. »Ich weiß nicht, ob du mich noch hören kannst, aber wenn ja, dann viel Glück! Ich weiß, dass du das ganz zischig hinkriegst!«
Ich lachte vor mich hin. Nur Shona konnte so etwas wie

diese Sache als *zischig* bezeichnen. Sie brachte mich immer zum Lachen. Ich sah mich um. Ich konnte sie kaum erkennen, aber ich wusste, dass sie da war.

»Danke!«, rief ich zurück in die Stille des Meeres.

Aaron war neben mir. »Komm«, sagte er. »Wir müssen los.«

Hintereinander schwammen wir durch die Rinne. Das Schiff war mal deutlicher, mal schwächer zu sehen. Zwischendrin wurde es praktisch durchsichtig und dann wieder so wirklich, wie ich es beim ersten Mal gesehen hatte.

»Kannst du es immer noch nicht sehen?«, fragte ich.

»Nein. Aber das macht nichts. Hauptsache, du siehst es.«

Uns lief die Zeit davon. Meine Verbindung mit dem Schiff wurde mit jeder Sekunde schwächer, aber das Portal öffnete sich immer noch nicht. Ich sah auf die Uhr, während wir am Bauch des Schiffes entlangschwammen. 6.45 Uhr. Noch eine Minute.

Wir schwammen an einem Bullauge nach dem anderen vorbei. Bei jedem warf ich einen Blick in die Dunkelheit dahinter.

Und dann waren wir da. Dies musste das Bullauge sein, durch das ich Lowenna gesehen hatte. Ich hielt an und spähte hinein. Nichts. Ich überprüfte die Einfassung. Ich hatte über dem Glas ein bisschen abblätternde Farbe gesehen, als ich das letzte Mal hier gewesen war.

Ja, da war die Stelle. Es war eindeutig das richtige Bullauge.
»Es ist 6.46 Uhr«, sagte Aaron. »Bist du bereit?«
Mein Herz klopfte so heftig wie ein Schiffsmotor. »Ich glaube schon.«
Wir warteten. Die See war so still, als wäre sie Luft. Die Dunkelheit auf der anderen Seite der Scheibe war so schwarz wie die Nacht. Mit jeder Sekunde wurde das Schiff durchsichtiger.
»Was soll ich jetzt tun?«, fragte ich. »Wie kann ich das Portal öffnen?«
»Ich weiß nicht. Vielleicht –«, begann Aaron.
»Warte.« Ich unterbrach ihn. Etwas veränderte sich. Über uns sah ich einen schwachen Lichtschein. Der Morgen brach an. Sonnenaufgang. Und da sah ich es: das Portal.
»Da ist es«, flüsterte ich. Die Scheibe schimmerte und leuchtete. Erst in tiefem Dunkelrot, dann blau, dann malvenfarben, rosa, gelb, grün – das Fenster leuchtete auf, als ob dahinter ein Feuerwerk explodierte.
»Du musst rein«, sagte Aaron. »Ehe es zu spät ist. Wir wissen nicht, wie viel Zeit du hast.«
Er hatte recht. Ich schlug mit der Schwanzflosse und glitt auf das Bullauge zu.
Während ich auf die Farben zuschwamm, verflog meine Angst. Die Scheibe im Bullauge löste sich auf. Übrig blieben nur Farbe, Licht und eine Lücke, die gerade groß genug für mich war. Damit nicht genug, es war eine Lü-

cke, durch die ich schwimmen *wollte*. Als ob sie mich anlockte, als ob ich sie *brauchte*. Es erinnerte mich an das erste Mal, als ich im Schwimmunterricht ins Wasser gestiegen war; es war dasselbe Gefühl, von etwas angelockt zu werden, das mir Angst machte, dem ich jedoch nicht widerstehen konnte.

»Viel Glück, Emily«, hörte ich eine leise Stimme und drehte mich um, um mich von Aaron zu verabschieden. Aber er begann schon zu verblassen.

»Bis bald!«, rief ich zurück. Dann drehte ich mich wieder zum Schiff. Nach einem kurzen Moment des Zögerns schwamm ich in die Farben, ins Licht, durch das Bullauge, das jetzt das Portal war.

Mein Körper fühlte sich an, als würde er sich durch ein elektrisch aufgeladenes Feld bewegen. Alle Nervenenden summten und tanzten und zischten und sprühten Funken vor Energie. Es war so stark, dass ich anhalten und zurückschwimmen wollte. Doch dann fiel mir ein, warum ich hier war, und ich schwamm weiter.

Das Gefühl verstärkte sich. Das Licht, das erst so einladend gewirkt hatte, verwandelte sich in eine erschreckende Energie. Es fühlte sich an, als ob es mich attackierte, mir in die Haut schnitt, nach meiner Schwanzflosse schnappte, mir das Gesicht zerkratzte.

Nein! Ich schaffte das nicht! Ich wusste nicht mal mehr, *warum* ich das tat. Die Empfindungen waren zu stark, ich konnte sie nicht ertragen.

Ich versuchte umzukehren, hatte aber nicht genug Platz dafür. Das Bullauge war zu einer Kapsel geworden, in der ich mit dem grausamen Licht kämpfte.

»Hilfe!«, schrie ich. »Ich will raus!« Aber es war niemand da, der mich hörte.

Ich ruderte, trat mit der Schwanzflosse und schlug mit den Armen um mich. Die Lichtstrahlen wirbelten mich im Kreis, drückten mich an die Wände der Kapsel und kehrten mein Innerstes nach außen, als sei ich im Schleudergang einer Waschmaschine gefangen.

Nein. Nein. Nein! Ich hielt es nicht mehr aus. Mein Kampfgeist war aufgebraucht. Ich kam nicht durch.

Und auf einmal fiel mir alles wieder ein. Ich machte das ja nicht zum Zeitvertreib – und ich machte es auch nicht für mich selbst. Ich tat es für Lyle und für Lowenna.

Der Gedanke an ihren verängstigten Blick und Lyles trauriges Gesicht trieb mich an. Ich nahm alle meine Kräfte zusammen, stellte mir vor, dass sich meine Schwanzflosse in einen Propeller und meine Arme ich die kräftigsten Flossen der Welt verwandelten, und versuchte es ein letztes Mal.

Etwas veränderte sich. Allmählich fühlte sich das Kraftfeld um mich weniger feindselig an. Die scharfen Lichtblitze wurden schwächer. Das machte mir Mut. Ich schwamm mit voller Kraft und bewegte die Arme wie Windmühlenflügel.

Und auf einmal – als ich drauf und dran war, aus purer

Erschöpfung aufzugeben – ließ das kribbelnde Gefühl in meinem Körper nach. Die Farben wurden zu weichen Pastelltönen. Meine Schwanzflosse fühlte sich nicht mehr an, als würde sie von einem Schwarm beißender Haie attackiert. Aus den Lichtblitzen wurde ein warmes Glühen, das schließlich ganz verschwand. Ich war durch. Ich war im Schiff.

In kompletter Dunkelheit.

»Emily.« Die Stimme war ein Flüstern. So leise, dass ich sie mir vielleicht nur eingebildet hatte.

Ich drehte mich zu der Stelle um, an der ich hereingeschwommen war. Die leuchtenden Farben waren fort, als habe es sie nie gegeben. Was ich sehen konnte, war nichts als ein normales Bullauge. Das, durch das ich Lowenna gesehen hatte.

Nur, dass ich diesmal drinnen war.

16

Ich glaube, man könnte meine Gefühle zu diesem Zeitpunkt in zwei Worte fassen: pure Panik.

Denn was sollte ich logischerweise sonst fühlen? Ich war gerade durch ein Fenster geschwommen, das kein Fenster war, hatte etwas hinter mir, das sich wie ein lebendig gewordener Meteoritensturm angefühlt hatte, befand mich in einer Kajüte, die total finster war, auf einem Schiff, das wohl irgendwie da war, wenn auch nicht im normalen Wortgebrauch von »da sein«, und nun war ich total allein und es bestand die Möglichkeit, dass ich für immer hier festsaß.

Meine Panik war also äußerst verständlich.

Ich schwamm auf der Stelle und ordnete meine Gedanken. Mir blieb nicht viel Zeit, und ich durfte sie nicht verschwenden.

Ich schob meinen Ärmel zurück und stellte den Timer auf meiner Uhr ein. Ich hatte zwölf Stunden. Da fiel mir etwas auf. Die Kabine war nur halb unter Wasser, und sie lag schief. Ich schwamm nach oben, steckte den Kopf heraus und schüttelte das Wasser aus meinen Haaren. Wie konnte es sein, dass die Kabine nicht ganz voll Wasser

war, obwohl wir tief ins Meer getaucht waren, um zum Schiff zu gelangen?
Ich hatte das Gefühl, dass das nur die erste von zahllosen Fragen war, die ich mir in den kommenden zwölf Stunden stellen würde.
Ich zog den Ärmel wieder über die Uhr und versuchte, ruhig nachzudenken. Einer plötzlichen Eingebung folgend, schob ich den anderen Ärmel zurück. Aarons Armband. Ich berührte es und fuhr die feinen Kettenglieder mit dem Finger nach.
Das Armband würde mir Sicherheit geben und mich daran erinnern, warum ich hier war – und wohin ich zurückmusste.
Ich sah auf meine Stoppuhr: 11.57. Ich hatte schon drei Minuten vertrödelt. Ich musste endlich loslegen.
Ein Schlag mit meiner Schwanzflosse, und ich glitt geräuschlos durch die Kajüte und auf die Tür zu, die mich in einen langen Korridor führte. Rasch schwamm ich hindurch und landete schon bald in einem weiteren Gang. Treppen führten nach oben und nach unten. Welche Richtung sollte ich wählen?
Ich schwamm auf ein Bild an der Wand zu. Es war ein Diagramm des Schiffes. Ein Pfeil zeigte an, wo ich mich befand: an einem Punkt in der Mitte. Deck drei. Es gab zwei Decks unter mir und zwei über mir. Dem Bild zufolge befand ich mich auf dem Deck mit den Passagierkajüten. Unter mir waren die Kajüten der Mannschaft

und ein Empfangsbereich. Darunter befand sich die Ebene mit den Maschinen- und Frachträumen.
Auf dem Deck über mir waren der Speisesaal, ein Kiosk und ein Aufenthaltsraum mit Aussichtsfenstern. Darüber befanden sich im vorderen Teil der Bereich des Kapitäns und achtern das polierte Deck, auf dem ich die Menschen gesehen hatte.
Ich schwamm halb die Treppe hinauf, so weit, wie das Wasser reichte. Dort setzte ich mich auf eine Stufe und wartete, bis mein Fischschwanz nicht mehr zuckte, nicht mehr kribbelte und wieder zu Beinen wurde. Dann ergriff ich so ruhig und, angesichts der steilen Neigung des Schiffes, so fest wie möglich das Geländer und stieg auf Deck vier hinauf.

Ich ging den Gang entlang zu dem kleinen Kiosk. »Hallo?« Vorsichtig betrat ich den Laden und sah mich um. Leer.
An einer Wand befanden sich Regale voller Schlüsselringe und Tellerchen mit dem Bild des Schiffs und der Aufschrift *Prosperus II*. Sie waren alle ans Ende der Bretter gerutscht, weil das Schiff so schräg lag.
Der Laden erweckte den Eindruck, erst verwüstet und dann völlig vergessen worden zu sein. Hinter dem Ver-

kaufstresen lagen Stifte und eine Schale mit Magneten auf dem Boden. An einer Stange hingen T-Shirts, die alle an ein Ende gerutscht waren.

Ich begab mich zu dem Speisesaal.

Die Tische waren übersät mit Tellern und Schalen. Neben der Kaffeemaschine standen unabgewaschene Tassen und Untertassen. Ich nahm eine Tasse in die Hand. Etwas, das wie Watte aussah, überzog ihren Boden.

Der Saal lag völlig verlassen da. Wo waren denn die Leute alle?

Die Tür hinter der Kaffeemaschine stand halb offen. Vorsichtig näherte ich mich ihr. Ich schob mich durch und rief wieder: »Hallo? Irgendjemand da?«

Das wurde ja allmählich gruselig.

Okay, viel mehr als *allmählich gruselig*. Es war total, absolut und hirnverbrannt spukig. Was war mit Lowenna passiert? Und mit den anderen Passagieren und der Mannschaft?

Ich suchte den Salon am Vorderdeck auf. Absolut menschenleer. Korridore: leer. Empfangsbereich: verlassen. Das Schiff war eine Geisterstadt.

Schließlich stieg ich auf das oberste Deck. Ich stieß eine schwere Glastür auf und trat nach draußen.

Das Erste, was mir entgegenschlug, war das Gefühl von Luft auf der Haut: warm, tröstlich, sanft, wie … wie was? So etwas hatte ich noch nie gespürt. Sie war so weich wie geschmolzener Karamell, so warm wie ein Sommertag,

so behaglich wie eine Decke, und sie beruhigte meine Ängste auf der Stelle.
Auch hier draußen war keiner, aber das machte mir gar nichts mehr aus.
Um genau zu sein, musste ich scharf nachdenken, nach wem ich überhaupt Ausschau hielt.
Vor mir stand eine Umkleidekabine aus Holz an einem kleinen Schwimmbecken. Es sah wie ein Whirlpool aus, obwohl das Wasser sich nicht bewegte. Am Beckenrand war eine Schicht von hellgrünem Schleim. Wie alles andere war der Pool eindeutig seit Monaten vernachlässigt worden.
Über die abschüssige Neigung des Decks glitt ich zum Rand des Schiffes, wo ein paar Liegestühle standen. Ich klappte den erstbesten ganz aus und setzte mich darauf. Hier konnte ich mich ein bisschen hinlegen und die Wärme und das wohlige Gefühl genießen.
Die Sonne war ja so warm, so schön! Nie hatte ich mich so friedlich, ruhig und glücklich gefühlt. Hier könnte ich bleiben, für immer und ewig.
Ich legte mich hin, krempelte die Ärmel hoch, um die Sonne zu genießen und …
Halt mal! Was war das an meinem Arm? Das Armband! Von Aaron. Meinem Freund.
Ich schoss hoch. Was hatte ich mir nur gedacht? Ich war doch nicht hier, um ein Sonnenbad zu nehmen! Ich war hier, um Lowenna zu suchen und alle die anderen. Wie

hatte ich das nur vergessen können? Übte Atlantis bereits seinen Zauberbann auf mich aus?
Ich erhob mich aus dem Liegestuhl und klammerte mich an die Reling. Alles, was ich sehen konnte, war Blau. Das blaueste Blau, das ich je gesehen hatte. Der klarste Himmel, der so nahtlos in das Meer überging, dass schwer zu sagen war, wo er endete und das Wasser begann.
Ich wandte mich ab und ging auf den ansteigenden Planken zum gegenüberliegenden Deck. Einen Augenblick lang blendete mich die Sonne. Sie war so hell, dass ich die Hand schützend vor die Augen halten musste, bis ich schließlich sehen konnte, was sich dort befand.
Eine wunderschöne, glitzernde, schimmernde blaue Bucht. Dahinter eine Insel. Im Vordergrund ein mit Palmen bestandener Strand, der wie eine Postkartenansicht eines exklusiven Ferienparadieses aussah. Dahinter Brücken, Bäche, ein Wasserfall, der neben der Sandbucht in einen Fluss stürzte, funkelnd, als würde er aus Millionen Silbermünzen bestehen. Weiter hinten Gebäude, die sich auf der gesamten Insel über die Hänge zogen. Häuser in hundert unterschiedlichen Pastelltönen, auf Hügeln so grün, dass sie aussahen, als hätte man sie mit den knalligsten Filzstiften der Welt angemalt.
Ich schluckte beim Anblick der Insel. Auf einmal hatte ich nur noch das Bedürfnis, sie zu betreten, dort zu bleiben, dort hinzugehören. Ich konnte es kaum erwarten, jeden Zentimeter zu erforschen.

Und in dem Moment wusste ich es mit Sicherheit. Das war nicht irgendeine beliebige Insel.
Ich blickte auf Atlantis.

Ich ließ mich an die abgesenkte Seite des Schiffes gleiten und tauchte ins blaue Meer. Dann umrundete ich das Schiff und machte mich auf in Richtung Atlantis.
Das Meer war türkis und so durchsichtig, dass der Meeresboden aussah wie ein HD-Bild. Beim Näherkommen sah der Sand am Ufer so fein und weiß aus wie der feinste Zucker. Von den beiden Enden der Strandbucht neigte sich jeweils eine Palme herab, fast waagerecht, als wollten sie die Palmwedel ins Wasser tauchen.
Ein langer Anleger erstreckte sich von der sanften weißen Bucht weit ins Meer hinaus. Ich zog mich aus dem Wasser und setzte mich aufs Ende des Anlegers, schüttelte das Wasser ab und beobachtete, wie mein Fischschwanz allmählich verschwand und meine Beine sich formten.
Als ich über den Anleger auf den Strand zuging, kamen mir zwei Menschen entgegen, um mich zu begrüßen. Ein Mann und eine Frau, nebeneinander auf dem Anleger, beide mit den gleichen bunten Blumengirlanden um den Hals, beide strahlten mich mit dem gleichen Lächeln an.

»Willkommen!«, sagte die Frau und umarmte mich so fest, als sei ich eine lange vermisste Freundin.
Der Mann reichte mir seine Girlande. »Wir freuen uns so, dass du zu uns gestoßen bist«, sagte er und streifte mir die Girlande über den Kopf. »Wir wünschen dir einen angenehmen Aufenthalt. Genieß es hier.«
Die Frau nahm mich bei der Hand, und beide gingen mit mir über den Sand. Meine Füße versanken darin. Es war, als würde ich über Marshmallows gehen.
Die Frau blieb stehen und bückte sich über einen Korb im Sand. Wo war der denn hergekommen?
Sie hielt ihn mir hin. »Bitte«, sagte sie. »Bedien dich.«
Ich starrte in den Korb. Er war voll mit rosa und weißen Marshmallows! Wow! Wie konnte das denn sein?
Ich sah die Frau an. »Na los«, sagte sie lachend. »Die sind für dich.«
Ich griff in den Korb und holte eine Handvoll heraus. Als ich sie probierte, blieb mir vor Begeisterung fast die Luft weg. Das waren die süßesten, weichsten Dinger, die ich je gegessen hatte.
»Danke!«, murmelte ich, den Mund halb voll mit Marshmallows.
Sie lachte wieder. Dann deutete sie ins Innere der Insel. »Siehst du die Brücke dort vor dir? Über die kommst du in die Stadt«, sagte sie. »Dort wird es dir gefallen. Falls du Fragen hast, gibt es dort viele Menschen, die sie dir beantworten.«

Die Brücke führte über einen Fluss mit dem klarsten Wasser, das man sich vorstellen kann. Im Sonnenlicht glitzernd, plätscherte es dahin, als ob es mit Diamanten übersät wäre.
»Danke!«, sagte ich. Ich war schon ganz gespannt, was ich entdecken würde.
Der Mann kramte in einem anderen Korb. »Hier«, sagte er. »Ein Willkommensgeschenk.«
»Ihr habt mir doch schon die Girlande und eine Menge Marshmallows gegeben!«, sagte ich lachend. Ich *liebte* diese Menschen!
Der Mann mache eine abwehrende Handbewegung. »Ein *richtiges* Geschenk«, sagte er und zog ein Armband aus dem Korb. Kleine, auf eine zarte goldene Kette aufgezogene Diamanten.
»Gefällt es dir?«, fragte er.
»Ich liebe es!«, stieß ich hervor. Es war das hübscheste Schmuckstück, das ich je gesehen hatte. Ich wollte es nie mehr ablegen, es zeigen … wem? Mir fiel niemand ein, dem ich es zeigen konnte. Ich konnte mich an keine Namen erinnern.
Na klar! Ich würde es allen Menschen zeigen, denen ich auf dieser wunderbaren Insel begegnen würde! Ich würde genau so ein weiches Top tragen wie die Frau und mein schönes neues Armband umbinden. Ich würde lächeln und strahlen und tanzen und für immer hierbleiben, das glücklichste Mädchen auf Erden!

»Streck die Hand aus«, sagte der Mann und öffnete das Schloss.
Ich streckte den Arm aus. Nein, halt. Nicht diesen Arm. An dem trug ich meine Uhr.
Ich zog den anderen Ärmel hoch, hielt ihm den Arm hin …
Und sah Aarons Kettchen.
Nein! Es war mir schon wieder passiert! Ich hatte vergessen, wo ich war, warum ich hier war.
Ich sah den Mann und die Frau an, die mich immer noch anstrahlten. Wussten sie nicht, wo sie waren, wo *wir* waren, *was das hier für ein Ort war?*
Ich zog den Ärmel wieder herunter. »Ähm, ich … äh, ich glaube, ich sehe mich erst mal ein bisschen um«, stammelte ich. »Schau mir an, was es sonst noch gibt, ehe ich mir etwas kaufe.«
Die Frau lachte laut. »Wir verkaufen doch nichts, Liebes«, sagte sie. »Hier gibt es keine Läden, nur Geschenke.«
Ich schluckte. »Ich – ich mache erst mal einen Rundgang, wenn das in Ordnung ist«, murmelte ich.
Der Mann legte mir das Armband in die Hand und schloss meine Finger darüber. »Nimm es trotzdem«, sagte er. »Wir wollen dir doch nur eine Freude machen.«
Ich nahm das Armband und band es mir neben meiner Uhr um. »Okay. Danke«, murmelte ich. Es war ja wirklich schön. Es würde wohl kaum schaden, wenn ich es behielt.

Die Frau legte mir die Hand auf den Arm. Ihre Hand war sanft und weich. Sie beruhigte meinen Puls ein wenig. »Keine Sorge«, sagte sie. »Du kommst schon zurecht. Wir passen auf dich auf.«

Ich versuchte, sie anzulächeln, aber mein Mund kam mir wie erstarrt vor, so, als könne er gleich zerspringen und in Stücke gehen.

»Okay, danke«, stotterte ich schließlich, dann ging ich auf die Brücke zu.

Am anderen Ende konnte ich Menschen sehen – vielleicht die Menschen, die ich zu finden hoffte. Ich musste sie finden. Ich musste fest daran denken, warum ich hier war.

Ich sah auf meine Stoppuhr: 11.08. Ich hatte nur noch etwas über elf Stunden. Es war an der Zeit, einen höheren Gang einzulegen. Fast eine Stunde war vergangen, und ich hatte kaum mit meiner Aufgabe begonnen.

Beim Überqueren der Brücke ließ ich den Blick über die andere Seite gleiten. Eine schmale Straße mit Kopfsteinpflaster, gesäumt von bunten Häusern, führte einen Abhang hinauf und verschwand hinter einer Biegung. Jedes Gebäude hatte eine andere Farbe und Form. Blassrosa neben leuchtendem Gelb. Dünne, hohe Türmchen

neben runden Häusern mit kleinen Schornsteinen – sie waren so skurril und niedlich, dass sie mich an Bilder aus einem Kinderbuch erinnerten.
Ich verließ die Brücke und betrat das Kopfsteinpflaster. Da hörte ich, wie jemand zu singen anfing. Eine schöne, bewegende Melodie, bei der ich am liebsten gleichzeitig geweint und gelacht hätte. Ich blieb stehen und sah mich um.
Das Singen verstummte.
Moment. Woher war es gekommen? Wo war es abgeblieben? Es waren ein paar Leute unterwegs, die alle in Zweier- oder Dreiergruppen dahinschlenderten und alle lächelten und miteinander plauderten. Aber keiner sang.
Ich schüttelte den Kopf und ging weiter. Kaum setzte ich mich in Bewegung, ging das Singen wieder los. Da merkte ich auf einmal, dass es aus den Pflastersteinen kam! Während ich darüberging, leuchtete der Boden in sanften Farben auf und spielte Musik.
Der Boden sang mir etwas vor?
Schnell hielt ich mir das Handgelenk mit Aarons Kettchen vors Gesicht. *Anschauen!* Ich musste mir ins Gedächtnis rufen, warum ich hier war, ehe ich mich erneut im Zauber der Insel verlor.
Nach dieser Erinnerung an meine Aufgabe ging ich weiter und sah mir im Vorübergehen die Gesichter der Leute an. Noch erkannte ich keines.
Ich folgte der Straße um eine Ecke. Vor mir führte ein

himmelblaues Tor in eine andere Straße. Es roch nach frischer Farbe – einer meiner Lieblingsgerüche. Ich beugte mich vor und schloss einen Moment lang die Augen. Der Geruch machte mich immer glücklich. Ließ mich meine Sorgen vergessen …

Halt! Atlantis ließ mich alles vergessen – schon wieder!

Ich sah an mir hinunter, berührte die Brosche von Shona und starrte sie einen Augenblick an – gerade lang genug, um mich wieder zu erinnern. Dann schüttelte ich mich und stieß das Tor auf. Dahinter lag ein Feld.

Und auf einmal passierte etwa äußerst Seltsames. Ich trat hindurch und drehte mich zurück, um das Tor zu schließen. Ich blickte dabei zurück und sah …

Die Kopfsteinpflasterstraße war verschwunden! Stattdessen lag da ein grünes Feld voller weißgelber Blumen, die sich alle sanft im Wind wiegten, als ob mir Millionen von Gänseblümchen zuwinkten.

Wie war das möglich?

Egal, wie das möglich war. Ich musste weiter. Ich schloss das Tor, wandte mich dem neuen Feld zu – aber es war weg. Jetzt blickte ich auf eine große belebte Schlittschuhbahn! Oder genauer, ich blickte nicht nur darauf. Ich stand mittendrauf. Auf Schlittschuhen.

Unmengen lächelnder Menschen umgaben mich und zogen ihre Kreise – hielten sich an den Händen, lachten miteinander, rutschten, fielen hin und halfen sich wieder auf.

Ich hatte noch nie versucht, Schlittschuh zu laufen, es hatte mich aber immer verlockt. Einmal hatte ich eine Realityshow im Fernsehen angesehen, in der Stars Schlittschuhlaufen lernten. Ich hatte mir gewünscht, das auch mal zu tun, falls ich die Gelegenheit dazu bekäme. Und nun war es Wirklichkeit!

Es war fast so, als wüsste der Ort um meine geheimen Gedanken und Wünsche – selbst solche, die ich nie laut ausgesprochen hatte – und machte sie irgendwie wahr.

Aber das war doch bestimmt nicht möglich? Es musste ein Zufall sein.

Wie auch immer, mir blieben ungefähr zwei Sekunden, um herauszufinden, wie man Schlittschuh lief, ehe ich mitten auf der Bahn einen riesigen Zusammenstoß fabrizieren würde.

Ich streckte ein Bein vor, dann das andere – und irgendwie glitt ich ohne große Mühe vorwärts. Ich konnte es! Ich konnte Schlittschuh laufen!

Ich glitt über das Eis, drehte mich im Kreis – als ob ich das schon mein ganzes Leben lang tun würde. Es war unglaublich!

Das machte ja *solchen* Spaß, jedem zuzulächeln, der an mir vorbeikam, Hände zu ergreifen, um zusammen übers Eis zu gleiten, im Takt mit der Musik, die um uns zu spielen schien. Ich hätte es gerne geteilt mit …

Mit …

Wie hieß er noch gleich?

Mein Dahingleiten wurde auf einmal unsicherer. Was geschah mit mir? Mir fielen keine Namen ein. Vage erinnerte ich mich an Freunde, Eltern, Lehrer, meinen Freund, aber es waren verschwommene Erinnerungen, wie Schatten, Spiegelbilder, Umrisse. Nichts Greifbares.

Dein Handgelenk. Schau auf dein Handgelenk.

Etwas in meinem Kopf drängte mich, achtsam zu sein. Ich zog den Ärmel hoch und hielt mir das Handgelenk vor die Augen. Ich trug eine Armbanduhr. Komisch, die Zeit lief rückwärts! 10.41 und 54 Sekunden. 53, 52, 51. Warum lief meine Uhr rückwärts? Irgendwas daran kam mir vertraut vor, aber ich konnte mich nicht erinnern, was das war.

Das andere Handgelenk.

Ich rollte den anderen Ärmel hoch, und da ging mir ein Licht auf – und ich fuhr mit lautem Getöse an die Bande. Aarons Kettchen! Mein Freund. Daheim in … daheim in … Wo war er? Wo war *ich*? Was machte ich hier?

Ich stolperte von der Eisbahn. Kaum war ich runter, verschwand sie hinter mir, als wäre sie nie dort gewesen. Auf einmal befand ich mich auf einem Platz, um mich herum Bäume und Buden. Menschen, die geschäftig umhereilten und lachten, plauderten, sich zunickten und zulächelten. Von den Buden wehten Essensgerüche herüber. Orangen, Rosen, Popcorn, Zuckerwatte – alle möglichen leckeren Düfte. Auf einmal hatte ich Lust auf Popcorn.

»Bitte sehr, Schätzchen.« Ein Mann reichte mir eine Tüte, ohne mich vorher gefragt zu haben.
Zu verwirrt, um abzulehnen – und weil es so frisch wie das süßeste Popcorn duftete, das ich je bekommen hatte –, nahm ich die Tüte und setzte mich auf eine Bank vor einem Brunnen.
Man hatte mich ja gewarnt, dass Atlantis verzaubert und überwältigend sei, aber ich hatte nicht erwartet, dass es mich *so* in seinen Bann ziehen würde. Das Popcorn, wow! Es war superlecker!
Halt. Wer hatte mir doch noch von Atlantis erzählt? Irgendwas rumorte in meiner Erinnerung. Jemand hatte mir davon erzählt.
Lyle. Genau.
Aber natürlich! Plötzlich fiel mir ein, warum ich hier war. Während ich kaute, zog ich Lyles Aufzeichnungen aus meiner Tasche und sah sie mir an. Um ehrlich zu sein, hätte ich am liebsten nur den Moment genossen, aber ich wusste, dass ich stark bleiben und mich erinnern musste. Ich zwang mich zu lesen, während ich das Popcorn aß. Erneut prägte ich mir die Gesichter von den Fotos ein. Dann faltete ich die Seiten, steckte sie wieder ein und sah mich um. Überall waren Menschen. Diejenigen, die ich finden wollte, mussten doch wohl unter ihnen sein, oder?
Mir drehte sich der Kopf vor Gesichtern und Namen und wechselnden Landschaften und Düften – und viel

zu vielen Informationen. Ich musste einen klaren Kopf bekommen.
Ich drehte mich zum Brunnen um, ließ Wasser in meine Hände laufen und spritzte es mir ins Gesicht. Genau das hatte ich gebraucht – kühl und erfrischend.
Das war schon besser. Das war …
Halt mal! Wo waren die Geräusche geblieben?
Ich schlug die Augen auf. Der Platz war verschwunden. Ich saß allein auf einem Felsen am Ufer eines Flusses, und meine Hände waren noch ganz nass.
Taumelnd kam ich hoch. Das war vielleicht ein verrückter Ort! Wie sollte ich hier jemals jemanden finden, wenn ich mich nicht mal selbst zurechtfand?
Ich schob den Ärmel hoch. Egal, was um mich herum geschah, ich beschloss, das Kettchen die ganze Zeit im Blick zu behalten. Ich musste es einfach ständig ansehen, musste mich *zwingen*, mich zu erinnern. Ich sah auch auf meine Brosche, nur zur Sicherheit. Shona und Aaron hatten schließlich alles getan, um mich abzusichern. Das Übrige lag bei mir.
Ich sah auf die Uhr. 10.28 Uhr. Noch zehneinhalb Stunden. Mehr als anderthalb Stunden waren schon verstrichen, und ich war noch keinen Schritt weiter.
Das kühle Wasser hatte mir zumindest den Kopf freigemacht. Ich sah mich um, stand von dem Felsen auf und ging auf ein paar große Steine zu, die übers Wasser führten.

Als ich sie betrat, versprach ich mir, mich nicht wieder in den Bann ziehen zu lassen. Atlantis konnte mich verwirren und verzaubern, soviel es wollte; ich würde nicht aufgeben.
Ich würde die Passagiere der *Prosperus II* finden. Ich würde sie alle heimbringen.
Das war meine Aufgabe, und ich war nicht willens, eine Niederlage einzustecken.

17

Ich stieg über die Steine und beobachtete, wie sich der Fluss in einen Feldweg verwandelte. Der Weg führte um eine Biegung, und plötzlich stand ich mitten in einem Ballsaal, mit funkelnden Kronleuchtern, die von der Decke hingen. Aus jedem Winkel schimmerte Kerzenlicht. An einem Ende des Saales spielte ein riesiges Orchester. Einen Augenblick stand ich still und sah zu. Eine Sekunde später hatte ein Mann in schwarzem Frack meine Hand ergriffen und tanzte mit mir Walzer durch den Saal!

Wir drehten unsere Kreise auf dem Tanzboden. Ich schloss die Augen und lachte laut. Als ich sie wieder öffnete, saß ich in einer Gondel auf einem Rummelplatz-Karussell. Verdutzt blinzelte ich und sah mich um, während die Welt sich um mich drehte. Plötzlich saß ich oben in einer Achterbahn. Ich blickte nach unten auf eine Stadt mit riesigen Wolkenkratzern. Augenblicke später sauste ich durch einen Tunnel, der mich in ein Tal voller Vogelgezwitscher und Blumen beförderte.

Jede Veränderung brachte mich an einen noch wundersameren und aufregenderen Ort als den letzten. Mit jedem Wimpernschlag veränderte sich die Umgebung. Jede

Tür führte mich in ein anderes Land. Jeder Gedanke, den ich hatte, wurde vor meinen Augen zur Wirklichkeit.
Und überall Unmengen von lächelnden, glücklichen Menschen.
Aber immer noch keiner, den ich wiedererkannte.
Ich saß auf einer Wolke. Oben auf einer spiralförmigen Rutsche, die gerade noch eine Treppe gewesen war, verwandelte sie sich in einen riesigen Bohnensack. Ich versuchte, mich zu orientieren.
Ich sah auf die Uhr: 8.41. Mehr als drei Stunden waren verstrichen. Die Zeit verrann wie Sand, der mir durch die Finger lief.
Ich geriet allmählich in Panik. Ich spürte die Angst in der Brust, im Kopf, unter der Haut. Alles summte vor Fragezeichen und ängstlichen Gedanken. Ich hatte keinen Plan mehr, keine Ahnung, wie ich hier herauskommen sollte, kein Vertrauen, dass ich es irgendwie schaffen könnte.
Wie sollte ich hier jemals jemanden finden? Wie sollte ich von einem Punkt der Stadt zum anderen kommen, wo jeder meiner Gedanken sich verwandelte in …
Halt!
Meine Gedanken selbst hatten das alles hervorgebracht. Die Marshmallows, die Diamanten, die auf dem Wasser glitzerten, der Walzer, der zu einem Karussell geworden war. Vielleicht konnte ich das auch auf Menschen anwenden – an sie denken, und sie würden auftauchen!
Einen Versuch war es ja wohl wert.

Ich kletterte aus dem Bohnensack, der sich in einen kuscheligen Bobtail verwandelte, sich zusammenrollte und einschlief. Dann packte ich einen Jutesack, setzte mich darauf und stieß mich ab. Während ich in Spiralen die Rutschbahn hinuntersauste, schloss ich die Augen, ging in Gedanken die Liste der Menschen auf der *Prosperus II* durch und stellte mir ihre Gesichter vor.

So ging es immer weiter abwärts, wirbelnd, mit geschlossenen Augen, bis …

»Hoppla. Autsch!«

Ich war mitten in einem moosigen grünen Feld gelandet, direkt vor den Füßen eines Mannes.

»Verzeihung«, sagte eine Stimme, und eine Hand half mir auf. »Alles in Ordnung?«

»Ja, danke. Meine Schuld. Tut mir leid«, stotterte ich und klopfte mich ab. Dann sah ich zu dem Mann auf. Er kam mir irgendwie bekannt vor.

War er einer der Passagiere auf der *Prosperus II*? Hatte ich sie gefunden? Hatte es funktioniert?

»Sicher, dass alles in Ordnung ist?«, fragte der Mann erneut. »Du wirkst ziemlich durcheinander. Komm, setz dich mal.« Er deutete auf den Feldrand. Dort war ein Gatter, hinter dem eine Bank stand. Es führte uns zurück zu dem belebten Platz oder zu einem, der ihm ganz ähnlich war.

Den Mann schien der Szenenwechsel nicht zu verwundern. Er setzte sich einfach auf die Bank mitten auf dem

Platz und forderte mich mit einer Handbewegung auf, es ihm nachzutun.
»Du siehst aus, als ob du einen Geist gesehen hast«, sagte er.
»Ha!«, sagte ich und bemühte mich, keinen hysterischen Anfall zu bekommen. »Ha!«
Der Mann sah mich verwundert an. Da entdeckte ich eine Narbe über seinem linken Auge. Ja, er war *eindeutig* einer der Menschen von dem Schiff – da war ich mir sicher.
Er erhob sich, um zu gehen. »Tja, wenn du sicher bist, dass es dir gutgeht –«, begann er.
»Nein! Warten Sie!« Ich griff in die Tasche und zog mein Blatt mit den Namen und Fotos heraus. Der Mann setzte sich wieder.
Ich fuhr mit dem Finger an den Fotos entlang. Da war er! Gewelltes graues Haar, gelbe Strickjacke, grüne Augen, Narbe auf der linken Seite der Stirn. Er war es!
»Eine Sekunde«, bat ich ihn, während ich eilig den Begleittext des Fotos durchlas. Er hieß Tony Mason. Er war siebenundfünfzig und hatte eine Frau namens Olivia. Sie und Tony hatten gerade silberne Hochzeit gefeiert. Deshalb hatten sie die Seereise gebucht, doch Olivia war eine Woche vor dem Urlaub krank geworden, daher war er stattdessen mit seiner Tochter Charlotte gekommen. Auf meinem Blatt war ein Foto von Olivia.
Tony sah in der Gegend herum, klopfte mit den Fingern auf sein Knie und lächelte, als ein Jongleur auf einem

Einrad vorbeifuhr. Ich blickte auch kurz auf. Der Jongleur ließ beim Radeln ungefähr fünfzehn Keulen im Kreis durch seine Hände fliegen. Unmöglich. Unglaublich! Man wurde hier so leicht abgelenkt. Ich zwang mich, mich zu konzentrieren.

»Mr Mason«, sagte ich leise.

Er beobachtete immer noch den Jongleur.

Ich räusperte mich. »Tony«, sagte ich etwas bestimmter.

Er wandte sich ab von dem Jongleur und sah mich an. »Woher weißt du, wie ich heiße?«, fragte er.

»Ich … äh …«

»Wir kennen uns doch nicht, oder? Ich bin sicher, ich –«

»Nein. Nein, wir kennen uns nicht. Sie kennen mich tatsächlich nicht. Aber ich, na ja, also, ich *kenne* Sie auch nicht.«

Tony lachte. »Guter Anfang«, sagte er. »Aber ich freue mich immer, jemanden neu kennenzulernen. Bist du mit deinen Eltern hier?«

Ich schüttelte den Kopf. »Allein.«

Tony runzelte die Stirn. »Ach, das ist ja nicht schön. Wir müssen uns um dich kümmern. Ich finde vielleicht –«

»Nein, ist schon in Ordnung«, unterbrach ich ihn.

»Oh. Okay.« Tony wirkte bestürzt. Womöglich fiel man sich in Atlantis nicht ins Wort.

»Tut mir leid«, fuhr ich fort. »Es ist nur so … Ich brauche Ihre Hilfe nicht. Ich bin gekommen, um *Ihnen* zu helfen.«

Tony starrte mich kurz an, dann brach er in Gelächter aus. »Mir helfen?«, fragte er. Er breitete die Arme aus, als wollte er den Platz, die Felder, die ganze Insel umarmen. »Wieso sollte ich denn Hilfe brauchen? Ich habe alles, was man sich wünschen könnte.«

Ich schluckte. Konnte ich weitermachen?

Hatte ich denn eine Wahl?

»Nein, nicht alles«, sagte ich.

»Wie bitte?«

»Olivia haben Sie nicht«, sagte ich direkt.

»Wen habe ich nicht?«, fragte er und zwinkerte mir zu, als würden wir einen Scherz teilen.

Ich entfaltete das Blatt, hielt es ihm hin und deutete auf das Foto von Olivia. »Ihre Frau.«

Das Zwinkern ließ nach ungefähr einer Nanosekunde nach. Dann nahm er das Blatt entgegen. Er hielt es dicht vor sein Gesicht. Dann sah er mich an. Er sprang von der Bank auf, als würde sie plötzlich brennen, und flüsterte: »Woher kommst du?« Sein Gesicht hatte alle Farbe verloren. »Wo bin ich?«, fragte er, drehte sich im Kreis und blickte über den Platz. »Was ist das hier für ein Ort? Was ist mit Olivia geschehen?«

Ich wusste nicht, welche Frage ich zuerst beantworten sollte. Für jede einzelne hätte ich womöglich eine Stunde gebraucht – und so viel Zeit hatten wir nicht.

»Erinnern Sie sich an sie?«, fragte ich stattdessen. »Erinnern Sie sich an Ihre Frau?«

»Ja, ja! Natürlich erinnere ich mich an sie. Wir wollten wegfahren, um unsere silberne Hochzeit zu feiern.« Er ließ sich wieder auf die Bank fallen. »Es sollte eine ganz besondere Reise werden«, fuhr er fort, »aber dann wurde Olivia krank, und sie sagte, ich solle stattdessen Charlotte mitnehmen.« Er nickte beim Reden langsam vor sich hin, während sein richtiges Leben vor ihm auftauchte.

»Es hat einen Unfall gegeben oder so was. Ich habe nicht viel davon mitbekommen, es passierte während meines Mittagsschlafs. Ich bin erst hier wieder aufgewacht.«

»Sie erinnern sich also, hier angekommen zu sein?«, fragte ich.

Er nickte. »Als ob es letzte Woche gewesen wäre.«

Ich beschloss, ihn nicht darauf hinzuweisen, dass es tatsächlich letzte Woche gewesen war.

»Wir sind jetzt über sechs Monate hier«, fuhr er fort. »Wohl eher schon sieben. Wir haben uns hier eingerichtet. Ich dachte, es wäre mein richtiges Zuhause.«

Tony sah mich mit ängstlichem Blick an. »Ich habe meine Frau im Stich gelassen. Charlotte und ich haben sie total vergessen! Haben die Zeit damit verbracht, uns zu amüsieren und zu scherzen und leckere Sachen zu essen, und währenddessen ist die arme Olivia …« Er schüttelte den Kopf, als wolle er seine Gedanken verscheuchen. »Die ganze Zeit«, flüsterte er. »Sie muss außer sich sein vor Angst.«

»Es sind keine Monate vergangen«, sagte ich. Er musste die Wahrheit hören. »Es ist sechs Tage her.«
Tony schnaubte ungläubig. »Wenn's nur so wäre, aber du täuschst dich. Wir leben richtig hier, wir haben –«
»In Atlantis läuft die Zeit anders«, unterbrach ich ihn, »*Alles* läuft hier anders.«
Er schwieg mit offenem Mund und starrte mich an.
»Hören Sie, da gibt es ein Problem mit der Zeit: Wir haben nicht genug davon, um es richtig zu erklären«, sagte ich. »Aber glauben Sie mir, ich bin hier, um Ihnen zu helfen zurückzukehren.«
»Zu Olivia?«
»Ja – wenn Sie das wollen.«
»Aber sicher will ich – solange Charlotte auch mitkommen kann!«
»Ich hoffe, dass alle von der *Prosperus II* mitkommen.«
»In Ordnung. Gut. Sag einfach, was ich tun muss.«
Ich griff in meine Tasche, zog die anderen Seiten heraus und hielt sie ihm hin. »Kennen Sie diese Leute? Sie waren mit Ihnen auf dem Schiff.«
Tony nahm den Stapel und blätterte ihn durch. »Ich kenne sie alle«, sagte er. »Das ist die ganze Mannschaft und auch die Passagiere.«
»Es müssten tatsächlich alle auf diesen Blättern draufstehen. Wir müssen sie suchen und zum Schiff zurückbringen.«
»Und wenn sie nicht wollen?«

»Wenn wir es ihnen einfach vorschlagen, wollen sie wahrscheinlich *nicht*. Sie sind in derselben Verfassung, in der Sie waren. Sie glauben, dass sie hier zu Hause und sehr glücklich sind. Sie haben nicht den Wunsch, zurückzukehren. Und wir können sie nicht zwingen.«

»Aber wenn ihnen klar wird, dass sie in einer Traumwelt leben, dann wollen sie zurück?«, fragte er.

»Es ist nicht nur das, sondern der Traum wird schon bald enden.« Ich erklärte ihm die Sache mit den sechs Tagen. Dass sie am Ende für immer verloren wären. Dass ihre Zeit am Ende dieses Tages für immer vorbei sein würde.

»Dann müssen wir uns beeilen.« Tony hielt die Seiten hoch. »Wir zeigen ihnen diese Seiten?«

»Ja. Wir müssen sie an ihre Familien erinnern, ihnen ihre Namen sagen und die Fotos zeigen. Sie müssen nur einen Blick auf ihr altes Leben werfen, und dann fällt ihnen hoffentlich alles wieder ein. Wenn Sie mir helfen, sie zu suchen, dann übernehme ich gerne das Reden.«

»Natürlich. Gehen wir los.«

Tony blätterte wieder die Seiten durch. »Warte, da fehlt eine«, sagte er. »Die junge Frau, die Lowenna heißt. Sie ist nicht drauf.«

»Nein. Ihr Fall ist anders.«

Tony neigte den Kopf zur Seite. »Ach, wirklich? Das dachte ich mir schon. Von der Schiffsreise konnte ich mich nicht an sie erinnern – aber als ich hier aufwachte, war sie bei uns. Nach den ersten paar Tagen habe ich nicht mehr darüber nachgedacht. Da waren wir alle in diese Welt eingetaucht. Aber warum hast du keine Unterlagen für sie?«

Ich suchte in meiner Tasche nach der Schneekugel, die mir Lyle gegeben hatte. Sie war noch da. Ich schloss die Hand darum und erwiderte: »Um Lowenna kümmere ich mich – wenn ich sie finden kann.«

»Wir finden sie. Wir finden sie alle. Komm mit.« Tony faltete den Zettel, den ich ihm gegeben hatte, und steckte ihn in die Tasche.

»Tun Sie das nicht«, sagte ich.

»Was soll ich nicht tun?«

Ich deutete auf seine Tasche. »Behalten Sie das Blatt in der Hand. Sie müssen es ständig ansehen.«

»Warum?«

»Wenn Sie das nicht tun, vergessen Sie wieder.«

Tony lachte. »Olivia wieder vergessen? Niemals.«

»Sie würden sich wundern. Die Zauberkraft von Atlantis ist unglaublich stark. Bitte riskieren Sie es nicht.«

Tony sah mich kurz an, dann nickte er zustimmend und nahm das Blatt wieder aus der Tasche. »Okay«, sagte er, faltete es auseinander und warf erneut einen Blick auf das Foto von seiner Frau. »Ich nehme mal besser nichts als selbstverständlich. Komm. Ich will meine Tochter suchen.«

»Gut. Und wir müssen uns beeilen«, sagte ich und sah auf die Uhr: 8.17. Nur noch etwas mehr als acht Stunden! Fast ein Drittel der Zeit war bereits verstrichen, und ich hatte erst einen Passagier gefunden. »Das Schiff muss innerhalb der nächsten acht Stunden auslaufen – sonst kommen wir *nie mehr* weg.«

Tony war schon losgerannt. »Ich weiß, wo sich die meisten von ihnen aufhalten. Wir finden sie schon.«

Während wir über den Platz eilten, ging mir eine Frage immer wieder durch den Kopf.

Können wir dieses Rennen gegen die Zeit wirklich gewinnen?

Aber als wir unter Bögen hindurchhuschten, die zu Tunneln durch Berge wurden, von Stein zu Stein über Bäche sprangen – die Steine waren aus großen Perlen –, uns über Brücken schoben, die sich in Trampoline verwandelten, und über die Kopfsteinpflasterstraßen rannten, die sich wie große Schlangen durch die Stadt wanden, wusste ich eines:

Über die Alternative darf ich gar nicht erst nachdenken.

18

Tony wusste tatsächlich, wo sich die meisten Passagiere aufhielten. Eine Stunde später hatten wir neun Passagiere und fast die ganze Mannschaft gefunden, einschließlich des Schiffskapitäns. Nun fehlten nur noch drei Passagiere und ein Mannschaftsmitglied. Und Lowenna. Außerdem hatten wir noch nichts erklärt. Tony hatte nur alle aufgefordert, mit uns zu kommen, denn es sei wichtig.

Auf einer Landzunge mit Blick auf einen breiten, rosafarbenen Strand und eine blau funkelnde Bucht machten wir halt.

»Dad, erklärst du jetzt endlich, was hier los ist?«, fragte Tonys Tochter Charlotte.

Tony warf mir einen Blick zu, und ich nickte. Er verteilte die Blätter, und dann erklärten wir beide alles. Ich berichtete von Atlantis, dass sie hier waren, weil sie Schiffbruch erlitten hatten. Was mit ihnen am Ende des heutigen Tages passieren würde – dass dies die einzige Gelegenheit für sie war, zu entkommen.

Ich blickte in ein Gesicht nach dem anderen, während ihnen die Wahrheit ihres »wunderbaren« Lebens in Atlantis allmählich klar wurde und sie sich an ihr altes

Leben erinnerten – ihr *richtiges* Leben. Kaum hatten sie die schockierende Wahrheit verstanden, wollten sie die anderen Passagiere finden und so bald wie möglich Segel setzen.

Zumindest die meisten wollten das.

Ein junger Mann, der bis jetzt noch nichts gesagt hatte, hob die Hand.

»Was ist, Alan?«, fragte Tony.

Alan wedelte uns mit dem Stück Papier zu und zuckte die Schultern. »Was, wenn ich nicht wegwill?«, fragte er.

»Nicht wegwillst?«, wiederholte Tony ungläubig. »Hast du die letzte halbe Stunde eigentlich zugehört? Weißt du, wo du bist? Erinnerst du dich an dein altes Leben, dein *richtiges* Leben?«

Wieder zuckte Alan die Schultern. »Doch, allerdings«, sagte er unbewegt. Er hielt das Foto auf seinem Stück Papier hoch. »Und ja, ich kann mich nur zu gut an den Tag erinnern, an dem mich meine Verlobte verlassen hat. Es war im selben Monat, in dem ich arbeitslos wurde, und wenige Tage nachdem wir unser Haus verloren hatten.«

Einen Augenblick lang sagte niemand etwas. Die Luft stand still und war drückend.

Endlich, so leise wie ein Lüftchen im Sommer, fuhr Alan fort: »Warum sollte ich in dieses Leben zurückkehren?«

Eine der Frauen trat zu Alan und streichelte ihm den Arm. »Wie schrecklich«, sagte sie. »Du armer Junge.«

»Danke, Jenna«, murmelte Alan.

Tony runzelte die Stirn. »Alan, Atlantis ist nicht so, wie du es erlebst. Es ist –«
Alan schüttelte den Kopf. »Tut mir leid, Leute. Geht ihr nur, wenn ihr wollt. Ich bleibe hier.«
Ich sah Tony an. Konnten wir Alan zurücklassen, wo wir doch die Chance hatten, ihn mitzunehmen? Eine Chance, die es laut Lyle bisher so gut wie nie gegeben hatte. Die Chance, sich für das Leben zu entscheiden.
Leise sagte Tony: »Du kannst nicht bleiben.«
»Mir gefällt es hier!«, beharrte Alan. »Noch nie bin ich irgendwo so glücklich gewesen, nie habe ich so viele Freunde gehabt, niemals –«
»Wo sind deine Freunde jetzt, Alan?«, fragte Tony. »Nicht wir oder die Leute, die nach uns gelandet sind? Wo sind die Menschen, die *vor* uns schon da waren?«
Alan starrte ihn an. »Sie …« Sein Gesicht umwölkte sich vor Verwirrung. »Stimmt irgendwie«, murmelte er. »Wo sind sie geblieben?«
»Mein Vater hat recht«, sagte Charlotte. »Die Gruppe von der *Eclipse* – wisst ihr noch? Das Schiff, das eine Woche vor uns ankam. Hat einer von euch jemanden von ihnen in den letzten Tagen gesehen?«
Einer der älteren Männer meldete sich zu Wort. »Keiner von den Leuten ist seit Tagen gesehen worden, wenn ich es mir recht überlege«, sagte er.
»Was ist mit der Mannschaft von dem Segelschiff – wie hieß es doch gleich noch?«, fuhr Tony fort.

»Die *Blaue Taifun*?«, warf Charlotte ein.
»Genau«, sagte Tony. »Wo sind sie? Verschwunden. Die beiden Ruderer? Die Leute von der Rennjacht? Die von dem schicken Kreuzfahrtschiff? Alle verschwunden. *Niemand*, der vor uns hier war ist, ist noch da.«
»Aber wo sind sie denn hin?«, fragte Alan. »Was ist mit ihnen geschehen?«
Jenna räusperte sich. »Ich glaube, wir alle wissen im tiefsten Inneren, was mit ihnen passiert ist. Denkt an den Tag, als die Leute der *Eclipse* plötzlich weg waren. Abends waren sie noch hier – alle miteinander ganz besonders aufgekratzt. Dann, später in der Nacht, standen am Himmel eine Menge zusätzlicher Sterne. Wisst ihr noch, wir haben doch darüber geredet.«
Ein paar der Anwesenden nickten und erinnerten sich an etwas, das ihnen Atlantis später aus dem Gedächtnis gelöscht hatte.
»Hundertprozentig weiß ich es nicht, aber ich glaube, die Sterne – das waren die Leute«, fuhr Jenna fort. »Nur eines weiß ich genau, am nächsten Morgen waren sie weg. Vielleicht war etwas Sternenstaub auf dem Boden, vielleicht hat an dem Tag eine zusätzliche Blume für sie alle geblüht. Ich weiß es nicht. Alles, was ich tatsächlich weiß, ist, dass wir sie nie wiedergesehen haben. Das war ihr Ende – und das kommt auch auf uns zu.«
»Jenna hat recht. Das Gleiche ist passiert, als die Ruderer plötzlich verschwanden«, sagte Charlotte. »Ich hatte es

total vergessen, aber jetzt erinnere ich mich daran. Zwei leuchtende Sterne sind in der Nacht aufgetaucht – haben die ganze Insel ein oder zwei Stunden in Licht getaucht.«

»Und am Ende des heutigen Tages wird es euch genauso gehen«, sagte ich. »Ihr werdet nicht mehr hier sein – keiner von euch. Ihr habt nicht mehr die Wahl, nach Hause zurückzukehren. Das ist eure einzige Gelegenheit.«

»Ihr habt sie gehört. In ein paar Stunden ist das Spiel aus«, sagte Tony geradeheraus. »Das ist die Wahrheit. Das hier …« er machte eine Armbewegung über die Landzunge, die Bucht, die Insel, die ganze Gegend, »ist ein Zwischenstopp. Wir sind im Niemandsland. Wir befinden uns zwischen zwei Welten. Es ist nichts als eine Illusion. Heute Nacht ist dann nichts mehr *dazwischen*, und es gibt kein Atlantis mehr. Ihr verschwindet, und das ist das Ende. Alan, wenn ich es dir vorbuchstabieren soll, mache ich das. Am Ende des heutigen Tages ist es aus. Du bist *tot*.«

Alans Gesicht war bleich geworden.

»Also, wie entscheidest du dich?« Tony sah ihn eindringlich an. »Kommst du mit, oder sollen wir dich zurücklassen, auf dass du allein stirbst?«

Alan schwieg einen Moment. Alle schwiegen. Die Atmosphäre war so angespannt, dass sie zu zerreißen drohte.

Schließlich murmelte Alan: »Ich schätze mal, ein beschissenes Leben ist besser als gar keins.«

Ich stieß erleichtert die Luft aus. Gott sei Dank. Dann

sah ich auf meine Stoppuhr. 7.03. Fast fünf Stunden waren schon vergangen, uns blieben noch knapp sieben.
Tony trat auf Alan zu und schüttelte ihm die Hand. »Gute Entscheidung. Wir kümmern uns um dich«, versprach er.
»Gut. Dann mal los«, sagte ich. »Wir müssen die anderen suchen und zum Schiff zurück.«
»Ich weiß, wo Alex und Phil sind«, sagte eine der Frauen. »Nachmittags gehen sie immer in einen Garten. Und Gabi ist Alex' beste Freundin. Vielleicht ist sie bei ihnen. Wenn nicht, dann wissen sie wahrscheinlich, wo sie steckt. Ich gehe und hole sie.«
»Bestens«, sage Tony. Er blätterte den Stapel Papiere durch und reichte ihr drei Blätter. »Gib ihnen unbedingt diese Seiten.«
»Und seht euch unterwegs immer wieder die Bilder von euren Familien an«, setzte ich hinzu. »Hier vergisst man leicht.« Was mich an etwas erinnerte. »Was ist mit Lowenna?«, fragte ich.
Der Kapitän trat zu mir. »Ich zeige dir, wie du sie finden kannst«, sagte er. »Sie ist mit Miriam zusammen, der Letzten, die aus meiner Mannschaft noch fehlt. Es gibt da so einen Park, aber den muss man kennen. Dort werden sie sein.«
Tony übernahm das Kommando. »Okay, bestens. Der Kapitän kann Emily begleiten. Jeanette holt die anderen. Alle Übrigen kommen mit mir. Holt eure Sachen, und

wir machen uns gemeinsam zum Schiff auf. Dort treffen wir uns in ungefähr einer Stunde auf dem Oberdeck.«

»Wartet!«, rief ich. Tony hatte mich an ein wesentliches Detail erinnert. Alle drehten sich um und sahen mich an.

»Da gibt es noch eine letzte Sache«, sagte ich. »Ihr dürft nichts mitnehmen. Nichts, was von hier stammt – Kleider, Essen, Schmuck, egal, was – ihr müsst es zurücklassen.«

»Warum denn?«, fragte eine junge Frau.

»Wenn ihr versucht, Atlantis mit etwas *aus* Atlantis zu verlassen, kann das Schiff nicht abfahren«, erklärte ich ihnen.

Als ich das sagte, ging mir auf, dass das ja auch auf mich zutraf. Ich nahm die Blumengirlande ab. Dabei begriff ich, dass sie nicht nur ein Geschenk gewesen war, das mich fröhlich machen sollte. Sie war auch ein Mittel gewesen, um mich in Atlantis zu halten – um den Übergang leichter zu machen, um mein Gedächtnis zu löschen, das mich an alles erinnert hätte, was ich verloren hatte, um mich hier zu verankern. »Dinge wie das hier«, sagte ich. »Alles, was von hier kommt, müsst ihr zurücklassen.«

»Schade. Ich hatte doch vor, meinen Enkeln ein Geschenk mitzubringen«, murrte einer der älteren Männer.

»Ihr Geschenk wird sein, dass ihre Großeltern lebend zurückkehren«, erwiderte seine Frau, stieß ihn an und deutete auf die schöne goldene Uhr an seinem Arm. »Die ist auch von hier. Weg damit.«

»Lasst einfach alles hier zurück«, sagte Tony. »Ein anderer freut sich darüber, wenn er auf der Landzunge spazieren geht.«

Ich löste mein Diamantarmband und legte es auf den Boden. Ich fügte ihm einen Wunsch bei – es sollte jemandem das Gefühl von Wärme und Glück für seine letzten Tage hier geben. Ein Lächeln auf das Gesicht von jemandem zaubern, dessen Zeit tatsächlich abgelaufen war.

Ich sah auf meine Stoppuhr. 6.47. Wir hatten immer noch fast sieben Stunden. »Okay«, sagte ich. »Gehen wir.«

Der Kapitän und ich verließen gemeinsam die Landzunge. Er sagte, ich solle ihn Phil nennen. »Ich kenne eine Abkürzung«, meinte er und eilte voraus. Ich musste laufen, um mit ihm Schritt zu halten.

Wir überquerten einen Platz, und ich folgte ihm durch eine winzige, gewundene Straße. Wie alle anderen war sie gepflastert und malerisch. Die strahlend hellen Häuser zu beiden Seiten hatten hölzerne Fensterläden und pastellfarbene Mauern. Sie waren so hübsch, dass ich unter anderen Umständen gerne dort verweilt und mir jedes einzelne genau angesehen hätte.

Phil unterbrach meine Überlegungen. »Okay, bist du bereit, die Abkürzung zu nehmen?«, fragte er.

»Klar«, erwiderte ich und fragte mich, warum ich dazu bereit sein sollte. Ich folgte ihm doch einfach nur!

»Siehst du die Mauer am Ende der Straße?«, fragte er.

Ich blickte nach vorne und entdeckte, dass die Straße von einer riesigen Backsteinmauer versperrt wurde. Ein buntes Bild schmückte die Wand.

Ich blieb stehen. »Warum nehmen wir diese Straße? Es ist doch eine Sackgasse.«

»Sieh dir die Mauer an«, forderte mich Phil auf. »Was siehst du da?«

Ich starrte das Wandbild an. »Hm. Das Bild von einem Haus, an dem eine Leiter lehnt. Oben auf der Leiter putzt ein Mann ein Fenster.« Ich sah genauer hin. »Ziemlich lebensecht, oder?«

»Genau. Das dachte ich auch, als ich es das erste Mal sah. Es ist sogar so lebensecht, dass …« Phil deutete auf die Mauer. »Siehst du die Tür am unteren Rand, dort, wo die Leiter steht?«

Ich folgte seinem Finger mit Blicken. Dort befand sich eine leuchtend rote Tür mit einer schimmernden Messingklinke. Sie leuchtete so intensiv, dass sie wie gerade eben erst gemalt aussah. »Ich kann sie sehen.«

»Du musst die Klinke drücken – sie führt dich hindurch.«

»Aber das ist doch keine echte Klinke, sie ist gemalt«, widersprach ich.

Phil sah mich nur an. »Und wir sind in Atlantis«, sagte er, als sei das Erklärung genug.

Er hatte recht. Hier waren mir schon viel seltsamere Dinge passiert, als durch eine aufgemalte Tür zu treten. Wir gingen weiter.
»Du musst entschlossen auf die Mauer zugehen und nach der Türklinke greifen, dann hast du sie plötzlich in der Hand. Sobald du ein Kribbeln spürst, drücke sie runter, und die Tür öffnet sich. Bist du bereit?«
»Ich glaube schon.«
Der Kapitän blieb stehen. »Halt mal! Ich habe es neulich mit einer anderen Person versucht, und es hat nicht funktioniert. Ich konnte durch, aber mein Freund nicht.«
»Sie meinen, es könnte bei mir auch nicht klappen?«
Er schüttelte den Kopf. »Das ist nicht das Problem. Ich habe es ein paarmal ausprobiert. Sie lässt immer nur eine Person durch. Geh du voran. Ich warte hier ein paar Minuten, bis ich sicher bin, dass du wirklich durch bist. Wenn du nicht zurückkommst, gehe ich davon aus, dass es geklappt hat, und treffe dich dann auf dem Schiff. Bist du so weit?«
Mein Puls ging schneller. Nicht nur aus Angst davor, wortwörtlich in eine Mauer zu rennen, sondern vor dem, was auf der anderen Seite war. Würde ich Lowenna tatsächlich finden?
»Ja, ich bin so weit«, sagte ich. Und dann lief ich auf die Backsteinmauer zu, griff nach dem Bild von der Messingklinke und marschierte direkt durch eine Tür, die gerade noch ein Bild aus ein paar Pinselstrichen gewesen war.

Mit aufgerissenen Augen sah ich mich um. Ich war von überwältigender Schönheit umgeben. Auf der einen Seite war eine Wiese mit buntgemischten Blumen: leuchtendes Rot, tiefes Blau, blendendes Gelb, reines Weiß – es nahm gar kein Ende. Die Luft war erfüllt von ihrem Duft. Es roch, als habe jemand das endgültige, perfekte Parfüm erfunden.
Auf der anderen Seite tauchte eine Brücke aus den Blumen auf. Sie verlief über einen Fluss, der funkelte und glitzerte wie die schönsten Juwelen.
Hinter mir, wo die Mauer gewesen war, erhob sich jetzt eine Reihe von Bäumen, durch deren Zweige das Sonnenlicht schimmerte, als wären sie voller tanzender Elfen.
Der Fluss mündete vor mir in ein Becken. Hinein stürzte der höchste Wasserfall, den ich je gesehen hatte. Wie ein gleißender Vorhang fiel er in Schlangenlinien über Felsen und zwischen Bäumen hindurch. Neben dem Becken lag jemand im Sonnenschein auf einem Felsen.
Lowenna.
Vorsichtig über Gesteinsbrocken steigend, näherte ich mich ihr.
»Lowenna?«, flüsterte ich und berührte ihre Schulter.
Bei der Berührung bewegte sie sich. »Was? Was ist los?«

Sie setzte sich auf und blinzelte in die Sonne. Dann richtete sie den Blick auf mich. »Wer bist du?«
»Ich bin Emily«, sagte ich einfach.
»Halt mal.« Sie streckte die Hand nach mir aus und berührte mein Gesicht mit den Fingern. »Ich kenne dich«, flüsterte sie. »Nicht wahr?«
Ich war unsicher, was ich antworten sollte. Unsere letzte Begegnung – als wir an dem Bullauge die Hände aneinandergelegt hatten – war nicht gerade die normale Art gewesen, sich kennenzulernen.
Ich kam noch zu einem »Ich … äh …«, da fuhr sie schon fort. Sie kniete sie auf den Felsen und sah mich blinzelnd an. »Du kommst mir bekannt vor, aber ich habe keine Ahnung, woher. Du bist nicht aus Atlantis, stimmt's?«
Mir wurde plötzlich klar, wie ich ihr antworten musste. Ich brauchte keine Worte. Ich hatte etwas, das besser war als jede Erklärung, die ich ihr geben konnte.
Ich zog die Schneekugel von Lyle aus der Tasche. Als ich sie ihr hinhielt, zog Lowenna scharf die Luft ein und schlug die Hand vor den Mund.
Dann nahm sie mir die Kugel vorsichtig ab. »Nein! Ich kann es nicht glauben. Das kann doch nicht …«
Sie senkte den Kopf und umklammerte die Schneekugel wie ein lange vermisstes Erbstück. Ich sah, wie eine Träne auf die Kugel tropfte.
Zögernd streckte ich den Arm nach Lowenna aus. »Alles in Ordnung?«, fragte ich.

Sie nickte mir zu und wischte sich mit dem Handrücken über die feuchte Wange. »Es ist einfach nur der Schreck. Erkennen zu müssen, dass es mir passiert ist«, sagte sie. »Wir dachten immer, dass wir dagegen immun wären.«
»Gegen Atlantis?«
Lowenna nickte. »Wie viel Zeit ist vergangen?«, fragte sie besorgt. »In eurer Welt – wie lange?«
»Äh. Sie sind letzten Freitag verschwunden.«
»Dann war Freitag Tag eins?«
Ich nickte. »Heute ist der sechste Tag.«
Lowenna wurde so weiß wie der Schaum des Wasserfalls hinter ihr. »Der sechste Tag?«
Ich nickte. »Lyle hat gesagt, dass mit Ablauf des heutigen Tages –«
»Ich weiß!« Lowenna hob die Hand, um mich zu stoppen. Ihr Gesichtsausdruck wurde ganz weich. »Mein Lyle«, sagte sie heiser. »Wie geht es ihm?«
Ich dachte an seine Verfassung während der letzten Woche. Die traurigen Augen, die ungewaschenen Kleider, die fahle Haut. Doch dann fiel mir der Hoffnungsschimmer in seinem Blick ein, als er mich heute Morgen verabschiedet hatte. War das wirklich erst heute Morgen gewesen? Es kam mir vor wie Tage. »Es geht ihm gut«, sagte ich. »Er will, dass Sie nach Hause kommen.«
»Ich habe es mit allen Mitteln versucht«, sagte sie. »Das Schiff war in einem schlimmen Zustand, als wir ankamen. Um ehrlich zu sein, habe ich mindestens den gan-

zen ersten Tag gebraucht, um mich von dem Schrecken zu erholen, dass ich hier gelandet war.«

»Wissen Sie, wieso das passiert ist?«, fragte ich.

Lowenna holte tief Luft und schloss die Augen. »Ich weiß nur noch, dass ich von dem Erdbeben erwischt wurde. Ich war dem Schiff zu nahe, als es passierte. Ich hatte keine Chance. Keiner von uns hatte eine.« Ihre Stimme brach.

»Es tut mir leid. Sie müssen nicht darüber reden«, sagte ich.

»Nein. Es ist gut, darüber zu sprechen. Ich muss mich daran erinnern.« Sie legte mir die Hand auf den Arm. »Haben wir noch Zeit?«

Ich warf einen Blick auf die Uhr: 6.23. Uns blieben noch fast sechseinhalb Stunden. »Ein bisschen schon.«

Lowenna deutete auf eine Reihe von Steinen, die über den Bach auf die andere Seite führten. »Komm. Lass uns beim Gehen reden. Wir müssen dort entlang.«

»Was ist mit Miriam?«, fragte ich. »Der Kapitän hat gesagt, sie sei bei Ihnen.«

»Zu ihr gehen wir jetzt«, erwiderte Lowenna, reichte mir die Hand und half mir über die Steine. »Wir nehmen sie unterwegs mit.« Dann deutete sie auf mein Handgelenk – mein Armband von Aaron.

»Ist das deine Schneekugel?«, fragte sie.

»Ja, so in der Art.«

»Gut. Das ist wichtig.«

»Ich weiß. Aber erzählen Sie weiter«, sagte ich, während wir auf die andere Seite des Baches hüpften. »Was ist dann passiert? Nachdem Sie hier gelandet sind?«

»Das Schiff war ziemlich mitgenommen«, fuhr sie fort. »Aufgrund meiner Arbeit wusste ich, dass wir nur ein paar Tage hatten, um es zu reparieren, bevor der Wunsch, zurückzukehren, nachlassen würde ... bevor Atlantis uns in seinen Bann zog. Die meisten anderen liefen gleich los, vollkommen verhext vom Zauber der Insel. Einige blieben erst mal bei mir, aber mit der Zeit sind sie auch verschwunden.«

»Sie haben also versucht, das Schiff zu reparieren?«

»Versucht, ja, so könnte man sagen. Die Motoren waren beschädigt, aber ich schaffte es, ein paar Freiwillige zu organisieren, die die Segel reparierten. Nachdem das geschehen war, machten wir den ersten Versuch, zurückzukehren – was uns aber nicht gelang.«

Ihr erster Versuch. Das war, als wir sie das erste Mal von der Fünfbuchteninsel gesehen hatten.

»Meine Begleiter waren jedoch nicht stark genug, um es weiter zu versuchen«, fuhr Lowenna fort. »Auf jeden Fall nicht willensstark genug, um dem Bann von Atlantis, der uns umgab, etwas entgegenzusetzen. Schon bald kämpfte ich einen aussichtslosen Kampf – nur beim Kapitän nicht.«

»Phil? Was war bei ihm anders?«

»Das fragte ich mich auch die ganze Zeit. Meiner Einschätzung nach liegt es daran, dass er ein erfahrener Seemann ist, der sein Leben lang auf Schiffen gearbeitet hat. Vielleicht hat er eine Art Immunität erworben. Keine Ahnung. Ich weiß nur, dass er sich länger gegen Atlantis wehren konnte.«

»Aber nicht lange genug?«

»Nein. Wir bemühten uns gemeinsam … ich weiß nicht, wie lange. Wir unternahmen ein paar weitere Fluchtversuche. Die Segel waren zu schwach, um weit damit zu kommen, aber wir hatten begonnen, die Maschinen zu reparieren. Sie funktionierten eine Weile. Nebenher verbrachte ich jede wache Minute damit, den Kurs nach Hause zu berechnen. Wir waren so nah dran.«

»Was kam dazwischen?«

»Phil erlag dem Bann wie die anderen. Er kämpfte dagegen an – sagte, ich solle ihn an seine Frau und seine Kinder erinnern, was ich auch regelmäßig tat. Aber letztlich waren meine Worte nicht ausreichend.«

»Nein. Man braucht etwas, das man sehen oder berühren kann, wie ein Foto zum Beispiel.« Ich hielt mein Handgelenk hoch. »Oder wie das hier.«

Lowenna musterte mich. »Du hast deine Hausaufgaben gemacht, stimmt's?«

Ich zuckte die Schultern. »Lyle hat das meiste getan.«

Sie nickte. »Na ja, so weit, so gut. Nachdem der Kapitän verloren war und ich als Einzige noch versuchte, uns nach Hause zu bringen, war die Aufgabe fast aussichtslos. Bald darauf wusste ich nicht mehr ein noch aus. Ich war allein auf dem Schiff zurückgeblieben. Ich wurde von Hoffnungslosigkeit gepackt. Von Angst.«

»Da habe ich Sie dann wohl gesehen«, sagte ich.

Lowenna schwieg. »Ja«, flüsterte sie. »Jetzt kann ich mich an alles erinnern. Du warst an der Fensterscheibe! Vor dem Bullauge.«

Ich nickte. »Deswegen wusste ich, dass Sie noch nicht verloren waren.«

»Ich war nah dran. Kurz darauf zog Atlantis mich auch in seinen Bann.« Sie breitete die Arme aus. »Du musst zugeben, dass man der Insel nur schwer widerstehen kann.«

Lowenna drückte mir die Hand. Dann wiederholte sie mehr oder weniger die Worte von Lyle: »Ich kann dir für deinen Einsatz niemals genug danken!«

»Noch habe ich nichts erreicht«, sagte ich. »Der schwierigste Teil liegt noch vor uns.«

»Du hast recht. Wir müssen los. Uns bleibt nicht viel Zeit.«

Ich sah auf meine Uhr. 5.52. Weniger als sechs Stunden! »Nein, uns bleibt tatsächlich nicht mehr viel Zeit!«

Lowenna wurde schneller. »Hast du alle anderen gefunden?«

Ich nickte. »Ich hoffe, die anderen sind schon dort, wenn wir zum Schiff kommen.«

»Dann fehlen nur wir und Miriam«, erwiderte Lowenna und betrat ein Wäldchen. »Komm, sie ist irgendwo hier.«

Ich folgte Lowenna unter die Bäume. Blätter raschelten unter unseren Füßen. Der Gesang der Vögel in den Baumkronen war wie ein Flötenkonzert. Es war himmlisch.

In einigem Abstand lief eine Frau auf und ab. Sie hielt etwas an die Schulter gedrückt. Ein Baby!

»Miriam hat ein Baby?«, fragte ich.

Lowenna lachte. Ihre Augen leuchteten auf und funkelten, wie ich es bisher noch nicht an ihr gesehen hatte. »Es ist nicht Miriams Baby«, sagte sie und streckte Miriam die Arme entgegen, die ihr daraufhin das Bündel reichte. »Miriam hat mich abgelöst, damit ich mal schlafen konnte. Es ist mein Baby.«

Ich starrte in das kleine Gesicht mit den fest geschlossenen Augen, der kleinen runzeligen Nase und dem zu einer kleinen Schnute verzogenen Mund.

»Das Baby von mir und Lyle«, setzte Lowenna hinzu. »Das ist unser kleines Mädchen.«

»Ich – ich wusste gar nicht, dass Sie beide ein Kind haben«, sagte ich und starrte in das kleine Gesicht. »Lyle hat nichts davon gesagt.«

Lowenna zögerte. »Lyle wusste nichts davon«, sagte sie leise.

»Aber wie …«

»Ich wollte es ihm an jenem Abend sagen. Ich hatte schon eine Feier geplant«, sagte Lowenna verträumt.

»An jenem Abend? Letzte Woche?«

»Letzte Woche für dich, genau. Für mich ist es fast sieben Monate her. Sie ist zehn Tage alt.«

Ich stieß verblüfft die Luft aus. Man hatte mir zwar *erzählt*, dass die Zeit in Atlantis anders lief. Aber einen Beweis dafür zu sehen – das haute mich einfach um.

Und es löste noch etwas in mir aus: Ich war so entschlossen wie nie, es zu schaffen. Lyle hatte eine Tochter und wusste nichts davon! Wir mussten Lowenna und ihr Baby dahin zurückbringen, wo sie hingehörten. *Unbedingt*.

Ich beugte mich vor, um mir das Baby anzusehen. Da öffnete es die Augen und gluckste. »Wie heißt sie?«, fragte ich.

Lowenna verzog das Gesicht. »Sie hat noch keinen Namen. Ich weiß, ich weiß. Das ist schrecklich. Aber auch wenn ich mein echtes Leben aus den Augen verlor, hat sich wohl ein Teil von mir so fest daran geklammert, dass ich glaubte, ich würde eines Tages zurückkehren – und ich wollte ihr keinen Namen geben, bis ihr Vater dabei ist. Das kam mir irgendwie falsch vor. Ich nannte sie einfach ›mein Schätzchen‹.«

Ich streckte einen Finger aus und streichelte das Gesicht des Babys. »Das verstehe ich«, sagte ich. »Und sie wird ihren Vater auch kennenlernen. Dafür sorge ich.«

Lowenna lächelte mir zu. »Komm«, sagte sie leise. »Gehen wir zu den anderen. Unterwegs können wir Miriam alles erklären.«

Während wir losgingen, während ich Miriam ein Blatt Papier reichte, auf dem ihre eigenen Söhne abgebildet waren, und während Lowenna und ich ihr unsere Pläne erläuterten, wuchs meine Entschlossenheit immer mehr. Uns blieben nur etwas mehr als fünf Stunden, aber jetzt würde uns nichts mehr aufhalten. Wir würden Atlantis verlassen – noch heute Abend.

19

Es klappte nicht.

Lowenna, Miriam, das Baby und ich waren so schnell zum Schiff gelaufen, wie wir konnten. Dort trafen wir die anderen auf dem Oberdeck. Nachdem wir jeden Einzelnen aufgerufen hatten, um sicher zu sein, dass alle an Bord waren, machten wir uns an die Arbeit.

Der Kapitän musste ein paar Schrauben und Muttern anziehen – was er noch nicht erledigt hatte, ehe er dem Bann von Atlantis erlegen war. Er verbrachte ungefähr eine Stunde auf dem Unterdeck, zusammen mit zwei weiteren Männern, und sie schafften es, die Maschinen zu reparieren.

Währenddessen ordnete Lowenna ihre Seekarten und stellte eine Route zusammen.

Die Passagiere hatten alle Leinen eingezogen; alle Luken geschlossen; festgebunden, was locker war; aufgeräumt, was auf dem Schiff durcheinandergeraten war. Die Motoren liefen. Jetzt oder nie. Wir waren startbereit.

Aber nichts tat sich. Das Schiff rührte sich einfach nicht von der Stelle.

Wir versuchten sogar, die Segel zu setzen. Nichts.

Wir versammelten uns alle auf dem Oberdeck. Alle bis auf den Kapitän. Er war noch unter Deck und versuchte abzulegen.

»Was ist nur los? Warum bewegen wir uns nicht?«, fragte eine Frau, eine ältere Dame mit weißem Haar, die mit ihrem Mann an Bord war. Er stand neben ihr. »Haben wir den Anker gelichtet?«, fragte sie. »Er hat sich doch nicht verfangen, oder?«

»Wir haben den Anker überprüft, Ruth«, erwiderte Lowenna. »Es liegt nicht an ihm und auch nicht an den Segeln oder den Motoren. Ich habe unsere Route ausgearbeitet. Wir wissen alle, dass die Reise schwierig ist und dass nur wenige es schaffen würden. Aber wir haben alle Koordinaten in die Computer eingegeben, und unser Kapitän ist einer der besten, die es gibt. Wir sollten schon unterwegs sein. Ich weiß nicht, was uns aufhält.«

Ich sah auf meine Stoppuhr: 3.37. Weniger als ein Drittel meiner ursprünglichen Zeit. Wie war sie so schnell vergangen? Ich verspürte ein nervöses Zucken im Körper, als würde mir ein Fisch im Magen umherflippen.

»Sind alle absolut sicher, nichts aus Atlantis aufs Schiff mitgebracht zu haben?«, fragte ich. »Mitbringsel für die Familie? Kleinigkeiten? Schmuck? *Was auch immer?*«

»Wir haben in allen Kajüten und allen Salons nachgesehen und nichts gefunden«, sagte Charlie, einer der Männer. »Alles, was wir gefunden haben, haben wir entweder auf der Insel gelassen oder über Bord geworfen.«

»Wir haben uns sogar gegenseitig durchsucht, um sicherzugehen, dass nichts in unseren Kleidern war!«, setzte Tony hinzu.
»Es ist unverständlich. Wir sollten fahren können«, überlegte Lowenna. Dabei wiegte sie das Kind, starrte aufs Meer hinaus und murmelte laut denkend weiter. »Das Schiff ist instand gesetzt, die Route festgelegt, wir haben nichts aus Atlantis mitgebracht …«
Und auf einmal, während sie ihr süßes Baby auf die Hüfte setzte, ging mir ein Licht auf. Im selben Moment wünschte ich mit jeder Faser, dass ich mich täuschte – aber ich wusste, dass es nicht so war.
»Etwas schon.« Meine Stimme klang wie ein Krächzen.
»Was?« Lowenna drehte sich nach mir um. Das Baby gluckste, als sie sich bewegte.
Ich räusperte mich. »Sie haben etwas aus Atlantis«, sagte ich und zwang mich, die verhassten Worte aus der sich sträubenden Kehle zu pressen.
Ich sah Lowenna fest an. Sie erwiderte meinen Blick, und ich sah an ihrem Gesicht, dass es ihr dämmerte.
Lowenna erbleichte. »Nein«, flüsterte sie. »Nein!« Sie hatte die Arme so fest um das Kind geschlungen, dass ich fast befürchtete, sie könne es erdrücken. Da stand sie, schüttelte den Kopf und wiederholte das Wort immer wieder. »Nein. Nein. Nein. Nein.«
Miriam trat zu ihr und legte ihr die Hand auf den Arm. »Was ist?«, fragte sie. »Was hast du?«

Lowenna schüttelte immer noch den Kopf. Tränen kullerten aus ihren Augen auf das Bündel in ihren Armen.

»Es ist das Baby«, sagte ich mit heiserer Stimme.

»Ich verstehe nicht«, beharrte Miriam. »Was ist mit dem Baby?«

»Sie ist hier geboren!«, rief Lowenna aus. Ihre Stimme war wie das Aufheulen eines verletzten Tieres. »Sie ist aus Atlantis. Solange sie auf dem Schiff ist, kommen wir nicht weg!«

Ich hatte kein Gefühl dafür, wie lange wir danach schweigend dastanden, aber ich konnte es ungefähr schätzen. Meine Stoppuhr zeigte 3.16 an. Etwas mehr als drei Stunden blieben uns noch, und wir hatten ein Problem entdeckt, von dem ich keine Ahnung hatte, wie wir es lösen sollten. Ich war nicht mal sicher, ob es *überhaupt* eine Lösung gab.

»Ich lasse sie nicht zurück«, sagte Lowenna und drückte ihr Baby fest an die Brust. »Ich lasse sie nicht allein.«

Eine der anderen jüngeren Frauen trat vor und legte Lowenna den Arm um die Schultern. »Keiner will, dass du die Kleine zurücklässt«, beruhigte sie Lowenna. »Niemand würde so etwas auch nur denken.«

»Das weiß ich, Sally. Aber dann kommen wir *niemals* von

hier weg«, sagte Lowenna. »Es sei denn …« Sie zögerte. »Es sei denn, ihr fahrt ohne mich. Wir beide bleiben hier. Ich habe alles für den Kapitän vorbereitet, was er für die Rückfahrt braucht. Ihr schafft das.«

»Lowenna, Sie bleiben nicht hier«, sagte ich. »Sie wissen, dass es nach diesem Tag kein Zurück mehr gibt.« Ich dachte an Lyles bleiches, graues Gesicht, seine verschatteten Augen, die Hoffnung, die ich darin gesehen hatte, als er mir nachwinkte. »Sie bleiben nicht hier«, wiederholte ich noch fester.

»Aber es gibt keine andere Möglichkeit«, beharrte Lowenna. »Es ist besser, wenn ihr mich zurücklasst, als dass *alle* hier auf immer festsitzen.«

»Es muss eine Möglichkeit geben«, sagte ich trotzig. »Es *muss* einfach.« Ich überlegte fieberhaft. Irgendwo gab es sie. Die Lösung. Ich ahnte sie, spürte sie fast, sie verbarg sich in einem Winkel meiner Gedanken. *Zahlen, Stunden, Baby, Portal …*

Ich konnte spüren, wie Lowenna neben mir stand, während ich nachdachte. Sie hatte ihr Baby im Arm, wiegte es, beruhigte es, flüsterte ihm Tröstliches zu, wo doch eigentlich sie diejenige war, die Trost brauchte.

»Weißt du, es ist seltsam«, sagte sie und sah ihr Baby an. »Sie hat von Anfang an so einen bekümmerten Blick gehabt. Eine kleine Sorgenfalte. Ich dachte, es sei einfach eine Eigenheit ihres Gesichts – aber vielleicht war es auch dieses Problem. Vielleicht hat sie es irgendwie geahnt.

Mein Baby hat es die ganze Zeit gewusst. Dass wir verloren sind.« Lowennas Stimme brach, und eine Träne rann ihr über die Wange und fiel dem Baby auf den Kopf.
»Hey, psst, sag nicht solche Sachen«, murmelte Miriam. »Keiner ist verloren. Wir regeln das schon. Uns fällt eine Lösung ein.«
Lowenna schüttelte den Kopf. »Es gibt keine Lösung«, rief sie aus. »Ich kann es nicht ertragen. Meine Liebe zu Lyle und meine Gefühle für mein Baby reißen mich auseinander – und ich werde zwischen beiden hin- und hergezerrt.«
Halt! Das war die Lösung!
»Keiner muss hierbleiben!«, sagte ich. Wir können *alle* nach Hause. Ich habe eine Idee!«

Alle verstummten und rückten näher, während ich ihnen meinen Plan erklärte. »Es gibt ein Portal. Durch das bin ich hergekommen. Es öffnet sich wieder in …« Ich sah auf meine Uhr. 2.51. »In weniger als drei Stunden. Es ist geöffnet während des Mittelwassers, der Spanne zwischen Ebbe und Flut, bei Sonnenuntergang.«
»Wie lange dauert sie?«, fragte ein Mann.
»Ich weiß nicht. Ein paar Minuten. Man verliert das Zeitgefühl, wenn man durch das Portal geht.«

»Klingt ungefähr so absurd wie alles hier«, murmelte einer der Männer.
»Genau«, pflichtete ich ihm bei. »Ich weiß nur, dass ich in einem kreiselnden Tunnel voller Lichter und Funken herumgewirbelt wurde und …« Ich warf einen Blick auf Lowenna. Sie drückte das Baby noch fester an sich. Ich beschloss, diesen Übergang nicht zu genau zu beschreiben. »Kurzum, das Portal ist nicht lange geöffnet, aber lange genug.«
»Lange genug wofür?«, fragte Ruth.
»Um zurückzukehren«, sagte ich.
»Willst du damit sagen, dass du nicht mit uns auf dem Schiff zurückkehrst?«, fragte sie.
Ich schüttelte den Kopf. »Es ist nicht für mich. Jedenfalls nicht dieses Mal.« Ich sah Lowenna wieder an. Ich konnte sehen, dass sie wusste, auf was ich hinauswollte.
»Du würdest *uns* das Portal benutzen lassen?«, hauchte sie.
»Es ist ein Schlupfloch. Ein kleiner Defekt im Schutzgürtel von Atlantis. Eine Hintertür, durch die man gleiten kann, ohne dass es jemand bemerkt. Es geht dabei um Zwischenstadien. Sonnenuntergang und Mittelwasser sind zwei dieser Zwischenstadien. Man braucht noch zwei weitere, damit es funktioniert.« Ich wandte mich Lowenna zu. »Sie sind ein Halbwesen, wie ich.«
»Das ist ein Zwischenstadium«, sagte Lowenna. »Und das andere?«

»Sie haben es gerade selbst gesagt. Ihre Lage zwingt Sie, sich zwischen zwei Alternativen zu entscheiden: Heimkehr zu Ihrem Mann oder Hierbleiben mit Ihrem Baby. Sie können sich keinesfalls für eine entscheiden – sie stecken zwischen beiden Möglichkeiten fest.«
»Du meinst, dass das funktioniert?«, fragte der Kapitän. »Reicht das, um sie durch das Portal zu lassen?«
»Es ist die beste Möglichkeit, die mir einfällt«, sagte ich. »Aber die Entscheidung liegt bei Lowenna.«
»Ich versuche es!«, sagte sie sofort. »Ich versuche alles. Aber was ist mit euch anderen?«
»Was meinst du?«, fragte Ruth.
»Wenn ich euch allein lasse und das Schiff es nicht ohne mich schafft? Ihr seid einem starken magnetischen Widerstand ausgesetzt, wenn ihr hier wegfahrt, und dann nochmals, wenn ihr euch der Stelle nähert, durch die uns das Erdbeben geschoben hat. Es könnte verheerende Folgen haben – und ich bin nicht bei euch, um euch durchzulotsen. Was ist, wenn ich nun durchkomme, und ihr bleibt für immer stecken? Ich weiß nicht, ob ich damit leben könnte.«
»Es ist doch alles geregelt. Das haben Sie selbst gesagt. Das Schiff wird es bestimmt zurück schaffen, solange ...« Ich warf einen Blick auf das Baby, das jetzt selig in den Armen seiner Mutter schlief und nichts von dem Drama mitbekam, das sich hier abspielte, »solange dieses kleine Stück von Atlantis nicht an Bord ist.«

»Und was ist, wenn die beiden es doch nicht schaffen?«, fragte Sally. »Wenn du dich mit diesem Zwischen-Dingsbums täuschst?«
»Ich bin bereit, das Risiko einzugehen«, antwortete Lowenna. »Es ist den Versuch wert – Hauptsache, ich habe mein Baby bei mir.«
»Es ist eine Möglichkeit, wie wir *alle* heimkehren können«, sagte ich und sah Alan an. »Ich weiß nicht, wie es euch geht, aber ich bin nicht bereit, *irgendjemanden* zurückzulassen.«
Alan nickte mir zu. »Wir sind einverstanden«, sagte er. »Es ist die beste Option.«
Lowenna trat auf mich zu und legte einen Arm um mich. »Es ist ein Risiko für uns alle, aber du hast recht, es ist unsere beste Chance – wahrscheinlich die *einzige.*« Sie sah sich unter den anderen um. »Dann kommt«, sagte sie. »Zeit für den nächsten Versuch.«

Lowenna hatte sich gefühlvoll von allen verabschiedet. Wir beide gingen zusammen zu ihrer Kajüte. Als wir ihren Korridor erreichten, ließen wir uns ins Wasser gleiten. Mit Lowennas Beinen geschah dasselbe wie mit meinen: Sie lösten sich auf und verschmolzen zu einem schönen silbernen Fischschwanz.

Lowenna hielt ihr Baby halb im Wasser, halb darüber. Nach kurzer Zeit geschah es auch bei ihm. Die kleinen Beinchen verwandelten sich in einen rosigen Fischschwanz.

Das kleine Mädchen war das süßeste Baby, das ich je gesehen hatte.

Lowenna sah meinen Blick und lächelte. »Kluges kleines Ding, was?«

»Sie ist zischig!«

»Okay, gehen wir«, sagte Lowenna, und wir schwammen zu ihrer Kajüte.

Die Schiffsuhr war mit meiner synchronisiert worden, und wir verfolgten die Zeit gemeinsam: 0.12. Zwölf Minuten noch. Fast an der Zeit.

Wenn alles so klappte, wie es sollte, würde sich das Fenster in Lowennas Kajüte in ein Portal verwandeln, und sie und ihr kleines Mädchen würden durchschwimmen, zurück in die richtige Welt.

Sobald sie fort wären, müsste sich das Schiff in Bewegung setzen. *Müsste.* Was, wenn es das nicht tat? Wenn ich hier auf immer festsaß? Wenn ich Shona oder Aaron oder Mandy oder Mum und Dad nicht mehr wiedersehen würde, oder –

»Emily«, unterbrach Lowenna meine Gedanken.

»Was? Ja, was ist?«

»Bist du dir auch ganz sicher?«

»Absolut«, erwiderte ich, ohne zu zögern. Ich wollte meine Befürchtungen nicht mit ihr teilen, nicht zu diesem Zeitpunkt. »Und Sie?«

Lowenna nickte. »Hör zu. Wenn es nicht … wenn ich nicht zurückkomme …«

»Sie *kommen* zurück. Reden Sie nicht so.«

»Ich weiß. Ich bin sicher, dass alles gut läuft, aber trotzdem … *Falls* ich nicht zurückkehre, falls es nicht klappt, tust du dann etwas für mich?«

»Aber sicher. Was Sie wollen.«

»Erzähle Lyle von seiner Tochter. Sag ihm, dass sie seine Augen hatte. Sag ihm, dass sie ihn schon genauso lieb hatte wie ich. Sag ihm –«

»Das wird nicht nötig sein«, unterbrach ich sie. Ich hielt es nicht aus, sie so reden zu hören, als ob sie und das Baby bereits gescheitert wären und der Vergangenheit angehören würden.

»Sag ihm einfach, dass es mir leidtut«, fuhr sie unbeirrt fort. »Dass es mir leidtut, dass ich es ihm nicht persönlich erzählen konnte. Und dass es mir leidtut, dass ich einen Fehler gemacht habe. Sag ihm, er soll wieder glücklich werden. Tust du das für mich?«

Ich nickte. Ich konnte nichts sagen.

Lowenna streichelte mir die Wange. »Du bist ein tapferes Mädchen«, sagte sie leise. Etwas daran erinnerte mich an meine Mutter, und ich wurde auf der Stelle von Heimweh ergriffen, das sich wie eine Faust in meinem Magen anfühlte.

»Wie viel Zeit noch?«, fragte sie.
Ich zeigte ihr meine Uhr: 0.04.
»Vier Minuten«, sagte sie. »Bist du bereit?«
Wie konnte ich bereit sein für dieses Unterfangen? Ich war zwar Neptun entgegengetreten, als er übelster Laune gewesen war; einem Seeungeheuer, das mit dem falschen Fuß aufgestanden war; einem bösen Tyrannen, der als Berg zu Eis erstarrt war –, aber irgendwie hatten diese Schrecken mir nicht solche Angst gemacht wie das hier. Es war nicht nur *mein* Leben, das hier auf dem Spiel stand, es war ein Schiff voller Leute – einschließlich eines jungen Lebens, das gerade erst begonnen hatte. »Ja«, log ich, »ich bin bereit.«
Ich gab dem Baby einen Kuss und umarmte Lowenna. »Viel Glück«, wisperte ich in ihre Schulter.
»Dir auch.« Sie drückte mich fest, dann hielt sie mich auf Armeslänge von sich. »Wir sehen uns auf der anderen Seite.«
Das hoffe ich, dachte ich. *Das hoffe ich inständig.*
0.02.
»Sieh mal.« Ich deutete auf das Bullauge. Es hatte zu schillern begonnen wie heute Morgen, als ich auf das Schiff gekommen war. Es leuchtete in hundert Farben und vibrierte und summte. War das wirklich erst zwölf Stunden her? Es fühlte sich eher wie eine Woche an.
Das Bullauge summte. Ich konnte die Elektrizität spüren.

Noch eine Minute.
Lowenna lächelte mir zu, dann drückte sie ihr kleines Meermädchen-Baby an sich, wandte sich ab, tauchte unter und schwamm auf das wartende Portal zu.

20

0.00. Die Zeit war abgelaufen.
Das Bullauge verschwand, und an seiner Stelle blieben Hunderte von Farben. Es sah aus, als sei das Glas in Millionen von Splittern zersprungen und jeder Splitter würde in die Sonne gehalten. Es erstrahlte in so hellen Farben, dass ich die Augen schließen musste, um nicht geblendet zu werden.
Die Kajüte erbebte. Ich hatte das Gefühl, in einer Rakete zu stecken, die gerade abgeschossen wurde, oder im Zentrum eines Erdbebens. Ich rollte mich zu einer Kugel zusammen und merkte, wie ich durchs Wasser wirbelte, während Energieschübe über mich hereinbrachen und um mich herum Explosionen knisterten und zischten.
Lowenna und das Baby – sie befanden sich mitten in den Explosionen. Wie sollten sie das überleben?
Ich öffnete die Augen und blinzelte ins Licht. Ich konnte sie immer noch sehen. Ihre Schwanzspitzen verschwanden im Strudel, wirbelten im Kreis herum, gefangen in den gleißenden Explosionen des Portals.
Ich zwang mich, die Augen offen zu halten, obwohl die Helligkeit brannte. Immer noch konnte ich in dem hel-

len Lodern etwas sehen, das sich bewegte. War das eine Schwanzflosse? Hielten sie durch? Wann war es vorüber?

Los, los, rutscht durch!

Eine weitere Minute starrte ich dem verschwindenden Fischschwanz von Lowenna nach. Und dann – hörte es auf.

Einfach so.

Ein lautes Zischen. Ein letztes Aufleuchten von Licht. Ein elektrisches Sirren – dann schloss sich das Portal wie eine Fahrstuhltür.

Ich war allein.

Taumelnd und zitternd schwamm ich auf das Bullauge zu. Es war völlig intakt. Kein Anzeichen, dass sich da irgendwas Seltsames zugetragen hatte. Draußen nichts als die Dunkelheit des Meeres.

Aber da war noch etwas. Ich spitzte die Ohren und konnte es ganz leise hören – das *Dunka, Dunka, Dunka* der Schiffsmotoren.

Wir bewegten uns.

Wir verließen Atlantis.

Ich hoffte und betete mit jeder Faser, dass es Lowenna und ihrem Baby genauso ging.

Die Probleme begannen fast sofort.
Ich hatte Lowennas Kajüte verlassen und befand mich im Korridor, als sich das Schiff heftig zur Seite neigte. Wasser überspülte mich, und ich schwamm durch eine donnernde, peitschende Woge.
Irgendwie schaffte ich es bis zur Treppe. Ich packte das Geländer mit beiden Händen und hielt mich fest, während mein Körper hin und her geworfen wurde. Wasser schwappte über mich. Ich zog mich ein paar Stufen hoch, aus dem Wasser. Mein Fischschwanz schlug wild und brannte und kribbelte, dann verwandelte er sich in Beine.
Durch die Außenfenster des Schiffes konnte ich mal den Himmel, mal das Wasser sehen. Es fühlte sich an, als ob da draußen Riesen wären, die unser Schiff kräftig schaukelten wie zwei rüpelige Jungen auf einem Spielplatz, die die Wippe so anschubsten, dass sich die Kinder darauf festklammern mussten.
Aber nicht nur das, auch das Licht veränderte sich ständig. Mal schien hell die Sonne, mal füllte sich der Himmel mit schwarzen Wolken, und das Meer wurde dunkel. Es war, als ob Nacht und Tag, Sonne und Unwetter, Hoffnung und Verrat durcheinandergewirbelt würden.
Ein Stück weiter oben auf der Treppe konnte ich jemanden sehen, der sich ebenfalls an das Geländer klammerte. Es war die weißhaarige Ruth.
»Emily!«, schrie sie. »Alles in Ordnung?«
»Bestens!«, rief ich zurück. »Was geht da vor sich?«

»Ich glaube, das ist der Widerstand, den Lowenna erwähnt hat. Bestimmt haben wir ihn gleich hinter uns. Bleib ganz ruhig und halt dich gut fest!«
Ich versuchte, genau das zu tun. Ich klammerte mich so fest wie möglich an das Geländer, schloss die Augen und betete, dass es bald vorüber sein würde. Doch das Schiff schaukelte und schlingerte weiter und warf uns hin und her – als ob ein Kind ein Spielzeug schüttelte, das es nicht mehr haben wollte.

»Emily.«
Jemand rüttelte mich. Ich packte das Geländer noch fester. *Nein! Nein, bitte nicht …*
»Emily, sieh doch.«
Ich schlug die Augen auf. Ruth lächelte mir zu. Sie deutete auf ein Fenster.
Ich drehte den Kopf danach um. Meer. Wasser. Nichts als der Ozean. Keine Wellenberge, kein Sturm. Ich sah Ruth an. »Wir haben es geschafft«, flüsterte ich. »Wir sind durch.«
Sie half mir auf. »Das haben wir dir zu verdanken«, sagte sie. »Wir sind auf dem Weg nach Hause.«
Ich klammerte mich an Ruths Arm, und gemeinsam stiegen wir hinauf zum Oberdeck.

Ich entdeckte eine Gruppe von Menschen, die sich in dem hölzernen Unterstand in der Mitte des Decks zusammendrängten. Wir gingen auf sie zu.

Sally kam herausgerannt. »Emily! Ruth!«, Sie zog uns zu den anderen. »Geht es euch gut?«, fragte sie leise.

»Bestens«, antwortete Ruth an meiner Stelle.

»Und Lowenna und das Baby?«, fragte eine andere Frau.

»Hey, hey.« Tony machte eine Handbewegung, die so etwas wie *Immer mit der Ruhe* bedeuten sollte. »Lasst ihr doch mal Zeit, eine Frage nach der anderen zu beantworten.«

Ich sah sie alle nacheinander an, und alle hatten den Blick auf mich gerichtet. »Mir geht es gut«, sagte ich. »Aber was mit Lowenna und dem Baby ist, weiß ich nicht. Sie sind durch das Portal verschwunden. Sie haben das Schiff verlassen. Deshalb können wir jetzt fahren.«

Wie zur Antwort neigte sich das Schiff plötzlich zur Seite, und ich stieß gegen Ruth. Dem Unwetter waren wir entkommen, aber der Seegang war immer noch ziemlich stark.

Ich richtete mich auf. »Ich weiß nicht mit Sicherheit, was dann passiert ist«, fuhr ich fort. »Ich habe keine Ahnung, ob sie nach Hause kommen. Das Portal ist unberechenbar.«

Ich schauderte, als ich daran dachte, wie ich selbst durch das Portal gekommen war – und musste an Lowennas Körper denken, der im Ungewissen verschwunden war.

»Es ist wie ein schwarzes Loch, das einen verschluckt«, murmelte ich.

Ich sah die anderen an und merkte plötzlich – vielleicht ein bisschen zu spät –, dass sie wohl eher eine gute Nachricht hören wollten, nicht meine innersten Befürchtungen.

»Aber ich bin ziemlich sicher, dass sie es schaffen«, setzte ich schnell hinzu.

Ruth lächelte mir zu. »Wir können jetzt nichts mehr tun. Wir sind auf dem Rückweg. Was immer geschieht, wir werden ihnen – und dir – *immer* dankbar dafür sein.«

»Ganz genau«, bekräftigte ihr Mann.

Die anderen nickten. Ein paar applaudierten sogar. Sally lächelte mir zu. »Gut gemacht, Emily. Du bist ein sehr tapferes Mädchen.«

Ich versuchte, ebenfalls zu lächeln. Doch das Schiff knarrte und ächzte laut, wir wurden weiter hin und her und auf und ab geworfen, und unser Weg kam mir immer noch lang und schwierig und gefährlich vor. Ich fragte mich unwillkürlich, wie sie so etwas sagen konnten, wo ich doch nichts war als ein verängstigtes Kind, das nach Hause wollte.

Dann begann sich etwas zu verändern. Der Seegang wurde wieder stärker.

Lowenna hatte uns so etwas vorausgesagt. Es bedeutete, dass wir uns dem Ende unserer Reise näherten; wir kamen an den Ort, an dem das Erdbeben das Schiff verschlungen hatte.

Lowenna hatte dem Kapitän alles Nötige an die Hand gegeben, um Kurs zu halten, jeden Längen- und Breitengrad genauestens eingezeichnet, jede Anweisung aufgeschrieben. Aber ohne einen Lotsen, der uns nach Hause führte, benötigten wir noch eine weitere Zutat: Glück.

Die kleineren Lichtblicke wurden von schwarzen Wolken abgelöst. Das Meer baute riesige Wellenberge auf, die weiße Schaumkronen bildeten.

Wir erklommen diese Wellenberge und klammerten uns verzweifelt aneinander. Dann wankte das Schiff auf dem Gipfel der Wogen – ein Gefühl wie am höchsten Punkt der Achterbahn, wenn man schon meint, seinen Magen oben zu lassen –, und es ging wieder abwärts.

Immer wieder. Gefährliche Höhen, wildes Abstürzen. Wasser schwappte von allen Seiten über das Deck. Stühle, die nicht verankert waren, rutschten wild über den nassen Boden, über die Reling und hinaus ins Meer.

Der Himmel donnerte und brüllte; ein tosendes Gewitter folgte uns auf Schritt und Tritt, umschloss uns, hob uns hoch, schleuderte uns zurück und ließ seine blinde Wut an uns aus.

Noch nie zuvor war ich einem Gewitter so nahe gewesen, noch nie hatte ich eines gesehen, das so heftig war wie dieses – nicht mal, wenn Neptun besonders aufgebracht gewesen war.
Es hörte einfach nicht mehr auf. Unbarmherzig ließ es seine Wut an uns aus.
Ein Gedanke ging mir immer wieder durch den Kopf: Würden wir jetzt, nach allem, was wir durchgemacht hatte, hier draußen von unserem Schiff geworfen – würden wir an der letzten Hürde scheitern?
Und während ich das dachte, traf uns wieder eine Woge, und ich stürzte zu Boden.
Sollte das mein letzter Gedanke gewesen sein?

Ich musste die Besinnung verloren haben. Ich glaube, es ging uns allen so, denn das Nächste, an das ich mich erinnere, ist, dass wir alle die Augen aufschlugen, uns gegenseitig ansahen und uns aufrappelten.
War es vorbei? Hatten wir es geschafft? *Waren wir noch am Leben?*
Meine Beine waren wackelig, als ich aufstand. Ich fühlte mich wie durch die Mangel gedreht. Jeder Muskel schmerzte.
Aber das war mir egal.

»Schaut mal!« Einer der Männer deutete aufs Meer hinaus. Einige der anderen waren bereits an die Reling gelaufen.
Als ich zu ihnen trat, fielen mir zwei Dinge auf.
Erstens: Das Schiff lag völlig eben da. Wir durchfuhren das ruhigste Wasser, das ich je erlebt hatte. Man wusste kaum, in welche Richtung man fuhr.
Zweitens: Rechts vor uns konnte ich Land sehen. Und nicht einfach irgendein Land.
Die Fünfbuchteninsel.

21

Der Abschied war kurz. Nach einer Runde tränenreicher Umarmungen und nachdem wir uns viel Glück gewünscht hatten und beteuert hatten, dass wir uns nie vergessen würden, sprang ich vom Schiff. Ein letztes Winken, dann tauchte ich unter und schwamm, so schnell ich konnte, zur Insel zurück.

Zwei lange, glänzende, silberne Fische schwammen rechts und links von mir, als seien sie geschickt worden, um mich nach Hause zu geleiten. Gemeinsam glitten wir durch die Felsenrinne und sausten durch das klare, glatte Wasser. Ich konnte nicht anders, ich musste die ganze Strecke über vor mich hin lächeln. Wir hatten es geschafft! Wir hatten es tatsächlich geschafft.

Ich konnte nur an eines denken: zu erleben, wie Lyle mit seiner Frau wiedervereint wurde und zum ersten Mal seine Tochter sah.

Es dämmerte bereits, während ich mich der Fünfbuchteninsel näherte. Ich schwamm an der Wasseroberfläche und sah hinüber zur Sandbucht. Undeutlich konnte ich dort am Strand drei Gestalten erkennen. Ich unterbrach meine Schwimmbewegungen und winkte. Eine der Gestalten winkte zurück, dann stieß sie die anderen an. Kurz darauf waren zwei von ihnen ans Ufer gerannt und tauchten ins Wasser. Die dritte wartete am Strand. Als ich näher kam, konnte ich erkennen, dass es Mandy war.

Es dauerte nicht lange, bis ich herausfand, wer die anderen beiden waren.

»Emily!« Aaron kam mit Raketengeschwindigkeit auf mich zugeschwommen. »Emily! Du bist wieder da! Du bist wieder da!« Er stieß so ungestüm mit mir zusammen, dass ich fast einen Salto rückwärts machte. Als ich mich berappelt hatte, packte er mich und drückte mich an sich. Ich umarmte ihn genauso fest. Ich hatte das Gefühl, Monate von ihm getrennt gewesen zu sein.

Lyle war direkt hinter ihm. Ich lachte ihm entgegen. Ich konnte es kaum erwarten zu hören, was er gefühlt hatte, als er Lowenna gesehen hatte, und was er von seiner Tochter hielt!

Und dann sagte er etwas, das aller Fröhlichkeit ein Ende machte.

»Ist Lowenna bei dir?«

Ich ließ Aaron los. »Was?«

»Lowenna? Wo ist sie?«

»Ist sie nicht schon da?«, fragte ich unnötigerweise. Natürlich war sie noch nicht da. Wenn sie zurück gewesen wäre, hätte er ja nicht gefragt, ob sie bei mir sei. Aber wo steckte sie?

Ich konnte zusehen, wie die Hoffnung auf Lyles Gesicht erlosch und es wieder grau und fahl wurde. Noch schlimmer sogar als vor meiner Abreise.

»Was meinst du?«, fragte er. »Sie ist also nicht bei dir?«

»Sie … wir sind nicht zusammen geschwommen«, sagte ich vorsichtig. Von dem Baby durfte ich ihm doch nichts sagen. Das sollte Lowenna selbst tun. Wenn sie eintraf. *Falls* sie eintraf. »Sie sollte eigentlich schon hier sein. Sind Sie sicher, dass sie nicht zurück ist?«

Darauf antwortete Lyle nicht. Er machte einfach kehrt und schwamm davon.

Aaron nahm meine Hand, und wir folgten Lyle zum Strand.

»Lyle, warten Sie!«, rief ich.

Er war bereits aus dem Wasser, und sein Fischschwanz verwandelte sich in Beine. »Wozu?«, fragte er mit gebrochener Stimme, die sich anhörte, als habe er Splitter im Hals.

»Es … es ist noch nicht vorbei. Bitte. Warten Sie. Nur eine Weile.«

Lyle seufzte. Dann breitete er die Arme zu einem hilflosen Schulterzucken aus. »Okay.« Er setzte sich in den Sand. »Ich warte. Was bleibt mir anderes übrig?«

Mandy war auch zum Ufer gekommen und planschte durch die Wellen. »Du hast es geschafft!«, kreischte sie.

Ich umarmte sie und sagte, wie froh ich sei, wieder zurück zu sein. Dann tauchte ich wieder ins Wasser, um

endlich Shona zu begrüßen. Ich tanzte einen fröhlichen Reigen mit ihr und erzählte ihr, wie furchtbar es gewesen sei, aber wie herrlich es sich anfühlte, heil und ganz wieder da zu sein. Ich setzte mich zu Lyle ans Ufer, nahm seine Hand und bat ihn, nicht aufzugeben. Lowenna sei bestimmt in Sicherheit.
Aber das war alles gelogen.
Innerlich brach es mir das Herz. Ich war gescheitert. Die Person, die ich vor allem hatte retten wollen, hatte es nicht geschafft. Wir konnten wir uns über *irgendetwas* freuen?

Es war fast stockdunkel, als Lyle schließlich aufstand und sich den Sand von den Beinen wischte.
»Sie kommt nicht«, sagte er. »Es ist vorbei. Ich gehe nach Hause.«
Als er sich umdrehte, um den Strand hinaufzulaufen, erhob ich mich ebenfalls. »Warten Sie!«
Lyle sah sich um.
Ich musste es ihm sagen. Er hatte wohl recht. Lowenna war verloren. Es war eindeutig, dass sie es nicht geschafft hatte, und ich hatte ihr versprochen, ihre Botschaft auszurichten, wenn sie nicht zurückkehrte.
Aber wie konnte ich das tun? Wie konnte ich ihm von

seiner Tochter erzählen, die er verloren hatte, ehe er sie ein einziges Mal gesehen hatte?

Ich öffnete den Mund und suchte nach Worten, den schlimmsten Worten der Welt, da zupfte mich Mandy am Arm. »Emily!«

»Warte. Ich muss Lyle –«

»Emily!« Diesmal war es Aaron. Ich drehte mich nach ihnen um. Beide sahen aufs Meer hinaus.

Mandy hatte den Finger ausgestreckt. »Seht mal! Seht doch mal!«

Lyle und ich folgten ihrem Finger. Es war schwierig, vor dem fast schwarzen Himmel etwas auf dem dunkelblauen Meer zu erkennen. Aber Mandy hatte recht: Da war etwas im Wasser.

Ein heller Fleck auf den Wellen. Der sich durchs Wasser bewegte. Fast am Ufer war. Eine Person mit langen roten Haaren, strahlend grünen Augen, die vor dem dunklen Himmel wie Katzenaugen leuchteten – und einem Bündel in den Armen.

»Lyle!« Ihre Stimme drang wie ein vom Wind herübergetragenes Lied zu uns. »Mein Liebster!«

Lyle rannte so schnell ans Ufer, dass er fast auf die Knie fiel. »Lowenna! Lowenna. O mein Liebling! Du lebst! Du bist zurück!«

Eine Sekunde später war Lowenna bei uns. Noch im Wasser umfing Lyle sie so fest mit den Armen, als würde er sie in eine riesige Decke wickeln. So verharrten sie einen Moment, standen wankend im Wasser, die Arme fest umeinandergeschlungen. Dann löste sich Lyle von ihr. Er sah auf das Bündel in ihren Armen. Auf den ersten Blick hätte es sich auch um einen Beutel aus Seegras handeln können, der mit Funden aus dem Meer gefüllt war.

»Wessen Kind ist das?«, fragte er, als Lowenna ihm das Bündel hinhielt.

»Das«, sagte sie mit einem Lächeln, das leuchtender war als der Mond, der hervorgekommen war, »ist unser kleines Mädchen.«

Mit einem Lächeln und einem dankbaren Nicken in meine Richtung legte sie das Baby in Lyles Arme. »Lyle, das ist deine Tochter, Atlanta Emily Waters.«

Uns blieb ungefähr eine Minute rauschhafter Glückseligkeit, ehe wir es spürten.

Etwas passierte. Der Boden bebte. Das Meer grollte – Wellen türmten sich auf und schoben sich den Strand herauf.

»Was geht da ab?«, zischte Mandy.

»Ich weiß auch nicht«, erwiderte ich. »Ein Erdbeben?«

Lyle schlang die Arme noch schützender um sein Kind.

Shona war am Ufer und wurde von den Wellen auf und

ab geworfen. »Seht mal!«, sagte sie und deutete auf den Horizont.

Ich sah hinaus und konnte mit Mühe erkennen, dass sich da etwas bewegte. Schwarze Gestalten, die durch die Gischt auftauchten. Delphine! Unmengen davon. Sie zogen etwas. Es sah aus wie …

»Neptun!«, schrie Aaron auf.

Lowenna fuhr herum und sah ebenfalls hinaus. »Was macht *der* denn hier?«, flüsterte sie.

Als Neptuns Wagen näher kam und die Delphine in der Brandung anhielten, konnten wir seine Gestalt gut gegen den Nachthimmel erkennen. Hoch aufgerichtet stand er in seinem Wagen, den Dreizack in die Luft gestreckt, vom Mondlicht angestrahlt wie von einem Bühnenscheinwerfer.

Er schickte seine Delphine fort, erhob sich noch höher und schwenkte den Dreizack. Da beruhigten sich die Wogen, und die Erde hörte zu beben auf.

Ich versuchte zu schlucken. Normal zu atmen. Das sah gar nicht gut aus.

Ehe ich darüber nachdenken konnte, in welchen Schwierigkeiten ich *diesmal* steckte, erschien neben dem Wagen noch jemand. Während er auf den Strand zuschwamm, den Wagen im Schlepptau, konnte ich sehen, wer es war. Die anderen ebenfalls.

»Seth!« Shona schwamm auf ihn zu und wollte ihn gerade umarmen, als sich Neptun sehr demonstrativ und deutlich räusperte. Wobei alles, was Neptun tut, demonstrativ wirkt.

»Neptun hat euch etwas mitzuteilen«, verkündete Seth so förmlich, wie ich ihn noch nie gehört hatte. Es war wohl seine Dienststimme.

Wir verstummten und warteten auf das, was uns Neptun sagen wollte.

Schließlich begann er in ruhigem, gelassenem, ganz Neptun-untypischem Tonfall: »Mein junger Berater hier hat mir berichtet, was ihr vorhattet, und ich wollte es mit eigenen Augen sehen.«

Seth hatte Neptun erzählt, was wir vorhatten?

Er schoss uns einen kurzen, entschuldigenden Blick zu.

»Ich habe ihn dazu gezwungen«, fuhr Neptun fort. »Ich merkte, dass er in Sorge war. Ich kann es nicht zulassen, dass meine Mitarbeiter von Sorgen und Kümmernissen abgelenkt werden. Ich bestand darauf, dass er es mir erzählte. Seine Ehrlichkeit wird belohnt werden.«

Ich konnte es Seth nicht verdenken, dass er Neptun erzählt hatte, was los war. Wenn Neptun auf etwas besteht, hat man praktisch keine Wahl. Ich hatte es selbst oft genug erfahren.

»Niemand hat das jemals geschafft«, fuhr Neptun fort. »Nicht ein einziges Mal. Nie. Versucht schon, aber niemals mit Erfolg. Ich hatte keine Veranlassung zu glauben, dass es diesmal anders kommen würde.«

Keiner sagte ein Wort. Keiner rührte sich.

»Atlantis ist eines der am besten gehüteten Geheimnisse meines Königreiches, und diejenigen, die dafür im Einsatz sind, gehören zu meinen wertvollsten Mitarbeitern«, fuhr Neptun fort. »Weshalb ich beschloss, herzukommen. Ich hatte vor, euch meine Anteilnahme zu überbringen.« Er sah zu Lyle und Lowenna hinüber, und sein Blick fiel auf das Baby. »Wie ich sehe«, fuhr er fort, »ist das nicht nötig.«

Dann machte sein Gesicht etwas sehr Seltsames. Ich bin ziemlich sicher, dass ich das noch nie an ihm gesehen hatte, daher brauchte ich einen Moment, bis ich begriff, was es war. Ein Lächeln! »Stattdessen«, sagte er, »wollen wir mit euch feiern. Geht heute Abend zu Bett, nach Hause, richtet euch wieder in eurem Leben ein. Um euren Mut und euer Können zu feiern und zu belohnen …«

Jetzt machte er eine halbe Drehung und sah mich direkt an. Ich schluckte und versuchte mir klarzumachen, dass er mich lobte, nicht bestrafte. Und ich machte ihm sein seltsames Verhalten nach und lächelte zurück.

»… werde ich morgen den Tag hier mit euch verbringen. Eure Exkursion dauert noch zwei Tage, soviel ich weiß?«

»Richtig, Majestät«, sagte Shona. »Donnerstag und Freitag. Samstagmorgen fahren wir wieder ab.«

»Dann werde ich die Nacht damit zubringen, ein paar Überraschungen für euch vorzubereiten. Morgen gibt es Delphinreiten für alle Kinder aus Brightport und Entdeckungsausflüge zu den geheimsten Höhlen der Gegend für die Klasse aus Schiffriff. Und wir beenden den Tag mit einem Bankett. Ich weise meine persönlichen Mitarbeiter an, es vorzubereiten. Wir feiern den schönsten Tag, den eine Exkursion zu den Riffen je erlebt hat! Wie hört sich das an?«

Wie es sich anhörte? Es klang unglaublich!

Lowenna glitt ins Wasser auf den Wagen zu. »Es klingt zischig, Majestät«, sagte sie. »Vielen Dank!«

Neptun rutschte unbehaglich in seinem Wagen hin und her. »Gut, gut«, sagte er. »Gern geschehen.« Er sah auf Seth hinunter. »Bring mich jetzt zum nächstgelegenen Palast, dann kannst du zurückkehren und deine Zeit mit ...«, er warf einen Blick auf Shona, »... deinen *Freunden* verbringen«, beendete er den Satz, wobei er das Wort so sehr betonte, dass ich selbst in der Dunkelheit sehen konnte, wie Seths Wangen vor Röte brannten.

Während sich Neptun wieder in seinen Wagen setzte, grinste Seth Shona zu. »Bis nachher«, sagte er.

Sie lächelte so strahlend zurück, dass das Leuchten des Mondes einen Moment zu verblassen schien.

»Komm jetzt«, befahl Neptun mit der dröhnenden Stimme, die typisch für ihn war. »Ich habe nicht den ganzen Abend Zeit.«

Seth mache kehrt und drehte den Wagen in die andere Richtung. Neptun stieß seinen Dreizack auf den Boden des Wagens, und die Delphine kamen angeschwommen.

Einen Moment später waren sie alle fort.

Ich umarmte Shona zum Abschied.
»Bis morgen«, sagte sie. »Ich kann's kaum erwarten!«
»Ich auch nicht«, stimmte ich ihr zu. Ich konnte kaum glauben, was da eben passiert war. Ich war ziemlich sicher, dass ich in der Nacht kein Auge zutun würde.
»Gute Nacht, Süße«, sagte Shona leise mit einem Blick auf Atlanta. Atlanta Emily.
Wir anderen machten kehrt und gingen über den Strand.
»Ich dachte, sie hätte noch keinen Namen«, sagte ich schüchtern zu Lowenna, während Aaron und ich Lyle und Lowenna zu ihrem Haus begleiteten. Lowenna und Lyle gingen Hand in Hand, und Lyle trug seine kleine Tochter so liebevoll im Arm, als habe er sein ganzes Leben darauf gewartet, sie an sich zu drücken.
»Hatte sie auch nicht«, erwiderte Lowenna mit einem weichen Lächeln. »Aber irgendwann, mitten in dem verrückten Portal, wusste ich, wie sie heißen sollte. Nach zwei Dingen. Erstens nach dem Ort, an dem sie geboren wurde.« Sie unterbrach sich und legte mir die Hand auf den Arm. »Und zweitens nach einer unglaublich starken, mutigen und wunderbaren jungen Frau. Wenn sie mal halb so bemerkenswert wird wie du, dann kann sie alles schaffen, was sie sich vornimmt.«

»Die Namen sind perfekt«, murmelte Lyle zustimmend.
Ich brachte kein Wort heraus. Ich versuchte es nicht mal.
An unserer Unterkunft verabschiedeten wir uns. Lyle, Lowenna und Atlanta mussten jetzt viel nachholen.
»Wir sehen uns morgen«, sagte Lowenna. Dann zog sie mich an sich und flüsterte: »Danke, dass du mir mein Leben zurückgegeben hast.«
Ich drückte sie. »Gern geschehen«, krächzte ich.
»Kommst du rein?«, fragte Mandy an der Haustür.
»Eigentlich muss ich noch mit Emily reden«, sagte Aaron schnell, ehe ich etwas antworten konnte. »Wir kommen bald nach.«
»Cool.« Mandy stupste mich vielsagend an, dann ging sie hinein. »Schön, dass du wieder zurück bist, Fischmädchen«, sagte sie noch. »Ich hatte ein bisschen Angst um dich.«
Ich stupste sie zurück. »Gut, wieder hier zu sein«, sagte ich und lächelte.
Aaron ging voraus. »Komm«, sagte er, »lass uns einen Spaziergang machen. Ich muss dir nämlich was sagen.«

Wir nahmen den Weg zur Tiefblauen Bucht. Mein Magen war aufgewühlt – nicht nur wegen Neptuns Besuch, sondern auch, weil Aaron mit mir reden wollte. Nachdem er mich so oft auf die eine oder andere Weise hatte abblitzen lassen – und nach Lyles Bemerkung, dass Aaron nicht dasselbe empfand wie ich –, war ich nicht sicher, ob ich überhaupt reden wollte. Was, wenn er vorhatte, mit mir Schluss zu machen? Ich befürchtete, dass ich nicht damit umgehen könnte, wenn ein Tag wie dieser *so* enden würde.

Als wir ankamen, sprang Aaron auf einen der großen, glatten Felsen und streckte mir die Hand entgegen, um mir hinaufzuhelfen.

Ich setzte mich neben ihn. Es war derselbe Platz, an dem wir schon mal gesessen hatten, bevor wir auf den Weg abgebogen waren, der uns zu dem Sitz geführt hatte – am Anfang dieses ganzen verrückten, gefährlichen und unglaublichen Abenteuers.

»Also«, sagte ich nervös. »Warum sind wir hier?«

Aaron rückte so zur Seite, dass er mich ansehen konnte. Der Mond, der fast voll war, stieg immer noch höher in den Himmel. Sein weißer Strahl leuchtete über das Meer wie ein Suchscheinwerfer, gerade hell genug, um Aarons Gesicht zu erkennen.

Er nahm meine Hände. »Hör zu, es gibt etwas, das ich dir sagen muss«, begann er.

Nein! Er wollte tatsächlich mit mir Schluss machen. Ich merkte es an der Art, wie er meine Hände hielt, als ob ich ihm leidtäte, als ob er mir die Sache leichter machen wollte.

»Ich will dir das jetzt schon seit einer ganzen Weile sagen«, fuhr er fort.
Ich versuchte, mich mit den Tatsachen abzufinden.
»Wahrscheinlich war einfach nie der richtige Moment«, sagte er. »Aber jetzt ist er da, und ich kann es nicht länger zurückhalten.« Er holte tief Luft und sah mich direkt an.
Jetzt kommt es, dachte ich. *Die große Schluss-mach-Rede.*
Und dann sagte er: »Emily Windsnap, ich liebe dich.«
Was?
»Was hast du gesagt?«, fragte ich wie eine Idiotin.
Aaron lachte. »Ich habe gesagt, dass ich dich liebe«, wiederholte er.
Er liebte mich! *Das* war der Grund, warum er nicht im Zwischenstadium war. Nicht, weil er mich nicht mal gern hatte – sondern weil er mich liebte! Und Lyle hatte es vor mir gemerkt!
Seine Worte waren wie ein Lichtschalter. Ich weiß, es klingt kitschig, aber es fühlte sich an, als ob etwas in mir aufleuchtete – als ob etwas einrastete. Und alles in Ordnung brachte.
Und jetzt konnte ich mich auch darauf einlassen. Ich brauchte das Zwischenstadium nicht mehr, ich durfte das fühlen, was ich in den letzten Tagen unterdrückt hatte.
Ich lächelte ihn an. »Ich bin so froh«, sagte ich. »Denn ich liebe dich auch.«
Der Mond war noch höher gestiegen. Er ließ einen runden Fleck über der Bucht aufleuchten. Hinter dem Fleck

lag das Meer in Dunkelheit. Es gab so viele Geheimnisse dort draußen, dachte ich, legte den Kopf an Aarons Schulter und kuschelte mich an ihn. So viel Unbekanntes, so viel Dunkelheit, Angst, Gefahr.
Als ich aufblickte, kam der erste Stern heraus. Mum sagt immer, wenn man sich beim ersten Stern, den man nachts sieht, etwas wünscht, dann geht es in Erfüllung.
Ich lächelte vor mich hin. Immer mehr Sterne tauchten auf, und Aaron hielt mich fest an sich gedrückt.
Ich musste mir gar nichts mehr wünschen. Meine Wünsche waren schon in Erfüllung gegangen.

Epilog

Der Hauswart von Prosper-Kreuzfahrten wollte gerade abschließen, als in der Zentrale ein Funkgerät knackte.
Wahrscheinlich nichts weiter, dachte er. Dann fiel sein Blick auf den Radarschirm, und er sah einen roten Punkt blinken. Er kannte sich nicht besonders gut mit Radargeräten aus, aber in der vergangenen Woche war oft von einem vermissten Schiff die Rede gewesen: der *Prosperus II.*
Das Schiff war am vergangenen Freitag verschwunden. Das Unternehmen hatte es irgendwie geschafft, die Nachricht geheim zu halten, denn von einem Schiffsunglück in den Nachrichten war nichts berichtet worden. Einen Tag war es noch auf dem Radarschirm gewesen, am nächsten war es verschwunden. Wenn es sich nun vielleicht um dieses Schiff handelte?
Vielleicht sollte er den Funkspruch annehmen.
Der Hauswart schlich in die Zentrale und drehte das Licht an.
»An Zentrale Prosper-Kreuzfahrten, Zentrale Prosper-Kreuzfahrten. Hier spricht die *Prosperus II. Prosperus II.* Könnt ihr uns hören? Over.«

Der Hauswart nahm das Funkgerät von seiner Station auf dem Pult. Er wusste, wie man damit umging. Er hatte andere dabei beobachtet. »Verstanden«, sagte er abwartend. »Äh. Over.«

Die Stimme, die er jetzt hörte, war freudig erregt. »Zentrale Prosper-Kreuzfahrten, schön, euch zu hören! Hier spricht der Kapitän der *Prosperus II*. Wir bitten um Entschuldigung, dass wir vom Schirm verschwunden waren. Wir haben einen kleinen Abstecher gemacht. Over.«

Der Hauswart traute seinen Ohren kaum. »Ich ... äh ... das ist eine gute Nachricht«, erwiderte er schließlich. »Sind alle heil und gesund? Over.«

»Positiv. Alle Passagiere sind an Bord, gesund und munter und freuen sich auf die Heimkehr. Ich wiederhole, wir sind auf dem Weg zurück. Bitte die Angehörigen informieren, dass wir schon bald eintreffen. *Prosperus II* Ende.«

Der Hauswart musste das Funkgerät etwas vom Ohr weghalten. Während der Kapitän redete, waren im Hintergrund ohrenbetäubende Jubelrufe zu hören. »Aha, Kapitän, ich freue mich sehr, das zu hören«, sagte er, nachdem er sich das Ohr gerieben hatte. »Wir wünschen gute Heimfahrt, und wir freuen uns, Sie bald zu sehen. Natürlich informieren wir die Angehörigen. Ähm, Zentrale Ende.«

Der Hauswart legte das Funkgerät auf die Station zurück und sah sich nach einem Stück Papier um, damit er seinem Chef eine Nachricht hinterlassen konnte. Dann überlegte er es sich jedoch anders. Diese Nachricht konnte nicht bis zum Morgen warten. Er suchte in den Unterlagen nach den Listen mit den Angehörigen – dann begann er, sie selbst anzurufen.

Nach dem dritten Klingeln wurde abgenommen. »Hallo?« Es war die Stimme einer Frau.

Der Hauswart räusperte sich. »Spreche ich mit Olivia Mason?«, fragte er.

»Ja, am Apparat«, erwiderte die Stimme. »Wer spricht?«

Der Hauswart richtete sich etwas auf und redete so deutlich und förmlich, wie er konnte. »Mrs Mason, ich habe eine wunderbare Nachricht …«

Und während der Hauswart in einem kleinen Büro saß und frohe Botschaften überbrachte, ein Mädchen und ein Junge sich auf einer Landzunge aneinanderkuschelten und eine Gruppe von Passagieren ihre Heimreise feierte, saß ein Mann in seinem kleinen Haus vor einem warmen, prasselnden Kaminfeuer, neben sich seine Frau. Ihr Baby lag in seinen Schoß geschmiegt.

Als die beiden in das süße kleine Gesicht des Babys blickten, zappelte und gluckste das kleine Mädchen. Und zum ersten Mal in ihrem kurzen Leben öffnete sie die Augen, sah ihre Eltern an – und lächelte.

Emily-Neuausgaben

Alle Bücher von Liz Kessler

Habe ich *Wünsche ich mir*

Habe ich		Wünsche ich mir
	›Emily Windsnap – Das Geheimnis‹ (Band 1)	
	›Emily Windsnap – Das Abenteuer‹ (Band 2)	
	›Emily Windsnap – Die Entdeckung‹ (Band 3)	
	›Emily Windsnap – Die Rückkehr‹ (Band 4) erscheint im Herbst 2018	
	›Emily Windsnap – Die Reise‹ (Band 5) erscheint im Herbst 2018	
	›Emily Windsnap – Die Bestimmung‹ (Band 6)	
	›Philippa und die Wunschfee‹ (Band 1)	
	›Philippa und die Traumfee‹ (Band 2)	
	›Philippa und die Glücksfee‹ (Band 3)	
	›Ein Jahr ohne Juli‹	
	›Nördlich von Nirgendwo‹	
	›Plötzlich unsichtbar‹	

Deine Wunschliste bitte hier ausschneiden.

fi 666 051 / 7